当你沉默时

王潇涵 著

作家出版社

1

卫生间的水龙头正在哗哗作响，水流声在清晨的寂静中显得格外清晰。卢杉已经像往常一样，提前帮她挤好了牙膏，此刻他正在厨房里忙碌着，准备两人的早餐。

白鸽的脸深深地埋入盛满水的脸盆中，几近窒息的时候她才抬起头。镜中的面容有些憔悴，眼角的淤青在灯光的映照下更加明显。

古希腊人经常思考的一个问题：如果忒修斯船上的木头被逐渐替换，直到所有的木头都不是原来的木头，那这艘船还是原来的那艘船吗？

如今的白鸽看着镜子里的自己，也在思考着，回望两年前，自己还是原来的自己吗？

阳光洒入房间，家中一切井然有序，宛如棋盘上的棋子，各有其位。

"今晚你还要加班吗？"白鸽坐在餐桌前，享用着丈夫亲手做的早餐。

"嗯，今天约了委托人见面。"卢杉回答道。

"绿萝的叶子黄了，我去超市买点营养液，你有什么要买的吗？"

"就买你想买的就好。"

卢杉用餐刀将面前的三明治切成两半，他注意到了妻子盯着他手中的刀子的目光，起身将餐刀擦干净，然后锁进了旁边一个带密码锁的柜子里。

白鸽推着购物车走在进口超市中，她穿着入时且价格不菲的衣服，钱包充裕，还有一个深爱着她的丈夫。在旁人的眼中，她似乎活成了理想的模样。

收银员熟练地帮白鸽一一清点着货物，直到剩下最下面的那把锋利的剔骨尖刀时，她不禁抬起头来看着眼前的顾客。

"单独结账，不走会员卡，现金支付。"白鸽平静地对收银员说道。

坐在驾驶室里，白鸽盯着手机上的时间。车内播放着小野丽莎的歌，嗓音慵懒柔美，仿佛让人忘却烦恼，进入另一个世界。

但白鸽深知，没有更好的世界，只有眼前这一个，无法逃避。

十点整的时候，一旁的公用电话准时响起。白鸽没有熄火，她加大音乐声，留下手机，徒步走过去接电话。

"东西在电话机下，用胶布贴着。"徐远说。

白鸽伸手摸到凸起，小心撕下胶布，发现裹好的纸包里有两枚白色药片。

"找到了。"

"晚上十一点你家会停电几分钟，抓紧时间。"徐远叮嘱。

"嗯。"

"白鸽，你怕吗？"徐远问。

白鸽没有回答，挂断了电话。

这天晚上，卢杉的客户临时取消约见，他提前回了家。这突如其来的变化让白鸽感到心神不宁。

趁卢杉在厨房刷碗，白鸽悄悄进入卫生间。她小心翼翼地从纸包里取出两片白色药片，用牙刷柄研磨成粉末。接着，她拿起丈夫的药瓶，取出两粒胶囊，倒出原有的药粉，然后用牙签仔细地将研磨好的白色粉末一点点挑进胶囊里。

那是丈夫每晚临睡前都会服用的醋酸钙胶囊，每个周一，他会从这个瓶子里倒出十四粒来放在书房的药盒里，那正好是一个星期的药量。今天是周日，书房的药盒里还剩下最后两粒。

夜晚下起了小雨，整个城市被笼罩在蒙蒙细雨中，像是个刚刚从水里捞上来的落水者，露出惨淡的笑容。

客厅里，白鸽和卢杉坐在沙发上看着电视。白鸽用裸露的脚轻轻划着卢杉的腿，卢杉转过头来，只见妻子满眼妩媚。

"为什么这么看着我？"卢杉问道。

白鸽："我看我自己老公，还要有个理由吗？"

"你今晚，不太一样。"

"哪儿不一样？"

"说不上来。"

卢杉把白鸽搂在怀里，温柔地亲吻着。白鸽顺从地迎合着，用手轻轻抚摸着卢杉的脖子。两人互相解开对方的衣服，动作越来越激烈。

白鸽始终用余光看着墙上挂着的钟表，表针已经快要走到十一点整。

卢杉正陶醉在激情中，屋子里的灯忽然全部熄灭，他的动作也停了下来。

"停电了？"白鸽问道。

卢杉站起身来："我出去看看。"

"非要现在吗？"

"你在沙发上别乱动，小心撞到。"卢杉叮嘱着。

卢杉重新穿上衣服，开门走出去。

听着丈夫走出了家门，白鸽从沙发上起来，摸着黑朝书房走去。

"1，2，3……"边走嘴里边数着步数。

早在半个月前，白鸽就已反复测量从沙发到书房的路线，即使漆黑一片，她也自信能准确找到卢杉的写字台，替换那两枚胶囊进药盒。

此刻家中断电，摄像头无法记录她的任何举动。

卢杉忙碌一阵，终于恢复了家中光亮。他回到屋内，见白鸽仍静坐在沙发上。

"怎么回事儿？"

"电闸跳了吧？"

"你猜？"

白鸽笑着投入卢杉怀中。

一场激情退去后，卢杉坐在沙发上翻阅资料。近日案子繁多，他常工作至深夜。但今晚不到十二点，他便因那两粒胶囊沉沉睡去。

白鸽轻声问："有点凉，要拿毯子吗？"

卢杉未答，静静地歪在沙发上。

白鸽轻声唤他，但屋内寂静，只有窗外细雨沙沙。她走到客厅拐角，从花瓶中抽出那把超市买的尖刀。

白鸽走到沙发前，望着面前的卢杉，那个深爱着她的男人、那个她也曾经深爱过的男人。手中那把剔骨刀修长而锋利，带着冰冷的光泽，把它攥在手里，似乎就连胆小鬼也能瞬间变成勇士，而今晚，它的身上会增添一些新鲜的印记，那些印记将证明它参与过一个不平凡的故事。

2

两年前，上海。

夜幕下的城市闪烁着奇异的光亮，如同堆砌在一起的各式玛瑙、玉髓。人们奔波着、发掘着，似乎只要把自己当作这里的一部分，任何欲望便都不会落空。

一家位于市中心的 KTV 包厢里，云鼎实业的员工们喝着酒、唱着歌，宣泄着一天的疲惫。他们大多叫来了自己的伴侣，一个个成双成对，毫无掩饰地甜蜜着。

白鸽紧闭双眼，攥紧拳头，完美地把那句高音飙了上去。伴着同事们的喝彩声，她从高脚凳上跳下来，一边随着音乐的节奏跳着夸张的舞步，一边挨个和坐在沙发上的人击掌，简直把包房当成了自己的个人演唱会。

白鸽来到云鼎实业已经有六个年头了。刚来时那个穿着牛仔裤、扎着马尾辫的实习生，如今已经坐到了事业二部经理的位子上。同事们都很喜欢她，不管是在办公室里还是聚会上，有她的地方从来不会冷场。

一曲终了，白鸽坐回到了自己的位子上，掏出手机挨个回复着漏掉的信息。徐远坐在角落里，静静地看着她。把杯中酒一饮而尽后，他觍着笑脸坐了过去。

"白州 12 年，我藏了好久的，尝尝？"

"别又跟我套近乎，你知道我不爱喝酒。"白鸽不屑于搭理他。

"咱俩的近乎，还用套吗？"徐远拿起杯子，给白鸽倒了一杯。

"哎，说点儿正经的，你跟你前任都分了快一年了，是不是也该考虑一下换个倒霉蛋儿接盘了？"

"怎么又来了，能不提这事儿吗？"

"我跟你说啊，这男人就跟食堂的菜一样，虽然难吃，但你要是去晚了，还真就没有了！"

"我现在一个人不是挺好的吗？"

"白鸽，我又不是攥着皮鞭的特务，你也不是宁死不屈的革命女战士，跟我你还嘴硬什么？"

白鸽放下了手中的酒杯，干脆把头扭到了一边，徐远依旧不依不饶地凑了过去。

"白鸽，这事儿你可不能含糊。你看超市里的水果，白天再水灵，到晚上八点就要贴打折签了，再没人买就得直接扔垃圾桶了……"

徐远边说边手舞足蹈地比画着，可他还没来得及把嘴里的话说完，却发现白鸽早已经没有了踪影。

白鸽站在楼顶的露台上远望着，鳞次栉比的楼宇间透着一种说不出的淡漠。今夜，大多数人将回到温馨的家，与小狗嬉戏，与小孩欢笑，伴侣间互诉衷肠，在夜色中安然入眠。然而，有些人注定要在孤独中度过。

白鸽长叹一口气，忽然发现此时站在天台上的不止她一个人。那个男人站在不远的地方，手里夹着一根烟，他有着一双深邃的眼睛和梧桐树般挺拔的身躯。

尽管不太擅长，但今晚白鸽决定借着三分酒意，鼓起勇气一试。

她走近男人，轻声问道："能借根烟吗？"

男人看了白鸽一眼，从口袋中掏出烟盒和打火机递给她。他的手修长有力，白鸽想，若被这只手握住，定会感到无比安心。

白鸽偷偷观察着身旁的男人，将烟放入口中。尽管她努力装出熟练的样子，但当烟雾涌入鼻腔时，仍被呛得咳嗽起来。

男人认真地看着她，问道："第一次吗？"

白鸽本想找个借口掩饰尴尬，但面对那双眼睛，她觉得还是说实话为妙。

"被你看出来了，人生第一次抽烟。"

那个男人笑了起来："我是问你，是不是第一次跟陌生男人搭讪？"

白鸽的脸顿时红了起来。

"其实你完全可以再矜持一点，因为我本来准备抽完这一根，就要鼓起勇气朝你走过来了。"

白鸽抬头望着他，忍不住笑了出来。

"这样吧，重新来一遍。"男人朝白鸽伸出了手，"我叫卢杉，能认识一下吗？"

"我叫白鸽。"

白鸽伸出了手，没想到刚刚的幻想这么快就实现了。

"白鸽，好听的名字。"卢杉说道，"所以鸟儿总是喜欢飞到高的地方？"

"我和同事们在八楼那家 KTV 唱歌，屋子里有点闷，我来这里透口气。"白鸽解释着。

"巧了，我今晚也在那有应酬。说实话，我不是太习惯那种环境，所以跑到这里躲躲清静。"

"在 KTV 里穿衬衣打领带的，除了服务生大概就是你了吧？"白鸽问道。

卢杉笑了起来："工作需要，在客户面前不能太随意。"

"能打听一下你的工作吗？"白鸽问道。

"我的工作，就是帮人解决麻烦。"望着白鸽疑惑的双眼，卢杉说道，"我是个律师。"

"明白了。"

"所以，希望你不会找到我。"

白鸽也笑了起来，她意识到打火机还在自己的手里，赶紧伸手交还给他，离手的那一刻，白鸽忽然注意到了火机上印的字。

"你住过千禧酒店？"白鸽好奇地问道。

"哦，上个月去杭州出差的时候，在那里住过。"

"不会吧，我上个月在杭州做项目监督，一整月都住在那里。"

"酒店二楼的手冲咖啡很好喝。"卢杉说道。

"能排进我心目中最好喝的咖啡前三名里。"白鸽笑着。

"我还记那段时间工作很不顺利，那天坐在窗户旁边，喝着手里的咖啡，看着窗外的雨，忽然觉得好像一切也没有想得那么糟。"卢杉回忆着。

"上个月杭州就下了一场雨，我们不会恰巧都在那家咖啡厅吧？"白鸽睁大了眼睛。

"我记得我在那里待到中午十二点，然后去赶火车。"

"所以那时我让服务员拿走的那个喝过的咖啡杯，是你留下的？"

"擦肩而过，太遗憾了。"卢杉说道。

"果然该相遇的，终究会相遇。"白鸽看着手中的香烟，她虽然一直并不喜欢烟味儿，但是今天晚上，她觉得手中这根烟的味道充满了清香。

闲聊中，白鸽意外发现两人住所相近，从自家阳台竟可眺望他的家。聚会结束后，两人自然而然结伴同行。尼古丁首次渗入白鸽的血液，让她感觉周遭如梦似幻，不甚真切。

白鸽非大胆之人，那晚却鼓足了勇气。然而那点勇气终究有限，分别的时候，她最终没有去问卢杉加微信好友。

那日后，那个男人再未现身，白鸽渐渐怀疑自己是否真的曾在楼顶邂逅过他，还是只不过酒后一场幻梦。每晚晾衣的时候，她总立于阳台发呆，远望那公寓楼的灯火，恍若触不可及的星光。

咣当一声，白鸽的汽车顶在了前车的屁股上，连续熬夜带来的倦意顿时一扫而空。

　　"会不会开车啊？"前车的司机走了下来，一副粗鲁的样子。

　　"你变道没有打灯，开得又这么快，谁看得见啊？"

　　"甭说了，后车追尾，你全责。怎么着，走保险还是私了？"司机大声嚷嚷着。

　　"明明是你强行并线，咱们找交警调摄像头！"

　　"这哪儿有摄像头啊？行了，都着急上班呢，咱们也别给人家添堵。姑娘我告诉你，你撞上我算你走运了，拿两千块钱来这事儿就算了，赶紧上你的班去。"

　　"两千块钱？凭什么啊！"

　　街边的人纷纷驻足围观，一双双冷漠的目光投到身上，白鸽觉得气都喘不匀了。

　　就在这时候，一辆黑色的汽车停在了旁边，一个男人从车上走了下来，用胳膊把白鸽挡在了身后。

　　"哥们儿，别欺负人家女孩子，这个事故是你的责任。"

　　白鸽抬头望着面前的卢杉，不禁张大了嘴巴。

　　"卢杉，你……"

　　卢杉冲白鸽摆摆手，示意她别说话。

　　"你谁啊你？哪儿冒出你这么根儿葱来了啊？"

　　"我是一个律师。"卢杉笑着从自己口袋里掏出了自己的律师资格证，"现在我是她的代理人。"

　　白鸽在公司里心神不宁，项目报告时，原本熟记的词句乱成一团，脑海里全是他的身影，那个男人似乎神奇地化身成周围的事物，面前的投影屏是他，手边的咖啡杯是他，签字笔是他，揉皱的纸团是他，落在台灯上的灰尘，也是他。

　　代理人非常负责，下班的时候卢杉已经把修好的车开到了白鸽公司的楼下。

"你等了多久？"白鸽问。

"刚刚到。"卢杉说道，"事情都办妥了，车前灯换了新的，顺便帮你洗了个车。"

"星级服务，太感谢了！"

"以后开车还是多小心些，现在路上有好多这种碰瓷的司机，专门找你这样的女孩儿下手。"

"我知道了，帮了我这么大的忙，该怎么谢你啊？"

"小事一桩，谢什么啊！"卢杉笑着摆摆手。

"你都说了，你是我的代理人，律师费我总得出吧？"

《消费者权益法》第九条规定，消费者享有自主选择商品或者服务的权利，我这属于强买强卖，你可以拒不付款。"卢杉说道，"好了，快回家吧，马上就要堵车了。"

"那个，今晚你有空吗？"白鸽不愿再浪费机会，她鼓起勇气问道。

"今晚没空了。"卢杉看看腕上的手表，摇了摇头。

"没事，我就随便一问……"白鸽脸上露出了沮丧的神情。

"因为今天剩余所有的时间，我都留给了一个叫白鸽的女孩儿。"

卢杉望着白鸽，两个人都咯咯地笑了起来。

那天晚上，两个人漫步在街头，似乎头顶的一切星光都是为他们点亮的。

卢杉喊住了白鸽，然后俯下身帮她把松开的鞋带系上。看着面前的卢杉，那一刹那白鸽甚至觉得，是老天为自己准备好了这个男人，让他那天在高高的楼顶等着她，让自己觉得之前经历的一切委屈、挫折、痛苦、纠结，都是值得的。而且，不经历这些，自己根本不会认出他。

卢杉把白鸽送到了小区门口，两个人一晚上聊了太多，此时都已经没了话，只是默默地注视着对方。而此时此刻，在那些星光照射不到的角落里，一个黑影在紧紧地盯着他们。直至两人分开，他依然不肯放手，加快脚步跟上了卢杉。

那个男人躲在阴暗处，看着卢杉的一举一动。白鸽再也忍不住了，从旁边冲上去一把抓住了他的衣领，一脸的愤怒。

"徐远，你跟踪狂吗？"

徐远吓了一跳，赶紧换了一副装傻充愣的面孔："你怎么在这儿啊？太巧了！"

"你到底想干什么？"

"没想干什么，我这不正好从这儿路过……"

"别装了，从我俩晚上一起吃饭你就在后面跟着，去咖啡店你也跟着，你当我没看见吗？"

徐远挠头笑了笑："个人防范意识还挺强的，看来公安宣传到位了。"

"别跟我绕弯子。"

"他是你朋友啊？"徐远问道。

"有问题吗？"

"你们认识多久了？"

"关你什么事？"

"我这不关心你呢吗？唉，他是干什么的？你们怎么认识的？"

"你怎么那么闲呢？工作量又不饱和了吗？"

"我这人你还不知道？"徐远笑着说，"就爱打听个张家长李家短的。"

"对不起，我家姓白，你打听也是白打听！"白鸽扭头就走。

"你要不说，我直接问他去了啊？"徐远冲着白鸽的背影大喊着，果不其然，白鸽转身走了回来。

"徐远，"白鸽认真地对他说，"我跟谁认识怎么认识，那是我的自由，别再缠着我了——我没跟你开玩笑！"

"好，那我也不开玩笑。"徐远放下了那副无耻的笑容，"你找男朋友我没意见，双手赞成。但是实话告诉你，我觉得你找的那个男的，有点儿不太对劲儿。"

"你觉得？你觉得算老几啊？"白鸽强忍心中的愤怒。

"不好意思，公司几百员工进出、选拔、使用、培养、考核、奖惩，基本都是靠'我觉得'说了算。好歹我也算是阅人无数，看人这方面，我还是有自信的。白鸽，我敢用我的职业声誉保证，你认识的男人有问题。"

"那徐总监说说，哪儿有问题？"

"听说过 MBTI 吗？"徐远问道。

"迈尔斯－布里格斯类型指标，当然听过，就是你们人力部用来把人分成三六九等的什么系统。别跟我说你那套理论，我不信。"白鸽显得有些不屑。

"说实话，我也不信，但是我喜欢用它做排除法。"

"排除法？"

"按照迈尔斯－布里格斯类型指标把人分成了十六种人格类型，但人是复杂的，一个人身上很可能有两到三种人格类型的特质。也许没法确定一个人一定是哪种人格类型，但是可以确定他一定不是哪种，所以排除掉一定不是的类型，你就大概可以确定他是哪一类人了。"

"所以你排除掉了哪些？"

"非常不幸，十六种我都排除掉了。所以他属于第十七种——伪装型人格。"

"什么意思？"白鸽瞪着徐远。

"那个男人在你面前的一举一动，都是装出来的。"

"行了，你嘴瘾过够了吧？过够了就赶紧回家去。"

徐远甩开了白鸽的手："我从黄浦跟到静安从静安跟到浦东腿都快断了，你以为我为的是什么？我这是作为朋友负责任地提醒你！"

"我告诉你，我不管他在你眼里是什么类型，在我眼里，他就是我喜欢的类型。"白鸽说着狠狠地在徐远胸前敲了一拳，"你小子，是吃醋了吧？"

时间就像火焰，终将燃尽所有人的生命，一切到头来，也只是短暂的闪光。

两年前，白鸽觉得自己从卢杉的身上看到了某种东西，像是一种耀眼而温暖的光源，她义无反顾地走向了他。然而，那光芒渐渐黯淡，被一层坚硬的外壳所替代。

白鸽手中的剔骨刀颤抖着，告诉自己一切都结束了。她逼着自己做完了那些在脑海里演习过无数遍的事情，把那把沾满血的刀从窗户丢了下去。

漆黑的夜晚，白鸽悄悄走到一辆黑色的老式汽车前，确认四周无人后，她打开未锁的车门坐了进去。仪表盘上放着一张纸，是徐远留给她的——

　　　　钥匙在脚垫下，手套箱里有现金和手机，后备厢有食物
和水，车里有足够的汽油。你立刻开车离开上海，避开大路，
不要下车，不要去大城市。一个月后再开机，我会联系你。

白鸽犹豫了很久，但最终她还是将现金和手机放回了原位，默默地下了车，身影消失在夜色中。

一列开往北方的火车在黑夜中疾驰。

列车员在昏睡的乘客间穿梭，突然一位乘客叫住了她："那边的厕所锁了好久，是不是坏了？"

列车员走到那扇上锁的厕所前，轻轻敲门询问："你好，里面有人吗？"

然而没有人回应。列车员决定用钥匙打开门。门一开，她愣住了，只见一个女子蜷缩在角落，赤着双脚，脸上带着伤痕。

"我丈夫他是个魔鬼，我从家里逃出来的。"白鸽央求道，"求求你，别让我下车。"

列车员犹豫了一下，重新锁上门，挂上了"维修中"的牌子。

3

窗外乌云滚滚，树上的枝叶随风摇摆。

白鸽在镜子前犹豫了半天，最终还是决定脱下牛仔夹克，换上那条心仪已久的连衣裙。为了与裙摆那精美的鱼尾设计相配，她特意找出了一双细高跟鞋——尽管今天她要冒着挨冻的代价。

白鸽还是小看了今天上海的降温。冷风夹杂着细雨，像刀割般刺痛她裸露的皮肤，一辆汽车驶过，溅起的积水准确地泼在了她的脚踝上，耳边呼啸的风声似乎都是对她的嘲笑。她暗暗骂着自己，白鸽啊白鸽，比约定时间早到了整整半小时，你怎么那么不矜持？

正当白鸽不知躲到哪里去时，那个眉目温柔的男人，用他的大衣把白鸽裹在了自己的怀里。看着面前的卢杉，白鸽什么话都没有说，情不自禁地和他吻在了一起。

交往仅仅两个月后，白鸽就迫不及待地将卢杉介绍给了父母。对她而言，这既是对他们感情的自信，也更想以此举告诉爹妈——看看你们平日里给我找的那些歪瓜裂枣，我在你们的心目中真的就是那个嫁不出去的老闺女吗？

客厅里，白鸽的父亲借着聊国际政治试探着这个小伙子的深浅。趁着这个当口，母亲把女儿拉到了一边。

"你们才认识几个月，你就这么着急吗？"

"你上次把张阿姨的侄子介绍给我，第二天你就给我们塞到电影院里了，第五天你就问我什么时候能领证，到底是你性子急还是我性子急啊？"白鸽不耐烦地说道。

"妈是为你好！傻闺女，处对象时大家都要把光鲜的一面展示给对方，你们认识多长时间，你对那个男人了解有多少呢？"

白鸽被母亲一连串的问题问得无言以对，扪心自问，两人除了约会吃饭，以及自己几次前往卢杉事务所的经历，这两个月以来她对卢杉的了解，并没有自己想象中那么多。

"你还别不爱听，我觉得老人们的担心是有必要的。"闺蜜桃子一边嘬着手里的奶茶一边说道，"毕竟选择结婚对象可能是一辈子最重要的事情，比投胎还要重要，你又不是没遇见过渣男。"

"说得头头是道的，你先处理好你自己的事情吧！"白鸽看着歪坐在自己沙发上的桃子说道。

"我是找男人，你是找老公，能一样吗？"桃子挑着眉毛，一副认真的模样，"白鸽，我不怕你憨厚吃亏，也不怕你精明过人，就怕你半精半傻，占不到便宜还赔上了自己！"

白鸽和桃子刚认识的时候还是六年前，那时候两人还都是云鼎实业的实习生。桃子身边从来不缺男人，一群追求者每天变着法地讨好她。桃子从来不掩饰自己的纯粹："我这人别的不喜欢，就是喜欢钱。要追我，你不光得有钱，还得把那些钱变成让我开心的钱。"

也许正是在对方身上看到自己明明不屑却此生做不到的东西，两个人不知不觉成了无话不说的朋友。

"这样，让我来帮你验验货！"桃子拍着白鸽的肩膀说，"要是连我这关都过不了，那趁早没戏。"

"你别乱来啊。"白鸽皱起了眉头。

桃子笑了："好歹我看男人的经验比你丰富，这个重任就交给我吧，谁让我那么爱你呢！"

桃子对自己是有信心的，她相信没有几个男人不会在自己面前原形毕露，可她的所有手段在卢杉面前全都撞了墙。最终桃子告诉白鸽，那个男人很可靠，值得托付终身，说这句话的时候，桃子自己心中不由得起一阵妒忌。

　　这天晚上，白鸽破天荒地喝了酒，卢杉不得不把她送回了家。趁着卢杉俯身帮自己脱鞋的时候，白鸽一个翻身把卢杉压在了身子下面。她双手卡在卢杉的脖子上，死死地按着他，几乎要将他嵌入沙发中。

　　"老实交代，你是不是有什么事情瞒着我？"白鸽问道。

　　卢杉看着她，眼中闪过一丝笑意，以一种平淡的口吻说道："我瞒你什么？"

　　"别吞吞吐吐的，快说！"

　　"你说你在我之前只有过一个女朋友，可我觉得像你这样的男人，情感经历应该至少能写出一本书来。"白鸽不屑地说道。

　　卢杉一脸坦诚："我就是一个普通人。"

　　"我妈跟我说过，把自己称作普通人的人，都是不能信任的。"白鸽盯着卢杉的眼睛。

　　"我也很希望自己不是个普通人。"卢杉说道，"你知道吗，直到上高中之前，我一直坚信自己身体里流的血都是和别人不一样的，总有一天我会撼天动地、拯救世界于危难之中。可是高中入学体检的时候，体检报告告诉我，我身体里流的只是最常见的 O 型，而且还有点儿贫血。"

　　白鸽趴在卢杉的身上，笑得前仰后合。

　　"我说过了，我的情感史是一张白纸，就等着你去写了。"

　　卢杉伸出手，指尖温柔地摩挲着白鸽的额头，亲吻着她，白鸽有些不好意思，轻轻地推开他。

　　"该你了。"卢杉说道。

　　"该我什么？"

卢杉笑了："别装傻，我已经交底儿了，你还想藏着掖着吗？"

"之前不是都跟你说过了吗？"白鸽轻描淡写地说着，"除了那几个不靠谱的相亲对象，还有一个之前在网上聊了几年连面都没见过的soul mate，我也是一张白纸。"

"再往前呢？"卢杉问道。

"没啦。"

"在学校的时候呢，就没有什么刻骨铭心的校园恋情吗？"

"没有。"

白鸽一边说着，不自觉地撒开了手。

卢杉追问了一句："真没有？"

白鸽笑了笑："真没有，当时只顾着好好学习了。"

"我还以为你会是一个有故事的女同学。"

"没什么故事，你高看我了。"

白鸽努力将中学时代的回忆从脑海中剔除，她不想让卢杉知道自己的那段过去，她知道卢杉不是个小肚鸡肠的男人，但那会让她觉得自己在他面前抬不起头来。

卢杉低头吻了她，那一刻，所有的不安与忧虑随着那个吻消散无踪。白鸽紧紧地拥住了他，就像一个溺水者紧紧抓住了朝她伸过来的手臂。她脱下了卢杉的衬衣，贪婪地吮吸着他身上的气味，任由他像一抔炽热的黄土将自己完全覆盖。

一切恢复平静后，卢杉毫无悬念地击败了白鸽身后众多的追求者。白鸽也下定决心全身心地接纳这个男人。她甚至觉得，如果自己不和他在一起，简直是一件有违天理的事情。

不久后，白鸽在一家高档的餐厅里宴请了朋友们，正式把卢杉介绍给了大家。卢杉热情地招待着众人，白鸽在他身边显得小鸟依人。徐远默默地盯着卢杉，他主动端起了酒杯。

"我们是不是以前在哪里见过？"徐远两只眼睛直勾勾地盯着卢杉。

卢杉笑了笑："你应该是记错了。"

徐远从喜宴离开后直接去了常去的那家酒吧。身边的人推杯换盏，他却显得形单影只。

徐远的目光在人群中搜索着，很快他的目光落在了坐在吧台前的一个短发女人身上。

"小时候有蹲在地上观察过蚂蚁吗？"徐远端着酒杯坐到了那个女人的身旁。

女人饶有兴致地看着徐远，点了点头。

"知道蚂蚁走路的时候先迈哪一条腿吗？"

女人笑着摇摇头。

"左边中间那一条。"

女人不屑地笑着："骗人的吧？"

徐远认真地说道："门口有一片草丛，那里面应该有不少蚂蚁，你要是看一眼的话，就会发现我是个观察细致而且不会说谎的男人。"

"所以你想说什么？"女人问道。

"我想说，刚刚我观察了很久，你应该是方圆十里之内最独特的一个女孩儿。"

女人笑了："开场白虽然略显油腻，但至少还算用心。"

"能请你喝一杯吗？"

"然后呢？"

"我不知道。我只知道，今朝的酒，得今朝醉。"徐远晃了晃手中的酒杯。

两个人互相看着对方，明白了彼此都是同类。他们彼此试探着、撩拨着，三杯酒下肚，两个人便一起走进了酒店的房间。

徐远很喜欢这种感觉，茫茫人海中两个人相互慰藉，不用为昨天牵肠挂肚，不必为明天殚精竭虑，享用彼此当下最美丽的时刻，他们甚至不用知道彼此的姓名。

两个人拥在一起，互相褪下对方身上的衣服，不过当一张小区的门禁卡从徐远的口袋里掉落下来的时候，女人却一脚踩下了刹车。

"你住天海城？"短发女人问道。

"有问题吗？"徐远反问。

"有，我也住在那。"

徐远也愣住了，不由得苦笑了起来："这大概也算是一种缘分吧，我说看你觉得眼熟。"

"我今天才搬到那个小区，东西都还没收拾好。"

"那个小区总体还算不错，"徐远努力缓解着尴尬的气氛，"就是物业有点儿差劲，我们准备成立业委会呢，回头拉你入群。"

"那不着急。"

"对，不着急。"

"对不起，我的原则是可以接受一夜疯狂，但是接受不了过后再次见到对方的尴尬。"短发女人站起了身。

"看来我们真的是同类。"

女人重新把衣服穿好，掏出了手机："房钱算我一半，支付宝给你吧。"

"不用了。"徐远摆了摆手。

"算了，我直接给你现金得了。"

"其实加微信也行，做不了露水情人，万一能成个灵魂伴侣呢？"

女人笑了："你觉得我们这种人的灵魂，需要伴侣吗？"

4

十年前的一个夜晚，白鸽独自走在宁江一中操场旁的甬道上，她的步伐越发急促，总觉得身后有无形的目光紧随着自己。

夜色凄凉，路灯下的树枝投下骇人的影子，仿佛鬼魅在张牙舞爪。风掠过屋檐，发出低沉的呜咽，似乎在诉说着什么不为人知的秘密。弱小的虫子悄悄钻入了被丢弃的易拉罐下，石子则藏身于柏油路的褶皱里，寻找一丝丝的庇护。然而四周却没有一处可以让她藏身的所在。

白鸽拐过甬道尽头的矮墙，停了下来，贴在墙角向后望去，一切都很平静，甬道空无一物。

然而，一股窒息感突然袭来，她的呼喊声被什么东西堵在了嘴里，无法传出，这时她才意识到自己被一个黑色的塑料袋套住了头。

两条胳膊从背后紧紧勒住她的脖子，拖拽着她向后。白鸽奋力挣扎，但那胳膊如捕兽夹般越挣越紧。一拳重击在她的腹部，剧痛令她全身抽搐，黑色的塑料袋因她的喘息而紧贴在脸上，她感到自己的气力仿佛被抽空了。

眼前漆黑一片，她向背后的人求饶，但一切徒劳。她的身体逐渐瘫软，任由那人撕扯衣物。窒息中，她感觉自己陷入了一片死寂，伸手抓向飘忽的东西，却什么都抓不到，只能任由身体坠落。

最近一段时间，白鸽屡次陷入了那个噩梦的旋涡之中。尽管周围的楼宇高耸入云，挡住了凶猛野兽的袭击；尽管霓虹闪烁，照亮了黑夜的天空，但对于曾经遭受过猎捕的动物，这个世界永远是危险的。连续一段时间里，她总是感到一种异样的感觉，似乎总有一双眼睛在背后紧紧盯着她的一举一动。甚至还有过几次，她发现自己办公桌上的东西被不怀好意地碰触过。

"是不是最近压力太大了？"卢杉关切地问她。

"跟压力没关系，我就是觉得，有双眼睛总在盯着我。"白鸽认真地说道。

"我想起之前的一个案子，"卢杉回忆着，"一个独居的女孩儿，她曾经去一家电脑维修店修理她的笔记本电脑，回来之后电脑修好了，可她总觉得不对劲。后来找朋友检查才发现笔记本被装了流氓软件，有人一直通过前置摄像头偷窥她。"

"你的意思是，有人拿摄像头偷窥我？"白鸽问道。

"那倒不一定，我的意思是，如果真的有那个人的话，你可以用摄像头把他找出来。"

那天晚上，卢杉细心地把一只摄像头装进了玩具熊里，让白鸽放在自己的工位前。

"让它替我帮你找出坏人吧。"卢杉笑着对她说。

徐远坐在临窗的单人沙发前，啤酒杯中金黄的泡沫缓缓升起。屋内寂静冷清，如同酒店的标准客房一般整洁。他轻抚着茶几上那个空荡荡的相框，眼中闪过一丝怅然。

相框里藏着一张老照片，照片上的徐远与白鸽穿着青涩的高中校服，两张脸凑在一起，笑得像两朵肆意开放的花。所谓的青春，不过是在风中飞扬了一场。

几口啤酒下肚，徐远却觉得索然无味。他站起身，换上运动服，酒压不下去的东西，他只能用疲惫遮掩一下。

夜色中，徐远在小区的道路上奔跑着，一个影子从后面追了上来，与徐远并肩前行，女人虽然把短发扎了起来，但徐远还是很快认出了她。

"看来上次的决定是正确的，现在起码多了个跑友。"女人说道。

徐远笑了笑。

"配速太慢了，不知道的以为老大爷遛鸟呢，我带你，跟上。"女人话音未落，已经跑到了徐远的前面，徐远不想被看扁，只得加快了自己的步伐。

"哎，你是摩羯座的吧？"女人忽然问道。

"怎么了？"

女人一脸的不屑："做事目的性那么强，我记得第一次见你的时候，你话挺密的，现在转眼就成闷葫芦了。"

"没有，只是在想些事情。"

徐远停下来，坐在了旁边的长椅上。

"说出来，我帮你参谋参谋。"女人也停了下来。

"怎么那么爱打听，你当记者的啊？"徐远问道。

"被你猜对了。"

徐远愣住。

"《先锋时代》知道吗？社会版块的出镜记者，林江雪。"

短发女人主动伸出了自己的手，徐远只好握了上去。

"看来我得关注一下了。"

"闲着也是闲着，讲出来听听。放心，今天不是我的工作日。"

徐远坐在那里，心里始终堵着一团麻。

"你说，这世上有那种十全十美的男人吗？"徐远问道。

"那你觉得有没有十全十美的女人呢？"林江雪反问道。

"当然没有。人总有两面，孔雀开屏再好看，转过去也是屁眼儿。"

"我觉得有。"林江雪认真地说，"这个世界上总有处处比我们优秀的人，只是大多时候我们不愿意承认。说吧，到底怎么了？"

"其实也没什么大不了的，我们公司有个女同事，最近刚嫁人了。她那个老公，大家都觉得挺优秀的，可是我怎么看怎么觉得不对劲儿。"徐远说道。

"哪儿不对劲儿了？"

"我也说不上来，他看上去是挺不错的，对人也细心，一副宠妻狂魔的样子。"

"有照片吗？"林江雪问道。

"女人啊，都是视觉动物。"徐远说着掏出手机，翻出了白鸽朋友圈的照片。

"卢杉？"林江雪问道。

徐远一愣："你认识？"

"他是个律师，去年有一期专题，我采访过他。他在业内蛮有名气的，人又长得帅气，怪不得让某人心怀嫉妒。"

"谁嫉妒了？我这是关心我的同事！"

"真的只是同事吗？"林江雪凑近了徐远。

"高中的时候，顺便当了一下同学。"徐远解释道。

"哦——"林江雪故意拖了个长音。

"我不是故意找碴儿，我就是感觉那个男人对她别有用心。"

"爱一个人本身就是别有用心的，爱情的本质就是自私地占有对方，你这种独身主义者怎么可能理解？"

徐远抬头望着天空，不住地摇着头："我看人还从来没有看错过，我跟你打个赌，这个男人一定有问题。"

"我看啊，对人家别有用心的是你。我回去了。"林江雪站起了身。

"等会儿，"徐远忽然想到了什么，"你说你之前采访过那个男人，你采访的什么？"

"那期节目叫《被偷窥的人生》，主题是揭露现在四处遍布的隐秘摄像头现象。"

"为什么会采访到他？"徐远又问道。

"因为当时了解到卢衫律师受理过很多被侵害隐私权的案件，他还为我们展示了很多案件中使用的作案工具。"林江雪回忆着。

"什么作案工具？"

"微型摄像头之类的东西。"

白鸽把卢杉给他的玩具熊放在了自己的办公桌前，玩具熊不辱使命，很快揪出了藏在白鸽身后的那个人，是公司的法务赵洪伟，平日里总是笑呵呵的那个男人，家里的孩子都已经上六年级了。尽管卢杉使劲用手捂住了白鸽的眼睛，但白鸽还是从指缝中看到了那些画面，那个满脸油腻的男人，贪婪地品尝着自己抽屉里的口红，白鸽胃里一阵抽搐，忍不住冲到马桶前呕吐了起来。

"报警吧。"卢杉紧紧地搂着白鸽的肩膀，"这样的人，让警察去处置他。"

"警察会怎样处置他？"

"依法问责呗，我们有证据在手里，你放心，警察是不会放过他的。"

白鸽看着卢杉，她显然想要更多的答案。

"五天行政拘留，五百元罚款。"卢杉补充道。

"他做了那样的事，只有五天行政拘留和五百元罚款？我那支口红都不止五百元！"

"那你想怎么样呢？"

"应该让他蹲监狱！"白鸽狠狠地说道。

"到不了那么严重，他的行为目前还只限于《治安管理处罚法》，上升不到《刑法》。"卢杉解释说。

"你这是在替他做辩护吗？"白鸽不悦地瞪了他一眼。

"我知道你特生气，这世界上总有一些像他那样的垃圾人，跟他们纠缠最后只会弄得自己一身脏，对待这种人最好的办法就是离他们越远越好。"

"生气？你觉得我只是生气吗？你看到他的那副样子了吗？女人涂口红是最幸福的，可是我这辈子再涂口红的时候脑子里都会想到刚才那个画面！"

尽管卢杉多次劝白鸽不要冲动行事，白鸽还是把那些恶心的画面做了截图，打印出来贴在了公司的墙上，同事们顿时炸了锅。

老赵慌乱站起，企图偷偷逃离，但同事们早已经将他围住，要求他解释清楚。

起初老赵还梗着脖子、瞪着眼想要挣扎一番，可惜很快便败下阵来。眼看白鸽强行抢过了自己的手机，老赵哭丧着脸，整个人像是个泄了气的气球一样瘫软了下来。

老赵的手机如同击鼓传花一样在公司的员工手里传递着，大家在他身上挖出了不少宝藏——受害者不光是白鸽一个人，还有公司的很多其他女员工，老赵的手机里私藏了大量偷拍她们的照片。更有甚者，大家发现这家伙经常默不作声地躲在女厕所的隔间里，一蹲就是半天。

徐远的拳头穿过乱飞的唾沫星子，狠狠地揍在了老赵的腮帮子上，老赵抱着脑袋，死鱼一般躺在地上，他能做的，只有静静地等待着大家的怒火散去。老赵最终是被警察戴上手铐拽走的，一些好事的同事用手机拍了照片和视频发到网上，甚至没有给他打码。

白鸽站在一边静静地看着，心里有一种报复的快感。她想要的就是这个，远比将老赵关进拘留所来得痛快。

9月底，太湖的大闸蟹肥美诱人，卢杉精心挑选了几只，带着白鸽一同去探望她的父母。

两位老人对卢杉颇为满意。每次来访，卢杉都会与白鸽的母亲陈宁畅聊许久，而陈宁对这个女婿的喜爱之情更是溢于言表。

卢杉告诉白鸽的父母，自己的母亲十七岁便生下了自己，如果当初母亲手里能多几个钱，自己很可能就已经消失在医院的引产室里了。出生后不久，母亲便离他而去，杳无音信。他是被舅舅养大的，舅舅一家从来没给过自己好脸色。所以每次坐在白鸽母亲的面前，他总能感觉到一种家的温暖。

白鸽也觉得，两个并不幸运的孩子，终于找到属于他们的幸福了。对于自己来说，之前不管遇见了多少的人，如今都已经曲终人散，她和自己心爱的男人建立了属于他们的小家庭，把所有的人都挡在了门外。白鸽骑在卢杉的身上，就像站在百米跑的起跑线上，又像是刚刚冲过了马拉松的终点线。她抚摸着卢杉的脸颊，轻声问道："卢杉，你爱我吗？"

卢杉深情地看着她，回答道："白鸽，我是这个世界上最爱你的人，你是我的一切。"

5

好事一旦开头，便总是接二连三。这天，公司的老总陈青云把白鸽叫到了自己的办公室里。员工们在他面前会称呼"陈总"，而在私下里提起他的时候却会叫他"老板"，这个称呼并不是因为他的身份，而是因为他老是板着脸。

但是今天走进陈青云的办公室时，白鸽却惊讶地看到他的一张笑脸。

"白鸽，你来到云鼎有六年多的时间了吧？"陈青云问道。

"不记得了，大概是吧。"

"公司的业务越来越多，我希望有人能帮我一把。白鸽，我想让你去做事业部的总监。"陈青云眯着眼看着白鸽。

"陈总，您要是想批评我就直说。"

"你做得很好，我没有要批评你。"

"事业部总监的位子，可不是我这个资历和条件能坐上的。"

"坐上那个位子，其实只需要三个条件：第一，你自己得行；第二，得有人说你行；第三，说你行的那个人得是我。现在，这三条你都满足了。"

"您给我升职，我没意见，可不代表别人没有意见。很多人来得比我早，资历也不比我差，将来会有不少麻烦。"白鸽冷静地判断着。

陈青云笑了笑："所以我想帮你提前把这些麻烦解决掉。"

"您说。"

"我向总部做了提议，让你借调去香港的分部担任市场部经理，为期一年的时间。他们认真地考察了你在公司的业绩，提议已经被通过了。"

"……香港？"白鸽愣住了。

"在那里你可以好好历练一下自己，顺便多接触一下集团在日本和东南亚的客户资源，一年后你回到云鼎，坐在事业部总监的位子上，没人能说出二话来。"

白鸽呆呆地看着陈青云，终于明白了他并不是拿自己开玩笑。

"我知道你在想什么。"陈青云说道，"事业很重要，家庭也很重要，虽然只有一年的时间，但是人生中每一年的意义是不一样的，所以我把最后选择的权利交给你。"

一路上，白鸽心神不宁，最初的兴奋过后，巨大的焦虑如潮水般涌上心头。她清楚自己面临的选择：梦寐以求的婚姻如同刚开启的蜜糖罐，而这次工作升迁的机会，也是自己几年来兢兢业业工作的成果，她同样不忍心失去。

白鸽心烦意乱，浑然未觉身后有一双眼睛正紧盯着她。

赵洪伟，那个曾被白鸽嘲笑的失败者，此刻正偷偷跟在她身后。背包里藏着刀片、绳索、胶带和一瓶不明药水。

那个男人的脸庞憔悴了很多，头发也稀疏了些许。云鼎实业将他解雇后，他的生活变得艰难起来。为了养家糊口，他四处求职，却因为曾经的不良记录屡屡遭到拒绝。网络上的谩骂声如同一把利刃，反复地刺入他的心。女儿不愿意与他同桌吃饭，妻子也无法承受压力，最终选择离开他。

赵洪伟满腹怨气，他固执地认为是白鸽毁掉了他。在跟踪白鸽的这近一个月的时间里，他不断熟悉着她的每一个习惯和细节，那个曾经趾高气扬的女人，对他而言已经是徘徊在瞄准镜里的猎物。

回到家中的时候，卢杉已经做好了丰盛的晚餐。饭菜很香，白鸽却觉得自己配不上这一桌美味。当她正要把准备了一肚子的话说出来的时候，卢杉却先开了口。

"白鸽，我想跟你商量一件事。"卢杉把筷子放下，看着白鸽说道。

"什么事啊？"

"你有没有觉得，咱们家里缺了点儿什么？"

"缺什么？你是说客厅那面墙上吗？我挑了几幅装饰画，正想让你帮我一起选一选……"

"那面墙空着挺好的，我说的不是墙。我是说，白鸽，我们要一个孩子吧。"

白鸽愣了许久，卢杉的目光如同赤道上空的太阳一样炙热，让她有些睁不开眼。

"我认真地考虑过了，这件事宜早不宜晚。现在这个时候要孩子，对你身体也不会有太大的影响。而且今年备孕明年生的话，孩子属猪，属猪的人都有福！怎么样？男孩儿也好，女孩儿也好，我都喜欢，他一定和你小时候的样子很像，大大的眼睛，浓浓的眉毛。……"

白鸽呆呆地看着坐在对面的丈夫，他的嘴一张一合，自己却已经听不到他的声音。

"杉，我也很想和你要一个孩子，可是我现在不能。"白鸽挥手散去了面前的幻象，她努力让自己保持平静，可声音还是不由自主地颤抖了起来。

卢杉看着白鸽，刚刚脸上的光芒似乎散去了一些。

"陈总刚刚找我谈的话，公司准备提拔我做事业部总监，但在那之前，我需要去香港的分公司借调一年的时间……我知道这对你很不公平，但这个机会不是谁都能得到的，这些年我工作得很辛苦，真的很辛苦……杉，对不起……"

"为什么说对不起，这是好事啊！"卢杉说着攥住了白鸽的手，那份光芒再次回到了他的脸上，"这样的机会，肯定不是谁都能得到的。我知道你做这个决定一定花了很大力气，没关系，我们还年轻，孩子可以晚两年再要，我不想你后悔一辈子。"

之后的几天，卢杉提前给两人办好了港澳通行证，还陪着白鸽一起去商场挑选出行要带的必需品。看着丈夫帮自己细心地挑选旅行箱，白鸽心里觉得难受极了，她本希望卢杉会表达出自己的不满，哪怕只是一点点，也会让自己觉得自己是一个坏人，那是自己应得的惩罚，可是他偏偏没有。

在商场吃过午饭，白鸽从洗手间走出来，当她穿过无人的过道时，忽然全身怔住了——一个男人站在自己的面前，他的目光如同要将自己吃掉一样。

那个人正是赵洪伟。

白鸽下意识地想逃跑，可双腿像灌了铅一样。她不知道自己是怎么跑回到丈夫身边的，只记得全身已经被汗水湿透了。

"回家，带我回家！"白鸽紧紧地拽着卢杉的胳膊。

"别啊，咱俩好不容易出来一趟。"

"我现在想回家。"

"要不我们先找地方歇一会儿？"

"我说我要回家，你没听懂吗?！"白鸽突然崩溃地蹲在地上哭了起来，身体病态地颤抖着。

回到家里，尽管白鸽反复解释，自己刚刚不过是突然胃痛难忍，可是卢杉显然被她吓到了，他推掉了当天所有的工作，带她去了医院。各式检查忙活一圈下来没有大碍，他这才安了心。

白鸽没敢告诉丈夫，那些检查费是白花的，因为他挂错了科室。

虽然不愿承认，但白鸽明白，那些自己不愿面对的过去，终究还是逃不掉。左思右想，白鸽第二天还是偷偷旷了自己的班，挂了复旦大学附属医院的精神科的门诊号。坐在诊室里，白鸽觉得自己像个犯了错的学生。

"你停药多久了？"医生关切地问道。

"三四个月。"白鸽回答。

"为什么想要停掉呢？"

"那段时间，我觉得自己状态不错，过去的事情都可以抛开了，我也不再需要那些药了。"白鸽说道。

医生认真地解释着："舒必利属于苯甲酰胺类抗精神病药物，从我们医生的角度来说，是希望患者在自身状态允许的情况下逐步摆脱药物依赖的。但是你用药这么多年突然停药，身体可能会出现戒断反应。"

"现在该怎么办？我结婚了，我不想自己像个病人一样。"白鸽哽咽了。

"可你确实是个病人，而且曾经病得很重。"医生说道。

白鸽低垂着头，心中纵有万般不愿，事实却不容争辩，她始终未能挣脱那一段阴霾的过去。

"如果你需要的话，我可以给你再开些药。"医生说道。

十四号台风已登陆浙江温岭至舟山沿海，气象台尚未来得及发布预警，窗外已风卷云涌。

卢杉边做早饭边提醒妻子，再不起床上班恐怕要迟到。可那些褐黄色的药片让白鸽的脑袋昏昏沉沉，直到床头的手机再三传来振动声，她才勉强撑起身体，伸手拿到了手机。

几乎是一瞬间，白鸽从床上跳了起来。

整个城市在台风中飘摇着，写字楼像是被塞进了洗车房。

比起窗外呼啸的风雨，屋里的热闹却一点不逊色。陈青云一封内部交流的机密邮件鬼使神差地被群发到了整个公司，邮件内容表明集团在香港的分公司早已负债累累，而白鸽之所以被调去那里，是因为香港分部的那些领导，谁也不愿意自己背这个锅。

白鸽快步走入公司，她知道自己被利用了，更可气的是，和自己非常要好的几个同事都是知情者。公司的同事们纷纷避开白鸽的目光，却又不得不急慌慌地讨论着如何收拾局面。

陈青云左躲右闪，最终还是被白鸽堵在了公司门口。

他故作平静地向白鸽解释着，香港分公司的债务问题并非她想象得那么严重，自己也会全力帮她解决，如果能将香港分公司的债务问题摆平，带着战功回来的她一定会在公司脱胎换骨。

"您压根儿没指望我脱胎换骨，只想着让我皮开肉绽呢吧？"白鸽打断了陈青云。

"你这话什么意思？"陈青云瞬间提高了自己的嗓门儿，"公司一直在培养你，你却听了些风言风语就认为我在害你，你太让我失望了！"

"陈总，感谢您的栽培！"白鸽义正词严地说道，"我只是一个普通女人，我不懂您的雄才大略，更没有您那么大的野心，我只想做一些自己力所能及的工作，然后回到家里相夫教子，碌碌无为也无所谓，只要活得坦荡就够了！"

徐远坐在自己的办公桌前，也是一肚子疑惑，他知道陈青云做事一向滴水不漏，甚至考虑到自己和白鸽关系密切，在这件事上特地隐瞒了自己，可是这么小心的一个人，怎么会犯这种低级错误呢？

徐远忽然想到了什么，从抽屉里翻出了一张照片，那正是白鸽当时贴在公司里、记录着老赵偷拿她口红的那张照片。

徐远站起身来，顺着照片上的视角来到了白鸽的办公桌前，他四处搜寻一番，目光落在了放在桌角的那个玩具熊上，他将玩具熊拿在手里，仔细地端详着。

"远哥，你干什么？"一旁的小盐问道。

"你们有没有觉得，白鸽的背后，好像长了双眼似的。"

狂风暴雨冲刷着整个城市。

此时，卢杉那辆黑色的 SUV 停在路边，卢杉坐在车里，正通过电脑软件查看着玩具熊里摄像头拍摄的画面。

画面中，徐远一脸狐疑地看着镜头，两个男人隔着屏幕对视着。

白鸽早早打卡下了班，百米冲刺一般朝自己的汽车走去，她从未像现在一样迫不及待地想要回到自己的家里。

她的心太急了，丝毫没有注意到自己身后不远处，老赵正一路尾随着她，他从背包里掏出了药瓶和绳子，寻找着下手的机会。

可是还没等到他出手，一只手从背后猛地捂住了他的嘴，随后将他的脑袋猛地撞在旁边的墙上。

直到深夜，卢杉才迟迟回到家中，他一手拎着公文包，一手拎着刚刚买来的蔬菜，大衣上尽是雨水。可白鸽已经顾不得那么多，一个箭步冲上去搂住了自己的丈夫。

"白鸽，你这是怎么了？"卢杉支着双手，如同一棵无助的大树。

"我把去香港的机票退掉了。"

"退掉了？怎么了？"

"那个破地方，谁爱去谁去，反正我不去！"

"到底出什么事了？"

"杉，我决定了，我们要个孩子吧！现在就要！"白鸽说着一把将卢杉按在了沙发上。

"现在？我手里还拎着菠菜呢！"

"去他妈的菠菜，去他妈的香港，去他妈的事业部总监，我就要你！"

"你怎么说脏话？"

"我就说脏话！我愿意！"

沙发上，贴着的都贴着，绕着的都绕着，含着的也含上了，白鸽躺在卢杉颤动的胸脯上，她觉得这个世界上的一切都再也打扰不到他们了。

民警林海川和几位警察来到了公司里，和前台简单交涉了几句之后，朝徐远的办公室走了过来。那几张陌生的面孔身后，徐远看到同事们在用一种异样的眼神看着自己。

"你叫徐远是吗？"林海川问道。

徐远点点头："您是？"

来者从口袋里掏出了一张警官证，徐远象征性地看了一眼。

"我是黄浦公安分局豫园派出所的民警，我叫林海川，有些事情想要和你了解一下。"

"您想了解什么？"

"关于你们公司之前的员工赵洪伟。"

"他？他怎么了？"

"听说你和他之前有点儿矛盾。"民警林海川说道。

"矛盾？我跟他有什么矛盾？"

"听说你打了他，而且把他打得挺惨的。"

徐远快要乐出来了："民警同志，是不是他跟你告我什么状了？"

"先回答问题吧。"

"好，民警同志，我来告诉你我为什么会打他！那小子是个变态狂，上班时候躲在女厕所隔间里偷拍，下班以后祸害女同事的私人物品，用人家的水杯，穿人家的拖鞋，还拿人家抹脸的护肤品擦自己那玩意儿，要不是让人给发现了，他还不定能干出什么恶心事儿呢！我是打他了，而且现在后悔了，后悔我当初打得太轻了！"徐远愤怒地说道。

"那些事情我们大概了解了一些。最近一段时间，你有没有和他接触过？"

"那种垃圾，看见他我都觉得脏了我的眼睛。"徐远恨恨地说道。

"那他有没有来找过你？"

"你觉得他有那个胆子吗？"

"你们有没有通过电话，或是微信联络？"

"我早把他拉黑了。"面对追问，徐远有些不耐烦了，"你帮我转告他，他要想拿那件事讹我，让他尽管来，再见着他，我还会揍他一顿！"

"行了，脾气那么冲干什么，知道打人是犯法的吗？"林海川站起身来，"今天先到这儿吧，关于赵洪伟的事情，我们后续可能还会来找你了解情况。"

"赵洪伟他到底找你们说什么了？"徐远问道。

"他没找我们，是我们在找他。"林海川说道，"他失踪了，已经有两个星期了。"

警察说的话一向都是算数的，那次询问之后，林海川几次三番地来找徐远，反复盘问徐远这些天的行踪。这天下班后徐远一身疲惫地回到家，却看到林海川守在自己家楼下，他真的有些恼了。

"怎么还没完没了了？我跟你说过多少次了，从他离开公司之后，我没有见过他。有找我这个工夫，你们还不如去黄浦江里捞捞去，那小子八成是混不下去自己了断了！"

"怎么找人是警察的事儿，你只用如实回答问题。"

很快便有不少小区的邻居围了过来，徐远他做梦也没有想到，自己有一天成了那群大爷大妈看热闹的对象。当然他更没有想到，帮自己解围的人竟然是林江雪。只见她一把搂过林海川的脖子，狠狠地拽了拽他的耳朵。

"你怎么跑到我这儿来了？"

"你别闹，我这儿执行公务呢。"刚刚还一脸凶相的林海川顿时软了下来。

"这小子怎么了？犯事儿了？"

"你们认识？"林海川问道。

"不止认识。"

"有起失踪案，我们想找他了解了解情况。"

林海川简单地把赵洪伟失踪的事情告诉了林江雪，林江雪一边听着，一边上下打量着徐远。

"行了，别瞎忙活了。他这个人，我多少了解点儿。"林江雪笑着说，"他㞞得很，你借给他十个胆儿，他也干不出为非作歹的事儿来。"

林海川在同事面前被这个女人好生招呼了一顿，脸上无光，赶紧把林江雪拽到了一边。

"姐，当着我同事的面儿，你好歹给我留个面子。"林海川小声嘟囔着。

"你还知道你有个姐姐啊？我都搬这儿一年多了，你连见也不来见我一眼，你小时候拉屎都找我擦屁股，我真是白忙活了。"

"我又不是没给你打过电话。"

"这边房租老贵的，我搬到你这儿来，就是图你给我打俩电话的？"

"我错了，改天一定登门道歉。"

"改什么天啊？都到家门口了，你还真准备溜过去啊？"

徐远看着两人，这才反应过来他们的关系，忍不住笑了起来。

"怪不得，这不饶人的性子，像是一家人。"

夜幕下，城市的灯火渐渐暗淡。

那些白天里忙忙碌碌的人，不管是春风得意的，还是千疮百孔的，此时都已经躺在自己的床上，迎接下一个明天的到来。

城郊湖畔，一栋漆黑别墅孤寂矗立，大门上的法院封条已显陈旧。

苍蝇在空中打着旋，飞飞停停，最后落在老赵的脸上。此时此刻，他孤零零地坐在别墅的地下室里，他身上的衣服已经分辨不出颜色，他的头发和胡须很长，却因为营养不良而杂草一般枯黄，嘴唇黑漆漆的让人不禁联想到某种野兽，不过大可不必害怕，他的手脚早已经被绳子捆在了身下的椅子上。

一阵脚步声传来，老赵张开了自己满是烂疮的嘴，恶毒地咒骂起来。

吱嘎一声门开了，卢杉静静地看着老赵，脸上没有一丝表情。

6

古寺里香客繁多，卢杉攥着一把香虔诚地跪在佛像前，把额头紧紧地贴在了地上。抬起头来的时候，他只觉得面前那些金刚、罗汉的目光威严而肃穆，似乎能看穿他的内心。

"邪秽上身，冲福寿、害子嗣，有劫数啊。"

卢杉刚刚走出古寺，一旁树下一个算命的老者冷不丁地冒出了一句。

"说谁呢？"卢杉停住了脚步，冷冷地问道。

"是福不是祸，是祸躲不过。"老者口中念念有词。

卢杉走上前去，一把将那个老者拽了起来。

"嘴痒了，欠打是吗？"

"老弟别生气，我胡诌的，就想换几个酒钱。"老者赶紧讨饶了起来，"跟我，你犯不上。"

卢杉松开了手，却迟迟没有离开。

"有破法吗？"

"啥？"老者一愣。

"你说的劫数。"

"我这有平安符可以给你，开过光的，别人求五十，你给五块就行。"

老者说着掏出一张纸片，纸片上印着劣质的红色观音图案。

卢杉掏出一张一百元的钞票："给我两个。"

"我没零钱啊。"

老者话还没说完，卢杉已经转身离开了。

老者脸上乐开了花，他伸着脖子喊着："你心诚，佛祖肯定会保佑你。明晚是寒衣节，街上游魂多，深夜别外出！"

为了驱散一身的烟熏火燎味道，卢杉回家前特地在院子里多转悠了十分钟，可回到家里的时候，白鸽还是凑近了他使劲闻了起来。

"今天正好路过龙华寺，替咱们孩子上了炷香。"卢杉说着掏出两张平安符，"在那里求的，出门放身上，给孩子招福。"

"你还信这个？"白鸽一脸的不屑。

"花几个零钱，讨个吉利——这个你装着。"

"丑死了，我可不要。"

"听话，为了孩子嘛。"

卢杉说着把护身符塞进白鸽的钱包里。

"对了，你不是一直想学做曲奇饼吗，明天我晚上没什么事儿，你也早点儿回来，我教你。"

曲奇饼什么时候都可以做，但是明晚是寒衣节，卢杉不想给自己添麻烦。他从来不信什么鬼神，可一路走来，他已经让自己活在一个容不得半点大意的世界里。

闫闫站在洗手台前，一边补妆一边抱怨着。

"你说我这是什么命啊？一吃火锅就赶上穿白的。"

"大伙儿都叫上了吧？"站在旁边的女同事李婵问道。

"当然，今天人绝对齐，到时候坐不下的话咱们换个大包房。"

"白鸽也去？"李婵随口问道，然而镜子里的闫闫却愣住了。

"糟了，我忘了她不在咱们新建的群里。"

两人你一言我一语交谈着，丝毫没有意识到白鸽正巧在一旁的隔间里。

"那怎么办？我去叫她？"

"算了吧。"闫闫收起了自己的口红，"反正她也会找借口躲掉。"

李婵叹了口气："想当初，聚会这种事都是她来张罗的，还挺怀念那段日子的。"

"人家现在是结了婚的人！以前公司就是她的家，现在每天下班准时打卡，一分钟不带耽搁的。"

"我觉得不光是结婚的原因。上次那封邮件的事，她一定很受伤。我觉得欠她一个道歉。毕竟我们应该是站在一边的。"李婵说道。

"我也想，问题是人家一直不给咱们机会啊。"闫闫撇了撇嘴，"僵着僵着，结果就成现在这样了。"

"可能现在还不是时候，将来找个合适的机会把话说开，毕竟大家朋友一场。"李婵抽出纸巾擦干了自己的手，"但愿能有那一天。"

两个人离开了卫生间，可坐在隔间里的白鸽心里却不是滋味。当初她固执地认为是大家背叛了自己，可现在却觉得自己满是愧疚。

世界那么大，她不该把自己锁在小小的家庭里。

下定决心之后，白鸽主动地推开了陈青云的办公室，看着一脸诚恳的白鸽，陈青云颇有些意外。

"说实话，当初我心里挺不舒服，也说了很多带情绪的话。但是现在回过头来，如果换作是我，也可能去做相同的事。"白鸽说道。

陈青云笑道："六年前是我把你招进来的，你那时虽然犯了很多错，但我觉得你是个真实的人。今天你能说出这样的话，证明我当时没有看走眼。"

"我觉得一个不肯跟自己和解的人，是天底下最蠢的蠢蛋。"

陈青云认真地看着白鸽："如果再有类似的事情，我依然可能会做出对你不利的决定，你还能像今天这样理解我吗？"

"我可以试试看。"

陈青云笑了笑："不用试了，不会再有了。所以那件事，我们可以让它过去了。"

"我去忙我的事情了。"白鸽说着站起身来，朝门外走去。

"今晚下班之后有空吗？大家一起聚一聚吧。"陈青云喊住了她。

白鸽问道："能提个要求吗？"

"说。"

"今天你定地方，我请客。"

中国的饭桌上有一句话叫"都在酒里了"，白鸽曾经很讨厌这句话，敷衍、不负责任，简直是强盗逻辑。话要一句一句去说，事情要一点一点去做，凭什么要你手里那杯酒替你？可是今天，白鸽觉得这句话无比亲切，快刀斩乱麻，那简直是一种横扫千军万马的快感。

"白鸽，你这条裙子好漂亮啊！"闫闫摩挲着白鸽的裙子。

"我推给你啊！还有一款米色的，我觉得比较配你的肤色。"白鸽二话不说掏出手机。

"哎呀，还是算了，肯定特别贵吧！"

"不贵，你每天少喝两杯奶茶就有了，我现在就把链接发给你，下礼拜就给我穿上啊！"

"好吧，听你的。"闫闫搂着白鸽的胳膊，"谁让你那么美，说什么都对！"

"白鸽！"大狗端着酒杯凑坐过来，把闫闫挤到了一边，"你今天必须得跟我喝一杯！今天我丈母娘六十大寿我都没去，就等着跟你喝这杯酒呢！"

"行了你大狗，赶紧回去陪你丈母娘，省得回去又被你媳妇罚跪键盘。"

"键盘早跪坏了，现在都改榴莲了。"

"赶紧走吧，榴莲挺贵的！"

桌角的空酒瓶渐渐列满了一排，整个包间里的温度都在上升着。白鸽很开心，她感觉又回到了从前的那个自己。直到打完一圈酒回到自己座位上，她才发现手机里卢杉的十几个未接电话。白鸽知道丈夫一定在关心自己，但今天难得放肆，她不想破坏这个美好的夜晚。

徐远坐在角落里，静静地看着白鸽，她端着酒杯，被小闫口中的段子逗得前仰后合，样子显得很开心。徐远回想起高中集体庆生宴上第一次见到她的情形，那天她穿着一身草绿色的长裙，脸上和今天一样神采飞扬。在同学们齐声合唱的生日歌中，她吹灭了蜡烛，而吹蜡烛的风，吹到了自己的脸上。

深夜下起了大雨，白鸽因为手机没有电了，只得搭陈青云的车回家。跑到小区门口的时候，白鸽突然愣住，只见卢杉手中撑着一把伞正站在那里焦急地等待着，雨水早已湿透了他的衣服。

洗过一个热水澡，白鸽擦着头发从浴室走出来，却发现卢杉依旧坐在沙发上，甚至没有换下身上湿透的衣服。

"赶紧把湿衣服换下来吧，小心别着凉！"白鸽催促道。

"你为什么不接我的电话？"卢杉的声音有些冰冷。

"屋里太吵了，没有听见啊。"

"我给你打了几十个电话，你一晚上没有看手机吗？"卢杉追问着。

"我去看手机的时候，手机就已经没电关机了。"

"借个充电宝总可以吧？就算借不到充电宝，用同事的手机给我回一个电话，让我知道你在哪儿，有那么难吗？"

白鸽用自己的毛巾给卢杉擦着头发："不用担心，我和同事们在一起，能有什么事？"

"那些人前脚刚刚卖了你，你都忘了吗？"卢杉推开了白鸽的毛巾。

"他们也有自己的苦衷，我理解他们。再说了，人总记仇，那活着得多累啊。"白鸽说道。

"白鸽，人可以让自己活得随和一些，但有些事发生了就是发生了。你不能拾起一地碎片，把它们拼凑在一起，然后对自己说这东西跟新的完全一样。"卢杉看着白鸽，一字一句地说道。

"你是不是太较真了？"白鸽有些不耐烦，"我们不过是下班后一起去聚个餐。"

"你喝酒了？"卢杉问道。

"喝了一点儿。"

"一点儿是多少？"

"亲爱的，我头有点儿疼，先去床上了。"白鸽只想快点儿结束这次谈话，回到自己的床上好好睡一觉。

"一杯，还是一瓶，还是几瓶？啤酒、红酒，还是白酒？"卢杉不依不饶地追问着。

"我记不清了，咱们有空再说好吗，明天还要早起上班呢。"

"你从下班和他们泡在一起，六个多小时。现在跟我说两句话，你告诉我没空？跟那些虚情假意的人一杯接一杯的时候，你觉得开心吗？"

白鸽感觉到卢杉说话的时候，身体在颤抖着。

"亲爱的，你生气了啊？别生气了，生气长皱纹的，是我不好。这周末团建我不去了，在家好好陪你可以了吧。"白鸽装着一副讨好的样子，使劲在丈夫的额头亲了一下。

"你回答我的问题，跟他们喝酒的时候，你觉得开心吗？"

"卢杉，你到底想要我怎么样啊？"白鸽皱着眉头看着卢杉，"话我都跟你说清楚了，你给我打电话我没有听到，后来手机没有电了。让你担心是我不好，我已经跟你道歉了，我现在想去睡觉，可以吗？"

"我最后一次给你拨电话是晚上十点二十六分，从那时候到没电关机，你真的一眼都没看过手机？"

"没有，我拿起手机的时候已经没电了。"

卢杉叹了口气，忽然站起身来，走向白鸽放在桌子上正在充电的手机。

"你干吗？"

"给我看你的手机。"

"你看我手机干什么？"白鸽抢先一步把自己的手机抢到了手里。

"怎么，你的手机不能给我看吗？我的手机可是从来没有对你设防过。"卢杉瞪着自己的妻子。

白鸽把自己的手机捂得死死的："卢杉，今天就到这里好不好？我不想再说话了，我要去睡觉！"

白鸽径直往卧室走去，卢杉从后面一把拽住了她的手腕，他的力气很大，白鸽只觉得自己如同被一根粗壮的绳子牢牢地捆住了。

"你到底有什么不敢给我看的东西？把手机给我！"

"那是我的事，用不着你管！"白鸽大喊了一声。忽然间，她看到丈夫的面目狰狞了起来，如同一个陌生人。

最开始，白鸽还以为自己只是低血糖有些头晕，然而几秒钟之后她意识到，她被扇了一巴掌，被自己的丈夫迎面扇了一巴掌。

白鸽的脑袋里一片空白，甚至不知道该用什么目光去看卢杉，片刻之后，眼中的泪水突然汹涌地倾泻了下来。

卢杉看着自己微微发麻的右手，刚刚脸上的狰狞早已无影无踪。

"对不起，白鸽，我不是想要这样子的……"卢杉显得有些慌乱起来。

"你别碰我。"

"我不知道刚才自己在干什么，白鸽，我太着急了……一晚上我给你打了二十多个电话，你没有理我，我都快疯了……我不放心你，我怕你遇上应对不了的事，白鸽……"

卢杉紧紧地搂住了白鸽的肩膀，白鸽没有再说一句话，她推开了丈夫的手，自己回到了卧室里，锁上了房门。

五分钟后，卧室的房门重新打开了，白鸽重新穿上了外出的衣服。虽然外面大雨如注，但也总胜过这里。白鸽一遍又一遍地逼着自己一路朝前走，走出这幢屋子，不管那个人说什么，做什么。她可以哭，可以去喊，就是绝不能回头。

尽管倔强地跑出了家门，但实际上白鸽并没有什么地方可去，卢杉没过多久便按响了白鸽父母家的门铃。

开门的是白鸽的父亲白天鸣，他的脸阴云密布。

"为什么要打我女儿？"

"爸，对不起，我心情不好。"

"你心情不好可以打你的领导，打你的客户，也可以打你自己，你为什么打我的女儿？为什么？"

"对不起，我当时控制不住我自己。"

"这是理由吗？"

"我保证不会再有……"

"我的女婿，可以穷，可以没本事，可以拈花惹草，什么我都可以接受，但是唯独不可以打我女儿。"白天鸣瞪着卢杉。

卢杉自责地垂下头。

"卢杉，你走吧，不要再来了。是我白天鸣看走了眼，不管你们之前有过什么，到今天就算结束了。我的女儿，我就是养她一辈子，也不会让她再跟你走。"

白天鸣说罢冷冷地关上了房门。

那一晚，卢杉都执着地守在门外，可白鸽却始终拒绝见面。天亮的时候，白鸽站在窗前，看着丈夫落寞地离开，她心中难以平静下来，她不住地问自己，这种事情会发生在自己的身上，卢杉的妻子身上？她想要和桃子说话，想和徐远说话，可最终放下了手机，她怕被他们笑话，怕他们说，"哟，原来神仙夫妇也会打架啊"。

卢杉回过头来，两人远远地对视着对方。一瞬间，白鸽心中忍不住有些犹豫，但最终还是一把拉上了窗帘。

妻子的离家让卢杉心烦意乱，直到脚步踏入郊区别墅的地下室，空无一人的椅子映入眼帘，他才意识到另一件糟糕的事情已经悄悄发生了。老赵如幽灵般突然出现在他的身后，将手中的木棒砸了过来。

那一击本可逆转一切，然而，长期囚禁严重影响了他的力量与精准度，木棒仅在卢杉肩头留下痛感。卢杉在剧痛中挣扎着站起来，他不会让这个肮脏的男人毁掉自己辛辛苦苦得来的一切。

于是，一场残酷的生存悲剧在这个狭小的空间展开了——他们拖着伤痕累累的躯壳相互猎取着对方，两个生命在每一次攻击、每一次抵抗中岌岌可危。

受伤的手臂已失去知觉，让卢杉的动作显得力不从心。老赵压制着他，双手紧紧扼住他的脖颈。窒息感中，卢杉感到意识逐渐模糊。他闭上双眼，努力使自己清醒过来。疲倦如潮水般涌来，从身体各处蔓延，不仅源于昨晚的疲惫，更源于这些年累积的困苦。漫长的岁月中，他将自己变成了一部上紧发条的机器，一刻也未曾停歇。

突然间，卢杉像鲤鱼般从地上跃起，将老赵掀翻在地。他以受伤的手臂卡住对方的脖颈，另一只手如铁锤般猛击脸部，鲜红的液体顿时喷涌而出。

"你这个混蛋，你有种弄死我！"老赵龇牙咆哮，"这是法治社会，你以为你能逃得掉吗！"

"你在工作单位做了见不得人的事，又借钱炒股欠了高利贷，你知道吗？你简直就像外逃人员的模子！"

老赵的脸色瞬间变得惊愕。

"你放心，我会帮你安排好的。警方很快就会发现你乘火车去了云南，以及前往边境的行程记录。用不了多久，这个案子就会被结掉，没有人再会关心你的死活。"

7

徐远此时犹如热锅上的蚂蚁，接到母亲病重的消息后，他的心早已火一般。和母亲已经将近两年未曾见面，记忆中上一次回到老家探望，母亲仅与他说了寥寥几句，便又转身投入了麻将桌前的战斗。就在今天，拿到一套七小对的牌后，母亲终于压制不住内心的兴奋，栽倒在了牌堆中。

徐远站在小区门口，焦急地等待着约车软件中的响应，然而没有司机愿意从上海驶向宁江。一旁路过的林江雪瞥见徐远，笑了笑，让他挤进了自己的车里。

"我正好要去温州那边做个采访，一起走吧。"

林江雪驾车一路飞驰，徐远的心脏如同被塞进了迪厅里一般。好在有林江雪的帮忙，徐远终于及时赶到了医院。母亲的手术相当成功，再加上送医及时，老人家很快就恢复了意识。除了说话有些迟缓，似乎并没有什么大碍，她躺在病床上甚至还惦记着牌桌上那些没有掏钱的人。

这些天晚上，平日里难得一聚的亲戚们总会围坐在一起，借着往事喝上几杯小酒。饭桌上，所有人不约而同地将林江雪当作了徐远的女朋友，一个个嘘寒问暖，林江雪倒也懒得解释。二舅最终未能弄懂徐远的工作究竟是什么，不过他倒是想起了徐远小时候因为和家人闹别扭离家出走的事情，当时全家人满宁江喊着找他，最后二舅在一个冰棍摊找到了他，卖冰棍的老太太怕他被坏人拐了，让他留在自己的摊位旁，还白让他吃了一天的冰棍。

"那时候，总觉得你是个长不大的孩子，现在，你都是个大男人了！"

二舅笑眯眯地端着手里的小酒杯。

"二舅，你那慢性胃炎，还是少喝点儿吧。"徐远劝道。

"跟别人可以不喝，跟我大外甥不能不喝！"

徐远笑着喝掉了杯子里的酒，看着身旁热络的家人们，徐远似乎第一次感到了自己是属于这个家庭的一分子。

晚饭过后，徐远安排林江雪住到建安路的一家酒店里。他帮着林江雪在附近购买了牙膏和牙刷，送到房间的时候，林江雪已经洗过澡，披着浴袍坐在窗前的沙发上吹着头发。她从后面托起自己的长发，不时露出那光滑而修长的脖颈。

"今晚你先在这儿对付一下吧，明天再赶路。"徐远说道，"我们宁江地方小，这已经是最好的旅馆了，你别嫌弃。"

"十块钱一张床的旅馆我都住过，这里挺好。"

徐远透过镜子，偷偷打量着面前身边正在吹头发的女人。

"二舅把你当成我女朋友，你怎么也不解释？"

林江雪笑了笑："我到你家是去喝酒的，不是去解释的，你说过，今朝的酒，得今朝醉。"

没有过多的试探，两个人很自然地滚到了床上。那一晚，两人都竭尽所能，只是徐远总是心不在焉。他回想起十二年前，他在这家酒店预订了一个房间，鼓足了勇气把白鸽约了过来。两个涉世未深的孩子做过很多荒唐可笑的事情，但最终在那里却什么也没有发生。白鸽裹上衣服跑出了房间，那天晚上徐远一个人躺在酒店的床上，一边打着飞机一边在脑子里胡思乱想。

林江雪把双腿缠在徐远的腰间，十根指头插入他的发丝中，热烈地迎合着他的每一个动作。窗外飞驰而过的车灯在墙上不断投射出跳动的光影，就像那些匆匆而过的岁月。

十二年过去了，徐远觉得自己还是那个没有长大的孩子。

一切都是那么熟悉，巷子里飘着烧煤炉的味道，徐远饶有兴致地在夜市的小摊上打光了靶子上所有的气球。他在众多奖品中选择了一个镶满水钻的塑料发卡，戴在了林江雪的头上。

"你看，你已经像是我们宁江土生土长的女青年了。"

两人拎着啤酒在城区闲逛着，不知不觉就走到了宁江一中门口，徐远忍不住停下了脚步。

"你母校？"林江雪看了看徐远的神情，似乎猜出了什么。

徐远点点头。

"我要是你，就溜进去逛一圈。"

徐远走到大门前，看着紧锁的大门，无奈地摇了摇头："以前不想来的地方，现在进不去了。"

林江雪一脸的不屑："你就这点儿本事？"

徐远还没回过神来，林江雪已经拉着他一路跑到了学校后面的围墙前，她把手里的易拉罐放在一边，麻利地翻上了围墙，回头向徐远伸出手来。

徐远苦笑着把两个人的啤酒送了上去，自己也跟着爬了上去。

学校变化很大，当年的教学楼已经拆掉了，盖上了新的综合楼，原来尘土飞扬的操场也换上了塑胶地皮。两个人捏着啤酒罐坐在操场上闲聊着，林江雪没费多大功夫就从徐远嘴里抠出了当年他和白鸽的往事。

"她……"徐远叹了口气，"是我的初恋。"

徐远指着不远处的图书馆告诉林江雪，那里之前是学校的校医院，防火梯下面的那个拐角处，是他和白鸽第一次接吻的地方。

世界上的任何东西，都能轻而易举地消失掉，只有不属于时间的东西，才会在时间里永不消逝。对于徐远来说，记忆中的白鸽似乎就是游离于时间而存在的。

那时他们总是偷偷待在一起，她给他听 CD 机里的音乐，他带她去喝学校门口五块钱一杯散发着廉价香味的奶茶，他们躺在盛开的大槐树下紧紧地相拥在一起。他们就像是两枚春天的花朵，恰好生在了春天里。

"后来呢？"林江雪追问着。

"后来……"徐远苦笑着，"就跟大多数学校里的苦命鸳鸯一样，我们没法按下暂停或是慢放键，最后就像放了个屁，然后又被风吹散了。"

"大部分人以为爱过就是一生一世，到最后才明白其实错过才是一生一世。"林江雪笑着说道。

徐远顿了顿，说道："可能和他们不同的是，我们结束得更仓促一些。"

"为什么？"

"你今天还真打算拿我当采访对象了啊？"

"那是你的荣幸。"林江雪一脸坏笑着。

徐远叹了口气："不是我想瞒你什么，只是那件事涉及白鸽个人的一些事情，她一直没有和别人提起过。我觉得我讲出来，会对她不尊重。"

林江雪瞪着徐远："刚才你十秒钟不到就把我脱了个精光的时候，怎么没有想过尊重我？"

"……这可不是一个道理啊。"

林江雪把手搭在徐远的肩膀上："这就是一个道理，说吧，别等着我撬你的嘴。"

徐远顿了顿，眼睛望着操场东边的那块空地，一只流浪猫竖着尾巴悄无声息地从上面走过，那里原本是学校锅炉房矗立着的地方，如今早已经被推平，变成了一片草地。

"是我们毕业吃散伙饭的那天晚上，那本应该是我们在这里的最后的时光，可是发生了一些不好的事情。"徐远说道，"白鸽在学校里被人侵犯了。"

林江雪愣住了。

"是当时学校的一个锅炉工。那天吃完散伙饭后，我和白鸽刚分开不久，正要回宿舍去，忽然听到操场旁边有人在大声求救。那声音特别急迫，我觉得应该不是同学在闹着玩儿，所以就跑了过去。等我赶到那里的时候，整个人都傻了。"

徐远喝光了最后的一口啤酒，把易拉罐捏得咔咔直响。

"当时白鸽倒在地上，意识已经不清楚了，她身上的衣服丢在一旁，连内衣都被扯掉了……那个锅炉工把一个瘦小的男生按在地上，打得满脸是血，那男生已经没有还手的力气了，可他还在打……那个锅炉工脸上被烧伤过，本来就特别吓人，他的那个样子像是要吃人一样。"

"后来呢？"林江雪追问道。

"我冲过去，把那个锅炉工一脚踹倒了，趁着他没爬起来又在他肚子上补了几脚。看他不能动了，就赶紧脱下衣服把白鸽裹住了……我记得她当时在我怀里抖得很吓人。"

"遇到这样的事情，她肯定是吓坏了。"

"再往后，很多事情被时间冲掉了，可白鸽再也回不到从前了。暑假里我给她打过几次电话，她都没有接。上大学之后她再没和高中的同学联系过，我知道她，一定是想把之前所有的记忆删掉。"

"我接触过很多类似经历的女孩儿，她们一辈子都没法走出阴影，就算身上的伤口不见了，心里的伤却永远合不上。比起那些女孩儿来，她算坚强的。"林江雪叹了口气。

"那个锅炉工，我真后悔没有当场废了他。"徐远恨恨地说道。

"其实照你这么说来，你顶多算是个补刀的，功劳最大的是那个第一时间冲上去喊人的男生。"

"其实我连他是哪个班的都不知道，之前对他没有什么印象，那天之后也再没有见过他。"

"你这可有点儿忘恩负义。"

"那天晚上我看他伤得挺重的，本来想把他送去医院的，可是他硬说自己没事。我记得我问了他的名字，他跟我说，他叫李海生。"

林江雪捏着啤酒罐站起身来，四处打量着这所学校。

徐远："你看什么呢？"

"2008 年高考结束是 6 月 9 日，那几天为了安排高考，其他年级的学生应该在放假，留在学校里的都是你们同届的学生。三年来天天抬头不见低头见的，对一个同学完全没有印象，你不觉得奇怪吗？"林江雪问道。

徐远解释着："我这人没那么喜欢交际，再加上每年都有转校生进来，碰上一两个不熟的这不挺正常的吗？"

"一两个不熟的，恰好救了你女朋友，这个概率实在有点儿太低了。"

"不对啊，我跟你说白鸽的事儿，你老打听那个叫李海生的男生干什么？"

"我只是有点儿好奇。"

徐远摆了摆手："这世上不是所有问题都得有个答案。"

林江雪肯定地说道："但是每件事情都会有个结果。"

"怎么着，准备去公安局查户口吗？"徐远笑了。

"用不着，明天去教务处查一下毕业生的名单就可以了。"

因为女儿搬回家住，白天鸣明显增加了回家的次数，甚至有天破天荒地给一家三口做了晚饭。在白鸽的记忆中，这样的场景实属罕见。晚饭后，父亲陪着白鸽坐在沙发上，略显笨拙地尝试与女儿交流感情。从家庭到生活，之后白天鸣又没话找话地和女儿聊起了工作。他边喝着保温杯里的枸杞茶，边再三嘱咐女儿要谦虚谨慎，戒骄戒躁。虽然白鸽觉得有些尴尬，但来自父母的关爱还是让她感到自己并不孤单。

事实上，如果白天鸣能做到自己所说的半点，也不至于东窗事发。企业里接连有人举报白鸽的父亲，指控他与外包企业勾结侵吞国有资产，一连串的检举信如同排队般送到了纪检委。被带走的那天，白鸽的父亲正坐在电视机前泡脚，他还没来得及擦干脚上的水，便不得已穿着拖鞋匆匆地离开了。看着纪检委的工作人员在家中四处搜查，白鸽母女两人手足无措，家里顿时如同折了房梁一般摇摇欲坠。

　　白鸽捧着手机犹豫不决，母亲抢先一步拨通了卢杉的电话。

　　不到一刻钟，卢杉便赶了过来。在来的路上，卢杉已经发信息嘱咐过母女二人，目前只是调查取证阶段，一切尚未有定论，不必过于担心。直到家里来了卢杉这个男人，白鸽母女俩悬着的心才稍稍冷静了些。

　　"你好，我们是省纪检委调查组的。"几个陌生的男人向卢杉掏出了证件，"请问你和白天鸣的关系是？"

　　"我叫卢杉，是白天鸣的女婿。"

　　"你的工作是？"

　　"哦，我是名律师。"

　　"白天鸣和你的事务所有没有过业务上的往来？"

　　"我岳父曾经向我提出过，让我去他那里做法务顾问。我告诉他，如果需要法律方面的咨询和帮助，在家里的饭桌上解决就可以，用不着再单独给我开一份工资。"

　　"你和你爱人结婚的时候，你岳父有没有给过你们财务上的赠予？"

　　卢杉笑着摇了摇头："我爱人是一个非常独立的女性，她有自己的事业，她是从公司底层的员工一路拼搏走到现在的，她名下那套一室一厅的房子，是她自己攒钱交的首付，供的贷款。这么多年，她从没依靠过她的父亲，更没有向她父亲伸手要过什么。"

　　几位纪检委的调查员相互看看，知道他们今天问不出什么有价值的东西了。

　　"没有函询、没有约谈，直接进入调查程序，方便透露一下我岳父被举报的具体内容吗？"卢杉主动问道。

"不该问的,你们还是别问了。"调查员站起身来。

"没关系,我会去自己了解的,如果我岳父陷入纠纷,作为家人,我会积极为他提供法律援助。如果是匿名举报,希望你们能够尽快找到举报人,这样可能会对调查有更大的帮助。还有,你们应该一会儿会见到我岳父吧?"卢杉问道。

"你想干什么?"

"我岳父有高血压,我想请你们帮我把他的降压药送过去。麻烦你们稍等一下。"

卢杉很快找出了白鸽父亲的药,除此之外,他还让白鸽找了一个布包,在包里装上了棉袜、换洗的衬衣。白鸽忍不住偷偷望向卢杉,心想如果不是他在这里,自己现在真的不知道该做些什么。

宁江一中的教务处里,林江雪咬着嘴唇,目光紧紧地盯着眼前的屏幕,那副专注的神情和平日里慵懒闲散的样子判若两人。在她的恳请下,教务处的老师翻查了徐远前后几届的学生名单,却根本查不到李海生这个名字。

"也许是他随口编了个名字吧。"徐远话说出口,自己都觉得不对劲,干坏事儿的可以藏着掖着,可明明做了见义勇为的好事,为什么还要藏着掖着呢?

林江雪来了兴致,她用自己记者的身份找到了当地教育局,在宁江市的学籍名单中终于找到了那个叫李海生的学生信息,可在他的就读学校信息上却写着"宁江市前进东方中学"。

"前进东方?"徐远愣住了。

"你认得那所学校?"

"当然,就在我们宁江一中隔壁,一所三流的私立学校。"徐远说道,"二中土,一中洋,前进东方出流氓——那时候宁江所有的学生都听过这句话。"

"这话也太埋汰人了。"

"是事实，那所学校根本不需要中考成绩，花钱就能上。据说他们的毕业生都不怎么正经去参加高考的。"

"不能以偏概全吧，你看这个李海生，人家不是好歹还考了个什么深圳文理学院吗？"

"什么深圳文理学院，一所野鸡大学罢了！"徐远不屑道。

"你怎么知道人家是野鸡大学？就跟你去过似的！"林江雪反问。

"实话告诉你，我还真从那所学校大门前走过。那也能算学校？要是不挂着牌子我还以为是农民工宿舍楼呢！"徐远一脸的鄙夷。

"你没事儿跑那所学校去干什么？"林江雪狐疑地问道。

"谁想去那个地方啊？白鸽考到了深圳的承南大学，大一的时候我跑到深圳去看她，可她连见都不想见我一面，我心里烦就在她们学校附近转悠。那个深圳文理学院，就在承南大学后面，隔一条街。"

说完这句话，徐远忽然抬起头来，他和林江雪相互看着对方，两个人都愣住了。

纪检委的初步调查结束后，白鸽的父亲暂时回到家里等候调查结果。白鸽悬着的心稍微松了些，这天晚上，她拎着行李箱回到了离别已久的家里。

白鸽用钥匙小心地打开了房门，家里安静得很，客厅里只亮着落地灯，卢杉歪在沙发上打着盹，旁边散落着一堆文件，白鸽看了一眼，都是帮着自己父亲准备的材料。

卢杉从睡梦中醒了过来，看到妻子站在自己的面前，露出了一脸灿烂的笑容。

"怎么不提前说一声，我好去接你。"卢杉站起身来，匆匆整理了自己一身的凌乱，他走上前忍不住想去拥抱自己的妻子，但最终还是克制住了。

"怎么不去床上睡？"

"在那里睡不着，总觉得身边少了什么东西。"卢杉笑着挠了挠头，"你吃饭没有？我去给你弄点儿，冰箱里应该还有鸡蛋，我去给你煮碗面。"

白鸽脱下外套，在沙发上坐了下来，卢杉似有领会，坐在了沙发的另一边。

"卢杉，我们结婚快一年的时间了，这一年来，你对我照顾得很体贴，我也从你身上学到了很多东西。我爸被调查这段时间，你前前后后为家里奔波，我都看在眼里。但是这些都不能成为你打我的理由。"

"那天，我真的被情绪冲昏了头，做了那样的事，我真该死。"

"这段时间我住在我爸妈那里，不光是因为不想见你，更多的是我想好好思考一下我们之间的事情。说实话，结婚之前，我们两个认识时间并不长。很多人都劝我，应该再等一等，婚姻是一辈子的事，不只是眼前看到的这些。但我相信自己的直觉，我觉得你是可以让我托付终身的人。我知道人无完人，也知道我们不可能一辈子活在蜜月里，我告诉自己，一定要乐观、宽容地去面对未来出现的大事小情。但是卢杉，别的事情我都可以接受，这件事我无论如何不能接受。所以如果我们还要继续一起往下走下去，你必须答应我，这是第一次，也是最后一次。"

"我答应你，绝不会再发生这样的事了。"卢杉认真地点了点头，"说真的，我经常看着你的时候会问自己，上辈子到底做了什么好事，能够有幸和你生活在一起，我觉得对于我来说，这样的日子每一天都是奢侈的。请你给我一个机会，我想变成一个更好的人，一个更能配得上你的人。"

"那天，我确实做的也不对。我答应你，以后不会再故意不接你的电话让你担心了。"

"如果你有约，提前告诉我一声就好，除了我们的家，你应该有自己的生活。"

"去给我煮面吧，肚子饿死了。"白鸽笑了笑。

卢杉站起身来，紧紧地抱住了妻子，如同刚刚经历了一场生离死别。

这段时间里，因家中变故，白鸽无法在工作上倾注过多精力，好在同事们非常体谅她，主动帮她分担工作任务。白鸽心中过意不去，于是主动向陈总请示，将自己调至工作压力相对较小的二线岗位。

风波终于平息，两人和好如初，日子也越发甜蜜。白鸽甚至觉得，如果没有之前的那场暴风雨，或许此时他们都无法体会到头顶艳阳的温暖。

甜蜜的时光并未持续太久，因事务所有紧急事务需要处理，卢杉需前往北京出差。虽仅三天，却是两人婚后最长的一次分别。白鸽翻箱倒柜，找出卢杉那件蓝色毛衣，放入行李箱中。

"我看了天气预报，北京这几天降温，还有大风，到酒店记得换上厚衣服。"白鸽叮嘱道。

"放心，我又不是小孩子，能照顾好自己。"卢杉拉上行李箱，"倒是你，家里没人做饭，别凑合着过，点些有营养的外卖。有几家不错的，我把链接发你了。"

卢杉如同对待孩子般，细心交代家中琐事，临行前还不忘叮嘱白鸽，如果有人再来调查岳父的事，一个字也不要说，一切等自己回来再议。

徐远多请了两天的假，然后偷偷结掉了母亲手术以及护工之后三个月的费用，林江雪也推延了自己的事情，两个人把汽车加满油，当天便一路南下杀向了深圳。

"我说怎么一直觉得那个卢杉似曾相识呢？"徐远喝光了车里最后一罐红牛。

"如果真是那样的话，卢杉并不是和白鸽萍水相逢，他和白鸽的相遇，很可能是蓄谋已久。"林江雪说道，"你都开了四个小时了，要不要换我开会儿？"

"不用。"徐远说着把油门踩得更深了。

虽然昨天晚上几乎一夜没合眼，但是此时的徐远丝毫感觉不到困倦。之前的几天时间里，他和林江雪在宁江市寻墙觅缝地调查李海生的信息，那副神秘的面孔在他们面前渐渐被拼凑了起来——

"李海生啊？是有那么个孩子。"当年带过2012届毕业班的班主任回忆着，"我记得他家条件挺差的，好像是因为当时学籍有什么问题，上不了公立学校，家里没办法才花钱在我们学校给他安排了个位置。"

"哪儿是想让他上学啊？其实就是家里不想管他，花笔钱把他从家里送出去！寒假的时候学生们放假走了，宿舍楼锁上了，断水断电也没暖气，可他一个人从窗户爬了进来，一冬天窝在那里。"学生宿舍的楼管阿姨回想起李海生，不住地摇着头。

"李海生？当然记得！那个杀人犯的儿子！"已经是两个孩子父亲的体育委员将着自己头顶几根油腻的头发说道，"听说他八岁的时候，他爹在工厂用管钳把他的工友活活打死了，然后就进去了，后来他妈嫁到四川去了，把他丢给了他叔叔，他叔叔也不想管他，就把他送到我们学校来了。"

"他不太爱说话，上学的时候我一共没听见他说过几句话。班里的男生总是欺负他，他们挺过分的，当时有几个人把他按在男厕所里，逼他喝脏东西，还用小刀割了他舌头下面的筋……"在银行工作的女班长提到李海生，不由得叹着气。

"我承认我打过李海生，那时候不懂事，可是……"当年和李海生做过同桌的男生说道，"他那个人真的挺让人讨厌的，整天一言不发的，一双眼睛总是在背后默默地盯着你，他们都说，有些基因是可以遗传的，那真的是一双杀人犯的眼睛！要是有人总那么盯着你，你肯定也不舒服！"

林江雪在笔记本上整理着他们搜集到的一点一滴，徐远早已心生寒意，他知道卢杉一定和这个李海生有关。

马不停蹄地赶到了深圳后，徐远和林江雪拎着一篮子水果到了那所深圳文理学院，学籍处戴着粗框眼镜的年轻教工犹豫着把果篮接了过来。

"十几年前的一个学生，你们查他干什么啊？"

"我跟他是老乡，一个胡同里长大的，可是上大学各奔东西的就分开了。人嘛，年岁越大越念旧，最近总想联系上他。"徐远说道。

"哪级的？"教工打开了自己的电脑。

"2008年入学的，信息技术专业。"

"叫什么？"

"李海生。大海的海，生活的生。"

教工从电脑的文件夹里找到了2008级信息技术专业的学生资料，输入，检索。

"没有这个人啊。"教工摇了摇头。"往届的学生信息都查过了，你是不是弄错了？"

"查一下学籍档案吧，电脑可能会出错，但是学籍档案不会出错。"林江雪说道。

教工脸上浮现出一丝不情愿："我们工作都很忙的。"

"如果您今天不方便，我们可以等您不忙的时候再来。"林江雪一脸微笑，让人无法拒绝。

教工叹了口气，掏出钥匙打开了屋子里的档案柜，然而三个人忙活了一番，学籍档案里却依然没有李海生这个名字，甚至没有找到从宁江考来的学生，行将放弃的时候，林江雪却注意到了一页奇怪的档案表，2008级信息技术专业学生的档案里，12页接下的却是14页，竟然有一页的空缺。

"怎么可能会空掉一页？"徐远问道。

教工挠着头说道："我刚到这里两年，2008级学生的情况我不了解。"

"你们这档案管理也太混乱了吧？"徐远面露不悦，林江雪从后面拽了拽他的胳膊，示意他别多说话。

"当年教这届学生的老师名单能给我一份吗？在职的、离职的都可以。"

走出深圳文理学院门口，徐远张望着相隔一条街的承南大学，两个学校之间的距离比他印象中的更近。

林江雪一手捧着电话，一手拿着刚刚从学籍处教工那里拿到的教师名单，一个接一个孜孜不倦地拨打着电话。今天她把头发扎了个马尾，徐远一直觉得她的耳垂很好看，像是个水滴。

"找到了。"林江雪放下了手中的手机，脸上露出兴奋的笑容。

"我刚刚打通了当年信息工程学院系主任的电话，他当年做过2008级信息技术班的班主任，他说对那个叫李海生的学生有印象。"

"照这么说，那份学籍档案肯定藏着什么猫腻。"徐远说道。

"说不好，系主任已经退休了，老婆陪着孩子去了国外念书，他一个人在深圳。我刚刚跟老人家约了，下午三点到他家去拜访他，到时候就什么都清楚了。"

徐远看了看腕上的手表，表针似乎正在慢慢地走向他要寻找的那个答案。

系主任家住在一个老旧的小区里，狭小而拥挤的过道里不时穿梭着送快递的电动三轮车。徐远按响了门铃，屋里传来狗叫声，漫长的等待之后，门终于开了，系主任头发稀松，眼睛里布满了血丝，似乎没有休息好的样子。

"抱歉打扰您了，我们就是想跟您打听一下李海生这个学生。"徐远说道。

"李海生……"系主任抬起头来望向一边，他家里那只泰迪犬在屋子里转来转去，显得很不安分。"我好像记错了，那个天天逃课又爱出风头的学生不叫李海生。李海生……我没教过你说的那个学生。"

"可是刚刚在电话里，您说得很肯定啊。"林江雪疑惑地说道。

"年龄大了，脑子糊涂了。"系主任解释着。

"是有什么不方便说的事情吗？"林江雪问道。

"不方便？能有什么不方便？"系主任哈哈笑着，"不好意思，我确实没有教过什么叫李海生的学生。"

泰迪犬围在主任的腿旁一圈接一圈地转悠着，小蹄子在地板上发出咔嗒咔嗒的声响。

徐远和林江雪相互看着对方的眼神，默契地站起身来。

徐远："好吧。那就不打扰您了，我们再去别处打听打听。"

徐远拉着林江雪一路走出了单元门，两人拐过楼栋，藏在了一辆停在拐角处的越野车后面。

"他说话的时候眼神一直不敢直着看我。他家里面有一间屋子关着门，那只狗一直在门口转悠。"徐远小声地说道。

"屋子里应该还有一个人。"林江雪补充道。

在越野车后面猫了大概十分钟的时间，一个穿着黑色夹克、戴着棒球帽的人从单元门走了出来，然而徐远和林江雪刚刚从后面跟上，那个人便如同长了后眼一般警觉地向前飞奔了起来。

迎面而来的快递三轮车挡住了他们去路，当徐远艰难地从三轮车和围墙之间的空隙挤过去，再追上去的时候，那个人早已消失在小区门口的人群之中，徐远愤怒地一脚踹在旁边的垃圾桶上。

"你看到正脸了吗？"林江雪喘着粗气追了上来。

徐远摇了摇头。

"你觉得，会是他吗？"

"肯定是他！"徐远一边说着，一边掏出了手机。

屋子里放着轻快的音乐，白鸽一边跟着音乐哼着曲子，一边打扫着客厅的地板。放在沙发上的手机不停响着，可她却丝毫没有听到。

一曲结束的空当，白鸽终于察觉到了沙发那边传来的声响，放下了手中的拖把。然而等她拿起手机，却发现除了几条软件的推送广告，并没有任何来电或是信息。

白鸽心想，大概是自己幻听了吧。

8

　　白天鸣的调查结果非常不乐观，被认定为利用自己的职务之便，暗中和外包企业相互勾结侵吞国有资产，而且涉及金额巨大，除此之外，还有玩忽职守、巨额财产来历不明等种种罪行，原本聚在他身边的人们，此时也为了保全自身，一个个要么鸟兽而散，要么反咬一口。

　　白天鸣再次被带走了，这次，他被戴上了手铐。白天鸣经受不住接连的打击，病倒在拘留室里。

　　卢杉匆匆赶回上海，他来不及收拾自己的行李，便拉着白鸽来到了自己检察院朋友的家里。

　　"看在咱们多年交情的分上，死马当活马医吧！"卢杉恳求地说道。

　　对方看了看卢杉，又看了看白鸽，把他拉到了里屋。虽然那位朋友极力压低了自己的声音，但是白鸽还是能一清二楚地听到他们的对话。

　　"卢杉，你搞法律这么多年，你岳父案子的性质你应该清楚。说难听点儿，我是拿你当朋友，今天才给你开门的，你别让我为难。"

　　"还没有宣判，我想再使使劲，哪怕落个减刑，也是好的。"

　　"你知道为什么还没有宣判吗？你岳父身上牵上的事儿太多了，多到你不敢想象。"朋友叹了口气说道，"那些事也许可以再瞒个一两年，可惜你岳父命不好，他怕是得罪了人。"

卢杉问道："知道举报人是谁吗？"

朋友摇了摇头："不知道。但他很了解你岳父，而且惦记他不止一两年了。这些年厂子里的大事小情他都一清二楚，举报的内容也是稳准狠，压根儿没留活路。"

"不管怎么样，哪怕万分之一的可能，我也想再试试。"

"卢杉，你还没明白吗？现在是查他，下一步就是清查家属。你的孝心我能理解，但你也得为自己的前途着想，劝你还是别蹚这趟浑水了。"

沉默许久后，卢杉问道："能不能争取，让家属见上一面？"

听着屋里两人的谈话，白鸽的心如同被钝刀反复割着。

卢杉又是托人又是找关系，白鸽终于在病房里见到了父亲。看着自己的父亲靠在床头，白鸽只觉得他一夜之间老了十岁，如同一棵在冬天里掉光了叶子的树。

"纪检委那边看来还是不肯罢手。我已联系了我在检察院的朋友，争取能多拖一段时间。"卢杉在一旁说道。

白天鸣吃力地把手伸向女儿："我跟我女儿单独说几句。"

留给家属见面的时间非常短，不到十分钟，他们便被迫离开了。坐在副驾驶座上，白鸽像是丢了魂一样。

"这么多年，他总归是给国家做过贡献的，不能一棍子打死吧？"白鸽喃喃自语着。

"法律是人定的，也是靠人裁决的，很多边界是模糊的。但是在那片模糊的地带里有一条红线，如果没有碰到它，都还是有余地挽回的，可是咱爸，早就把那条线跨在脚下了。如果我们能早些在一起，我会劝他收手的。"

白鸽沉默着。

"刚才爸跟你说了什么？"卢杉故作轻松地问道。

刚刚在医院的楼道里，卢杉忍不住屡屡向病房里望去，岳父拉着女儿的手在说着什么，她忍不住回头望向病房外的自己。卢杉明白，两个人是在谈论自己。

"没什么。"白鸽沉默了片刻回答道，"夸你做事用心。"

因为父亲的事情，白鸽一直没有去公司上班，直到工作堆到了无法收拾的地步，她才不得已抽身赶了过去。可她还没有来得及坐到自己的办公桌前，徐远便一把拽住了她的胳膊，拉着她一直跑到了楼梯的拐角。

"你疯了啊？"白鸽喊道。

"你怎么搞的，这些天不来公司，打电话也不接？"徐远迫不及待地问道。

"什么电话？"白鸽被问了个一脸蒙。

"我给你打了十几个电话。"

"你喝多了吧？我根本没接到你的电话。"

"我有些很重要的事要问你，你认真回答我。"徐远说道，"你认识一个叫李海生的人吗？"

"李海生？没听说过这个名字。"

"你和卢杉，到底是什么时候认识的？"

"问这个干什么？"

"你回答我就是了！"

"我今天来公司有很多事要做，你别烦我。"

"回答我的问题，这是把我打发走的最好方法。"

"去年9月，怎么了？"

"卢杉老家是哪里的？"

"安徽，滁州。"

"他大学哪里上的？"

"你这是要查户口吗？"白鸽不耐烦地说道。

"相信我，我这是为你好。"

"南加州，Gould法学院。"白鸽极力克制着心中的愤怒。

"你都核实过吗？"

"徐远，你有病吧？"白鸽狠狠地瞪了他一眼，转身要走。

"我前两天回了一趟宁江，我发现了一些事情，跟你有关。"

白鸽停住了脚步。

"你还记得咱们毕业最后一天……就是你出事那天吗？"

"你答应过我，再不提那件事的。"白鸽看着徐远，眼中浮起一丝悲凉，"徐远，我之所以现在能和你保持正常的朋友关系，是因为你向我保证过的。"

"我知道你不想去回忆，但是有件事不太对劲。那天晚上你出事的时候，我是听到有人呼叫赶过去的，那个喊救命的人就叫李海生，他不是咱们学校的学生。一个外校生，那时候为什么恰好出现在你身边？然后你知道他高中毕业之后去了哪儿吗？深圳文理学院，还是在你的隔壁！我跑了趟深圳，去那所学校找他的下落，可是只要我想查些什么，就一直有人在暗中拦着……"

"你到底想说什么？你想说我丈夫就是你说的那个什么李海生？"白鸽问道。

"你和卢杉不过是去年9月的时候认识的，可他为什么对你的脾气、喜好那么了解？我认识你那么久，都不知道你从不吃熟洋葱，可是他刚认识你就一清二楚，你不觉得这有问题吗？"

"我觉得是你有问题！"白鸽愤怒地吼道，"你旷了公司的工作不做，背地里去调查我丈夫，你神经病吧！"

徐远从口袋里掏出了白鸽桌子上的玩具熊，此时它已经被开膛破肚了。

"这东西是他给你的吧？"徐远问道，"你知道里面藏着一个摄像头吗，这东西现在还在工作着，他在监视你！"

"你太无耻了……"白鸽的声音已经颤抖起来。

"那个李海生，他是个杀人犯的儿子！"

"徐远你给我听好了，我不认识你说的那个人。还有，我们俩早就结束了，从今天开始，咱们俩再没有任何关系，你别再来烦我！"

白鸽被徐远气了个七荤八素，早就没了处理工作的心情。回到家里，她一次次尝试着把那个玩具熊缝补好，可是却越补越难看，最终只得把它丢在了一边。

玩具熊静静地躺在沙发上，呆萌的眼睛望向白鸽，似乎在安慰着她。白鸽突然想到了什么，拿起那个藏在玩具熊里的微型摄像头仔细打量着。她记得卢杉说过，那个微型摄像头的电量可以维持三天的运行，如今已经一个多月过去了，摄像头上显示正常运行中的红灯竟然还在亮着。

此时此刻，卢杉坐在汽车里，手机的摄像头软件中，白鸽正疑惑地看着镜头，夫妻俩隔着屏幕四目相望。

卢杉手机里传来了白鸽的来电，他犹豫了一下，接通了电话。

"杉，你在哪儿呢？"电话里的白鸽问道。

"我今天约了个法院的朋友，看看能不能帮上咱爸。"卢杉回答道，"你呢，下班了吗？"

"还没有，前些日子落下了好多事情，今天得加班还债。"

透过摄像头，卢杉分明看得到，白鸽此时就在家里。

"别太累着自己了，工作是做不完的。"卢杉说道。

相互嘱咐几句后，两人便挂掉了电话。卢杉打开车门走了下来，这里正是白天鸣所住医院的路边。

卢杉知道白鸽刚刚对自己说了谎，可他现在不想追究那些，因为自己也没有说真话，他没有打算去见什么法院的朋友，今天晚上他有更重要的事情要做。

病房里，白天鸣知道自己已经走到了穷途末路。

他呆呆地靠在病床上，窗外的夜空似乎有什么魔力，不断地把他的目光吸引过去。卢杉从白天鸣的口袋里掏出了一根烟，塞在了他的嘴里，帮他点燃。

"我托纪检委的那个朋友打听了，他们现在手里拿到的证据很多。但是爸，您知道，他们拿到的远不是全部，这次他们不查到底，是不会罢休的。"

白天鸣深吸了一口烟："卢杉，你知道举报我的人是谁吗？"

卢杉摇摇头。

"你真不知道？"白天鸣又问了一遍。

"爸，我也很想知道。"卢杉耐着性子回答道。

"我白天鸣没得罪过什么人，可他往死里逼我，我做鬼都不会放过他的。"白天鸣一字一句地说道。

"爸，这儿现在只有咱们两个人，有些话，虽然您不愿意听，但我得说。现在对您来说，最好的选择是让纪检委的调查到此为止，至少妈和白鸽还有机会抬着头做人，是到做决定的时候了。"

沉默许久后，白天鸣脸上挤出了一丝苦笑："我啊，活了一辈子，原来还没有你片刻清醒。扶我起来。"

"哎。"卢杉走上前来，抱着白天鸣羸弱的身体，帮他坐了起来。

冷静下来之后，白鸽一遍遍告诉自己，徐远虽然平日里吊儿郎当，可他不会平白无故地做那些无聊的事情。犹豫许久后，白鸽小心翼翼地打开卢杉放在客厅里还没有来得及收拾的行李箱，里面除了一些文件，便是换洗的衣物，并无异样。

正要把行李箱重新拉好的时候，白鸽忽然愣住了，自己叠在毛衣里的那张便签原封不动地待在那里——北京如此冷的天气，丈夫居然没有穿上保暖的毛衣。

身后的手机响了起来，白鸽吓了一跳，赶紧把行李箱拉上。

电话是母亲陈宁打来的，她的声音很是焦急。

"闺女，我刚刚给你爸打电话，一直没人接。他们不是说你爸可以在监管下使用手机吗？手机就在他床头，伸手就能够到，不会出什么事儿了吧？"

"妈，你先别着急，我打电话问问医院。"

挂掉母亲的电话，白鸽赶忙把电话打给了医院的护士站。

"喂，我是 1507 病房病人的家属，我一直联系不上病人，能麻烦帮我看一下他吗？"

"1507 是吧，稍等一下。"

白鸽焦急地等待着回音，电话那头不久后便传来了嘈杂的脚步声，几个护士议论着，1507 房间的病人不见了。

白鸽不愿再等下去，她在睡衣外面披了件外套，便匆匆开车赶到了医院。就在她跑向住院部大楼的时候，只听见一旁忽然传来了一个沉闷的声响。

白鸽的脚步戛然而止，她循声回头望去，却是触目惊心的一幕。

在墙根旁的石砖路上，一个黑漆漆的身影趴在那里。那是她的父亲，白天鸣。他的身体静静地贴着冰冷的地板，血液从身下漫延开来，像是一条小蛇在向她爬行过来。时间仿佛在这一刻静止了，白鸽呆呆地站在那里，感觉自己的世界一瞬间被摧毁了。

白鸽大声尖叫了起来，空气中弥漫着血腥的气味，她觉得自己已经不能呼吸，许久之后，她才哆哆嗦嗦地掏出手机。

此时不远处的灌木丛中，卢杉的手机响起了白鸽的来电，他点了蓝牙耳机上的接通键，静静地望着站在白天鸣面前的妻子。

"亲爱的，怎么了？"

"我爸……他从楼上摔下来了。"

"摔下来？怎么回事？白鸽你先别哭，告诉我你在哪儿？"

"我在医院，我爸他从高处掉下来了，流了好多血……"白鸽的声音颤抖着。

"你身边还有谁？"

"只有我自己一个人。晚上我联系不上我爸，就跑到医院来，可刚走到楼下……"

"没想到，爸会这样想不开。"

一阵寒风吹来，卢杉随手将手揣进口袋，却忽然愣住了，自己的口袋里空空如也，可自己刚刚来到医院的时候，那张随身带着的平安符明明还躺在口袋里。

卢杉努力在自己的记忆里搜索着，那张平安符丢在了哪里。他知道，今天晚上哪怕是半点闪失，都会让他吃不了兜着走。他把车停在了距离医院五百米开外的角落里，不管是医院外面还是住院楼里面，他都没有在摄像头前留下任何痕迹。可如今那张丢失的平安符，很可能让之前所有的努力功亏一篑。

终于，他找到了答案——自己在病房里把白天鸣搀扶起来的时候，岳父曾经用一个有些别扭的姿势搂住了自己的身体，如今看来，平安符只有可能是在那个时候被白天鸣偷偷拿走的。

虽然他不愿意承认，但是白天鸣在临死之前还是将了他一军。

"杉，我现在该怎么办？"电话那头白鸽问着。

卢杉无心回答，他现在更想知道自己应该怎么办。

看着白鸽焦急地站在白天鸣的尸体旁边，卢杉忽然明白了，对于跳楼自杀的死者，公安机关会第一时间进行尸检，以确认是否有他杀的可能。自己要找的东西，现在一定就在白天鸣的身上。警察很快便会从尸体上找到那个平安符，而那样东西，足以证明今天晚上他接触过白天鸣。

卢杉闭上眼睛，小心地让自己镇静下去。他默默地告诉自己，他已经一路走到了这一天，这不该是最后的结果。在一切变得更糟之前，他必须找到对策。

"杉，你怎么不说话？你在哪儿，求你了，快来。"电话里，白鸽已经泣不成声。

"白鸽，听我的，先离开那儿，然后去喊人、报警，我现在就往那边赶。"卢杉在电话里一字一句地交代着妻子。

白鸽抽泣着，没有挪动半步。

"听话，先离开那里，那不是你该看到的东西。"卢杉催促着。

白鸽挪动脚步，颤颤巍巍地朝住院楼前走去。

"往人多的地方走，找人帮你叫医护人员，然后给110打电话，告诉他们你的位置。"

趁着白鸽离开，卢杉从灌木丛中钻出来，快步走到白天鸣的尸体旁边。那个曾经气度不凡的男人，此时像是一个被捏烂的西红柿横在卢杉的面前，可他已经顾不了那么多，强忍着一阵阵的反胃在他身上四处摸索了起来。从外套，到内衣，再到鞋底……可他搜遍了全身，却始终找不到自己想要的那样东西。

"你什么时候能来？我害怕。"

电话里白鸽追问着，而此时的卢杉，已经无心回答任何问题。

终于，卢杉注意到了白天鸣的右手，那只手紧紧地攥成一个拳头，他用力抠开一根根手指，终于找到了自己在寻找的东西。

不远处，白鸽正四下寻找着能够来帮自己的人，无意回头张望时，她注意到了父亲身边似乎有一个人影。

"谁？"白鸽喊了一声。

卢杉把头扭过去，匆匆朝前走去。

虽然刚刚的遭遇让白鸽大脑中一片空白，可是此情此景之下，她心里明白，这个时候偷偷靠近父亲却又一声不响匆匆离去的人，一定有问题。

白鸽一路追到了住院楼的侧面，刚刚的人影消失无踪，她四下张望，只见身旁消防通道的侧门虚掩着。犹豫片刻后，白鸽鼓足勇气走了进去。

消防通道内，卢杉匆匆向楼上奔去。每层都有通往该楼层的门，可卢杉不敢打开，他知道，那里随时有摄像头可以拍到他。

卢杉没有选择，他喘着气一直跑到了顶楼，眼看别无他路，只好推开了通往天台的铁门。

一阵寒风迎面吹来，卢杉的心里也凉了半截，天台一片空旷，毫无藏身之处，再往前走，便是如同白天鸣一样成为一片稀碎。身后白鸽的脚步声越来越近，卢杉知道今天不管是玉碎还是瓦全，自己都已经没得选择，他深吸一口气，朝一旁的女儿墙跑去。

白鸽一路追到了天台，四下望去，却空无一人，此时楼下已经传来了嘈杂的警笛声。

白鸽犹豫着一步步朝天台的边缘走去。她站在女儿墙旁边，呆呆地望着脚下，心中不禁暗想，也许父亲刚刚就是从这里纵身跃下的。尽管知道父亲走到这一步是罪有应得，她还是忍不住落下泪来，白天鸣或许做了太多的错事，但他毕竟是自己的父亲，想到自己从此再也见不到他，白鸽觉得自己的心被挖走了一块。

夜色幽暗，白鸽没有注意到，就在自己身旁不远处，卢杉的双手正抓着女儿墙的栏杆，身体悬在半空中。

卢杉咬牙坚持着，一阵风吹过，他的夹克在空中凌乱地摆动着。口袋里那张护身符被风卷入了空中，消失在黑夜中。那一刻，卢杉觉得连老天都已经厌恶地丢弃了自己。

警方很快将白天鸣的尸体带走了，看到白鸽一身单薄地坐在石阶上，卢杉赶紧脱下自己的外套裹在了她的身上。

"先回去吧，你的手好凉。"

卢杉攥住白鸽的手，想要把她拉起来，然而白鸽却没有要站起来的意思，她抬起了头，认真地望着自己的丈夫。

"刚才我爸出事的时候，你在哪儿？"

白鸽坐在石凳上，最初的惊慌和悲痛过后，刚刚发生的事情如同回放镜头一样不断涌现在白鸽的脑海里。

站在楼顶的时候，丈夫打来了电话，气喘吁吁地告诉她自己已经赶到了医院，白鸽匆匆乘坐电梯下了楼，却迟迟没有见到丈夫的身影，直到警察把担架抬出来的时候，他才匆匆跑了过来。

当时白鸽只觉得，他身上出了很多的汗。

卢杉察觉到白鸽的怀疑，静静地坐在了她的身边。

"今晚我一直在和爸单位的法务在新锦江酒店二楼的咖啡厅谈话，我原本还想再努努力，谁知道爸这么想不开……如果你不相信的话，可以看我手机里的消费记录。白鸽，我知道你现在心里很难受，我也和你一样。"

白鸽微微点了点头，卢杉显然看出妻子没有完全打消她心中的疑虑，便将自己的手机交给了她。

卢杉手机账单中的消费记录显示，他在今晚九点三十二分的时候，也就是白天鸣从医院大楼坠亡的几分钟后，在黄浦区那家酒店的咖啡厅消费一百零六元。两天后，民警也回复了白鸽的要求，他查看过了医院住院部大楼的监控录像，她的父亲当时是自己一个人坐电梯上了顶楼。

白鸽父亲畏罪自杀的消息，如同入冬的第一阵寒风，迅速在公司内传开。同事们虽然没有当面说什么，但白鸽能够清晰地感受到那些背后的异样眼光和窃窃私语。

"人，总是喜欢在别人的痛苦上找些乐子。"卢杉轻声地安慰她，"不用在意他们的眼光，我们过好自己的生活就好。"

深夜，卢杉将白鸽搂在怀里，轻轻吻着她的额头，他知道不久之后，妻子会慢慢忘记那些不愉快的记忆。她不会想到，早在几天前，他就提前拍下了咖啡店的付款二维码，那天晚上，他是看着白天鸣从高楼跳下后，才掏出手机付了款。她也不会想到，那天摄像头的画面中之所以没有自己，是因为自己沿着消防通道的步梯爬上了十五层高楼。

可卢杉同样也不会想到，那天白鸽握着自己手机的时候，不仅仅查看了消费记录，她还顺手翻查了自己的电子邮箱，并在那里看到了一份租车单据，记下了单据的号码。

周五那天，白鸽提前离开了公司，一路找到了那家租车公司的总店，将那串单据号码放在了工作人员面前。

"按照规定，我们是不能随便透露客户信息的。"租车公司的工作人员摊开双手说道。

"我是他的爱人，身份证复印件，还有我们的结婚证我都带着呢。"白鸽说着从自己的包里掏出了一打准备好的证件。

"那我们需要打电话和客户本人确认一下。"

"那有点儿尴尬吧？我只是想看一下他租车的地点。"

"好吧，那我帮你查一下。"

"给你们添麻烦了。"

"没事，其实之前我们也经常遇到这样的情况。"工作人员笑了笑。

工作人员迅速在电脑上调出了卢杉当初租车的详细记录，显示取车地点和换车地点都在首都机场 T3 航站楼。白鸽向那位工作人员道谢后，匆匆离开了。她满心羞愧，觉得对方一定是把自己和那些怀疑丈夫偷腥的女人混在了一起，但自己又何尝不是她们的同类呢。

在去停车场的路上，白鸽的脚步逐渐慢了下来。尽管她已经决定放下这件事情，但大脑却不受控制地回忆着刚才看到的画面，她总觉得自己似乎漏掉了什么。

白鸽坐在车里，当汽车发动、仪表盘亮起的一瞬间，她突然想了起来。当时，工作人员的电脑屏幕上，租车和还车时车辆行驶的公里数上同时出现了两个相同的数字。

也就是说，那辆车确实被人租用过，但它一直停在原地，从未移动过。

9

卢杉一手操办了白鸽父亲的追悼会。虽然那个男人生前饱受非议，但卢杉还是在追悼会上为岳父留住了最后的尊严。

这天清晨，验孕棒终于变成了两道杠，卢杉抱着白鸽在家里兴奋地奔跑着，活像个几岁的孩子。之后的日子里，卢杉像是打了兴奋剂一样，早早地给孩子准备着衣服、奶瓶、尿不湿，迫不及待地把自己安在了父亲的岗位上。

尽管白鸽心中对丈夫的疑虑并未完全消散，但她觉得无论如何，该翻页的总归要翻页，生活总得继续下去。

白鸽告诉了陈青云自己怀孕的事情，并主动递交了辞职信。虽然陈青云没有任何拒绝的理由，但脸上还是露出了一丝不情愿。

"陈总您放心，我在云鼎干了这么多年，这里就像是我的半个家。我不会半路撂挑子的，正式离职之前，我会把手里的工作交代清楚的。"

话虽这样说，但留在云鼎的日子无疑成了篮球比赛最后的垃圾时间，胜负已分，大局已定，人们在场上所做的，不过是消磨掉最后的时间。

六点刚过，白鸽便大大方方地披上外套打卡下班了。回到家的时候天色还早，她知道丈夫还要过些时候才会回家，于是便带着猫粮跑到了小区的风机房旁。那里有只白色的母猫，毛色光亮，又很黏人，显然以前是有主人的，不知是否因被人遗弃而流落到了这里。母猫对蹲在面前的白鸽没有丝毫戒备，一边用舌头舔舐着自己的毛，一边不时张开嘴慵懒地打着哈欠。

白鸽忍不住想要伸手去摸摸那只白色母猫，但卢杉之前一再叮嘱过，可以去喂猫，但不许她再去触碰它们，毕竟怀孕期间，感染上弓形虫可不是闹着玩儿的。在孩子的事上，丈夫总是格外小心。最近一段时间，他总是有意地减少着和她身体的触碰。两个人都明白，就算身子再馋，四个月内也是他们的休赛期。

也许由于前一段时间一直忙于处理白鸽父亲遗留下来的各种大事小情，事务所的业务耽误了许多，最近卢杉加班的时间明显多了一些。白鸽总觉得每天属于两人的时间要掐着表来计算，不过即便如此，丈夫依旧面面俱到地照顾着自己，以至于白鸽时常产生一种错觉，那就是如果拿卢杉作为参照，自己身边的人似乎都是敌人般的存在，心怀鬼胎的领导、尔虞我诈的同事、朝三暮四的朋友……

卢杉晚上回来的时候，买回来了一些营养品，白鸽忍不住皱起了眉头。

"你想把我喂成肥婆吗？"

"是给咱妈买的。"卢杉笑着摸了摸白鸽的脑袋，"这段时间，她一个人在家里，情绪应该不是很好，你多陪陪她。"

"我也是天天一个人在家，我情绪也不好。"白鸽嘟着嘴说着。

"你还有我，可是她，就只有你了。"

白鸽看着丈夫买来的营养品犹豫着，事实上，就在不久之前，她刚刚和母亲吵了嘴。

自从父亲离世后，陈宁变得如同祥林嫂一般，每次白鸽前去看望她，她总是将话题绕到已故的丈夫身上，不是控诉他二十多年来对自己的精神控制，便是细数他的不忠。她抱怨着、咒骂着，似乎将如今自己的困苦与委屈全都归咎于他。

起初几次，白鸽还尽力扮演一个善解人意的倾听者，可是接连几次之后，母亲的话便开始车轱辘一般翻来覆去了。

即便是需要照顾母亲的情绪，可是自己的情绪也是需要照顾的吧，毕竟肚子里还有孩子，在这样的"胎教"下，她总担心那些不好的情绪会传递给孩子，于是她刻意减少了去看望母亲的频率。

敏感的母亲很快察觉到了她的变化。一周后，当白鸽再次来到家里时，母亲的眼神中明显充满了怨念，认定女儿根本不关心自己的死活，和丈夫一样，骨子里都是恨不得偷偷将自己丢弃的人。

"你有完没完？你自己活得那么失败，有什么资格对我的生活指指点点？"白鸽终于忍不住反驳了母亲。

"你怎么能这么跟妈说话？"

"你过得不幸福，那你为什么不离婚？天天把自己活得跟个怨妇一样！"白鸽彻底被激怒了，"我告诉你，我不喜欢这个家，我宁可你当初离开我爸！"

"白鸽你……我被你爸害了一辈子，现在连你也要这样对我吗？"

看着母亲一边流着眼泪一边用极其刺耳的话语奚落自己，白鸽心里觉得很难受，曾经最理解自己的母亲此时似乎也疏远了起来。

桃子把车停到了卢杉事务所的旁边，副驾驶座上放着带给卢杉和白鸽两口子的咖啡豆，正巧路过顺便送来的理由也不会显得唐突。不过比起那些咖啡豆，她相信今天穿着吊带裙、喷上"Gucci 罪爱女士"的自己才是主角。

桃子心中始终对卢杉念念不忘，说真的，论脸蛋、论身材、论性格，桃子觉得白鸽只配跟在自己后面吃瓜落儿。在桃子的概念里，世界上根本没有运气这回事，如果天天傻等着馅饼掉下来，早晚得饿死。可是第一次见到卢杉的时候，她忽然觉得自己错了，一大块又肥又美的馅饼，就这么硬生生地砸在了白鸽的头上。

桃子从没羡慕过别人什么，说白了，别人能拿到的，自己不屑一顾；自己手里的，谁也别想拿走。可是那个时候，桃子第一次感觉到了那种嫉妒心的刺痛。时间长了，她心里总有一种莫名的冲动作祟。她并非想要横刀夺爱，但她想向自己证明，自己从来没有被别人比下去过，尤其是白鸽。

事务所的员工相继离开后，桃子确信里面只剩下卢杉一个人了。她翻开驾驶座遮光板上的化妆镜，最后给自己补了唇彩，可正准备下车的时候，她却看到卢杉从事务所走了出来。

"亲爱的，今天晚上我可能要在事务所忙到很晚，别等我了，你自己早点儿休息。"卢杉一边打着电话，一边上了自己的汽车。

卢杉的汽车很快驶离了窄小的巷子，桃子不动声色地跟在了后面，看来所有男人都会扯谎，不同的只是目的，可卢杉的目的又是什么呢？一路上，她揣测着、畅想着，不知不觉一直把车开到了城郊那栋别墅前。

那栋别墅的侧门没有锁，桃子轻声走了进去，循着光亮一路走到了通往地下室的楼梯。楼梯下面有节奏的摩擦声不断传来，空气中飘来令人不悦的味道，她本想就此作罢，她也本该就此作罢，但最终还是没能忍住自己的好奇心。

卢杉赤着上身，在用一把刷子洗刷着地上黑乎乎的血污，他似乎察觉到了什么，停下了手里的动作，把头缓缓地转了过来。刚刚那些夹杂着腥臭味的液体从他的脸上滑下来，落在地上，让他看上去就像是一只非洲草原上正在进食的鬣狗。

桃子意识到自己来到这里是一个巨大的错误。她转身想要赶紧离开，可早已乱了方寸，她匆忙间撞倒了旁边的垃圾桶，杂乱的叮当声在空寂的屋子里显得格外刺耳。

黑暗中，桃子很快迷失了方向，卢杉则在后面不紧不慢地追踪着。

自以为是的猎人显然找错了猎物，并且走入了它的领地，她要为自己的冒失付出代价。桃子闪身躲进了旁边的一个储藏室，匆忙中，她只好选择把自己娇小的身子蜷缩在房间角落的冰柜里。

然而很快，房间里便传来了桃子撕心裂肺的尖叫声。躲进去之后，桃子才发现冰柜里不只藏着自己一个人，还有已经梆梆硬的老赵，今天晚上她精心打扮的妆容，早已经哭花了。

卢杉循声走了过来，他静静地看着桃子，叹了口气，从地上捡起了一根绳子。

丈夫买来的营养品在办公桌旁放了几天，白鸽最终还是随手将它们送给了公司新来的实习生。回到家中，她轻描淡写地告诉卢杉自己已经去过母亲那里，好在丈夫没有多问什么，这件事情便成功地糊弄过去了。

晚饭时，白鸽吃得很多，她觉得自己肚子都胀了起来。看着垃圾箱里已经装满的垃圾袋，心想着自己得去院子里溜达溜达了。

垃圾袋在狭小的电梯间里散发出阵阵腥味，电梯好不容易降到了一层，白鸽便迫不及待地冲了出去。可刚刚走出电梯间，她手中的垃圾袋一松，里面的垃圾撒落了将近一半。

白鸽本可以大步走开，毕竟弯腰捡东西对她现在的身体很不利，但想到保洁阿姨不久后的咒骂，她还是硬着头皮，一一将地上的垃圾捡起。

一个白色的小球一直滚落到了楼道的拐角处，白鸽捡起来之后才发现那是一个被揉紧的纸团。白鸽好奇地把它展开，才发现是丈夫昨天在超市购物结账时的清单。清单上都是一些常用的日用品，洗衣液、尼龙刷、消毒水等，大多已经在家里派上了用场。

正当她准备把那张单据塞进垃圾袋里的时候，单据的倒数第二行，几个字引起了白鸽的注意——"FREE×1——26.8元"。

白鸽当时并未多想"FREE"这几个英文字母代表着什么，直到不久后的一天，听到身旁的女同事哼唱着一首口水歌时，她忽然想到了网站上屡屡刷到的那段视频广告，正是以这首歌做背景音乐的。广告中的女演员对着镜头挤眉弄眼地说出了广告语台词——"FREE，你的秘密，你的自由！"

她恍然明白了出现在消费单据上那个"FREE"代表的是什么东西——FREE品牌的卫生巾。

快递小哥按响了22排11号别墅的门铃。

他在这个唐湾小区负责送货已经有超过一年的时间了，却还是第一次送货到面前这栋房子。那沉甸甸的东西是用纸盒子包装起来的，外面又结结实实地裹了几层编织布，搬动的时候，里面隐约能听到叮叮当当金属撞击的声音。

许久过后，门开了，快递小哥松了口气，开门的是一个男人，看上去身子还算健壮，否则他真不知道自己一个人怎么把货物从车上搬下来。

"手机尾号0049，李先生家对吗？"快递小哥看着快递上的收货信息和面前的男人确认着。

"没错。"卢杉说道。

不等快递小哥开口，卢杉已经解开了衬衫袖口的纽扣，把袖子撸到了胳膊肘上面。

"东西挺沉吧，我帮你一起抬吧。"快递小哥说道。

"不用了，一会儿我就在这儿拆箱。"

"那得了。"快递小哥拍了拍外套蹭上的尘灰转身准备离开，里面地下室的方向忽然传来一阵叮叮咣咣的声响，伴随而来的还有一些呜呜的、像是某种动物发出的声音，似乎正要努力挣脱什么。

看着快递小哥一脸的疑惑，卢杉笑了笑。

"刚养的小狗，不太老实。"

10

此时，徐远看着脚底下那只拉布拉多，正一头雾水。

自从上次因探望母亲回到老家宁江后，三舅家的表妹心心便下定决心跟随徐远来到上海发展。尽管徐远多次劝说，大城市的生活并不像她想象中的那么美好，可是心心却一口咬定，自己的人生绝不属于小小的宁江。

表妹拎着大包小包从老家赶来投奔，徐远只好帮她找了个出租公寓安顿下来，然后琢磨着给她找份合适的工作。可表妹早已躁动不安，工作还没找到就交了男朋友，两人腻在一起仅仅两个月就多了这么个小东西。不出徐远所料，一场吵架让两人很快分手，男的甩手而去，心心则背上旅行包，说是要去西藏洗涤心灵。

"洗涤心灵？"徐远瞪着表妹，一肚子气，"你一个连自己衣服都不会洗的人，好意思去洗涤心灵吗？我早就劝过你，你现在年轻，一定要轻装上阵，不要急着在自己身上建立什么乱七八糟的稳定关系，现在明白了吧？"

"哥，我会找回我自己的，祝福我吧。"

"你去哪儿我管不了，可你把这狗丢给我算怎么回事儿？"

"缘起缘落，一切都是注定。"

徐远气得七荤八素，可表妹已经踏上了自己的行程。那只叫小闹的狗子被丢到了他的公寓里，乱拉乱尿，一脸憨傻。

由于之前在北京的一个项目需要履行回访任务，徐远要出差一个礼拜。眼看小狗无人照顾，他厚着脸皮把家门钥匙塞到了林江雪手里，求她跑步路过自己家门口时，给小闹的碗里添些狗粮。

其实那个回访任务并非得徐远亲自前去不可，此行去北京，徐远心里还揣着另外的目的，那就是去拜访一位名叫乔梁的律师。这位大名鼎鼎的律师常年位列全国十大杰出律师榜单，不过徐远对他身上的名号并不感兴趣。他之所以想去亲自拜访，是因为卢杉的履历上写着，他曾经为乔梁担任过律师助理。

事务所前门的玻璃擦得锃亮，徐远站在前面，可以清清楚楚地看着上面映出自己的身影。这里和喧嚣的国贸商圈相隔两条街，一栋小型写字楼的第六层，按响门铃之后，一位年轻人过来给徐远开了门。

"请问您……"年轻人问道。

"我是云鼎集团的人事部主管，我姓徐。"

年轻人迅速地查看了一下手中的备忘录。

"哦，是徐先生。请您先坐一下，乔律师还在和客户谈事情，时间有点拖延了。"

"没关系，我的时间很多。"

对于徐远来说，乔梁律师的联系方式并不难拿到，难的是找到一个合适的约见理由。思前想后，徐远拨通了乔梁律师的电话，告诉对方云鼎集团因业务需求正考虑聘请一位律师作为公司的法律顾问，而卢杉是其中的候选人之一。作为公司人事部主管，他需要完成前期的人事调研工作。当然，因为候选人不止卢杉一个，所以他恳请对方不要透露此次调研的目的。

徐远四处扫视着，事务所里整齐地排列着四排职工用的办公桌。除了刚才那位年轻人，工位上还有一位三十出头的女职员，她一直在和旁边的委托人交谈着。

"徐远先生吧？让你久等了。"一位头发花白的老者站在了徐远的面前。

乔梁律师比网上搜到的照片显得更苍老一些，但依然穿着笔挺的西装，一丝不苟。因为之前已经在电话中联系过，徐远直接省去了客套的寒暄，简明扼要地表明了自己的来意。听到卢杉的名字，乔梁的眼睛似乎放出了光来。

"卢杉啊，那个小伙子挺特别的。当时第一眼看到他，我就觉得他和别的孩子不一样。"

"哪里不一样，能具体说说吗？"徐远追问着。

"不一样的地方？"老人慢条斯理地说道，"你们公司想要聘用他，这不是你们该问自己的问题吗？"

徐远尴尬地笑笑，对方显然是个老江湖。

"他来到您的事务所工作，应该是2014年的事情吧？"徐远问道。

"对，2014年，我还记得他刚来到这里，我就让他接手帮我处理一起很重要的案子。他做得很出色，思路清楚，细致周到，一点不像是一个刚毕业的孩子。"

"我记得卢杉律师，是从南加州 Gould 法学院毕业的？"徐远问道。

"对，虽然受的是美国的司法体系熏陶，但是在这里他适应得很好。"

"事务所录取新员工的时候，会有人去做专门的走访和核实工作吗？"徐远追问道。

"你指什么？"乔梁律师愣了一下。

"好比我们公司在录用新员工的时候，会特地去找他曾经毕业的学校或是就职过的公司核实情况。毕竟现在这个社会太复杂，人心更复杂，我们是吃过亏的。"

"我明白你的意思。"乔梁笑了笑，"你说的那些事、那些人，我当然听说过。说实话，我们做律师的，一辈子都在和触碰法律的人打交道，对我们而言，法律不是约束人的，而是保护人的。我们是天天在战场上厮杀的人，比起一般人，我们更需要这层盔甲，伪造经历是一件再蠢不过的事情。"

"希望您别误会，我对卢杉律师非常的尊重，公司有程序，我只是来例行公事。"徐远解释道，"卢杉律师当时在这里的时候，是坐在哪边？"

"应该是把角的那处工位。"乔梁律师指了指那个正在和委托人交谈的女职员所在的位置。

"看来卢杉律师在这里的时候，您对他印象还是不错的。"徐远说道。

老人叹了口气："我本来指望着能让他给我当拐棍儿的……可我也明白，他有自己想做的事情，我是留不住他的。"

"您觉得，他想做什么？"徐远试探地问道。

"我们这里，聪明的人很多，但你能感觉到他是那种不让人讨厌的聪明。他是那种知道自己想做什么，然后井井有条去做的人，这样的人，很难有他做不成的事情。"

"这算我听到过的一个领导对于自己员工最高的评价了。"徐远笑着说道。

这时，起初接待徐远的那个年轻人敲敲门走了进来。

"乔总，您五点半在京广中心有个会，差不多该走了。"

"知道了，让司机把车开到楼下吧。抱歉徐先生，我还有事，今天不能陪你多聊了。"

"谢谢，耽误您宝贵时间了。"

"没什么，希望能帮到你。"乔梁主动和徐远握了握手，徐远能够明显感受到他虽然上了年纪，但那双手还是很有力气。

乔梁律师走了，徐远没有了再留在此地的理由。事务所的人们各自忙碌着自己的事情，那个女职员和她的委托人都已经不在原来的地方，正巧把那处工位空了下来。

徐远不知不觉走了过去，在那张蒙着棕色仿皮的转椅上坐了下来。办公桌上的文稿堆积如山，几乎要把旁边的那台台式机电脑淹没掉了。台式机有些年头了，显示屏白色的边框已经泛起了黄色。

"他是那种知道自己想做什么，然后井井有条去做的人，这样的人，很难有他做不成的事情。"

徐远心中反复琢磨着刚才乔梁律师说的那句话。

身后传来了一声咳嗽，徐远回过头来，只见是那位女职员站在自己的身后，正满是疑惑地望着自己。

"您是？"

"不好意思，坐了你的位置。"徐远赶紧站起身来，"我是想来打听一下这个位置之前的主人，他叫卢杉，你认识吗？"

"我听说过他，是个很有本事的人。不过他在这里的时候，我们这些人还都没来呢。"女职员一边笑着一边用手捂住唇边露出的小虎牙。

"事务所有没有存留过他的东西呢？比如处理过的文件，或是做笔记用的稿纸之类的东西。"徐远追问着。

女职员使劲摇了摇头："我们这本来就挤，哪儿会给前面的人留地方。"

"你办公桌上的那台电脑，有年头了吧？"

"是啊，这还是很早之前事务所装配的一批电脑，开个机都费劲。现在我们都用自己的笔记本电脑。"

"应该是系统该升级了，要不我帮你看看？"

"这……不太合适吧？"女职员疑惑地打量着面前的徐远。

"你要是觉得不合适的话，可以请我去楼下喝一杯咖啡。"徐远笑着说。

林江雪攥着徐远硬塞给自己的家门钥匙，很快发现自己接手的是一个烂摊子——那只小狗是徐远表妹贪图便宜从街边狗贩子手里买下的，因为没打疫苗加上看护不当，感染上了细小病菌。小狗先是精神萎靡，然后开始拉稀，最后竟然拉血。林江雪急忙带小狗去了宠物医院，光检查费用就花了一千多元，但最后医生无奈地摇了摇头，说狗治不好了，如果需要的话，他们可以提供安乐死服务，人和狗都不会再痛苦。

在回去的路上，林江雪一路骂着徐远，给自己添麻烦不说，还要给自己添晦气。她坐在街心公园的长椅上，耗了将近半个小时的时间。小狗趴在她的脚边，眯着双眼，身子微微颤抖着。林江雪抽完烟盒里最后几支烟后，便起身离开了。

小狗已经虚弱得无法追上林江雪的脚步，只能用沙哑的声音在背后叫唤着。

没什么大不了的，在这座城市里，每天都会有很多生命在悄无声息中逝去。这座城里漂泊着太多的生命，自从他们来到这里的那一天起，就已经成了无根的草木。

刚刚转过街角，口袋里的手机忽然响了起来。看着那个熟悉的电话号码，林江雪停下了脚步。

"喂？"林江雪接通了电话，轻声地问道。

电话那头却一片寂静。实际上，近两年来，这个号码已经不止一次打过来了。有时间隔不到一个月，有时则半年以上。每次电话打过来，对面都静悄悄的，几秒后便挂断。而当林江雪再次回拨，对方却再也没有任何回应。

"喂，你要是有话想说就说，两年多了，你还挺有毅力！"林江雪不客气地对电话说道，"你到底想干什么？有什么话不能直接说吗？"

电话再次挂断了，可因为这短暂的耽搁，身后的小狗已经跟跟跄跄地追了上来，林江雪垂下头，却再也迈不开步。

夜晚时分，林江雪再次用钥匙打开了徐远的家门。房间里依然是一人一狗，只不过这次，林江雪的包里多了一堆从兽医站买来的抗生素。她抱着一种完全不相信科学的念头，给小狗注射了说明书上三倍的药物。

再次拉过几摊血后，小闹终于蜷缩在墙角，没有了挣扎的力气。林江雪将地上的一片狼藉清理干净后，将一个黑色的塑料袋放在了茶几上。这些天，这个拖油瓶已经耗费了她太多的精力，明天的采访至关重要，而她现在只有四个小时的时间可以合眼休息。她能做的也只有这么多了。明天一早，她会拎着那个黑色塑料袋离开这里，再不对这个屋子留有一丝牵挂。

由于飞机晚点，徐远回到家的时候已经是凌晨三点。推开家门，他发现林江雪躺在自己的沙发上睡着了，小闹依偎在林江雪的怀里，尽管病重，但仍强撑着摇晃着尾巴。看着自己空荡荡的家里突然多了两个生命，他忽然觉得，这种感觉既陌生又奇妙。

这个家里第一次有人在等着自己回来。

当徐远轻轻把一条毯子盖在她身上的时候，林江雪睁开了惺忪的睡眼。

"不好意思，有事耽搁了，我改签了机票。"

"你个混蛋……"

"去床上睡吧。"

"懒得动了。"

"我抱你过去。"

徐远刚刚俯下身来，谁知林江雪拽着他的衣领，一把将他掀翻在沙发上，紧接着一顿乱拳砸了上来。

"你个没良心的，我被你和你那只破狗害死了！"林江雪恨恨地说道。

"对不起，我信得过的人，只有你。"

"你少拿漂亮话搪塞我。"

"你要是想要，我这条命给你。"

"谁要你的烂命一条？"

"林江雪，我有些事情要跟你说……"

徐远话还没说完一半，便被林江雪的双唇堵住了嘴，他还想挣扎，林江雪又狠狠地给了他一巴掌。这次徐远不敢再动弹了，任由林江雪扯开了自己的衬衫。当林江雪的嘴唇在自己的脖子上游走的时候，徐远迎合地将手指插进林江雪的头发之中，然而林江雪突然停了下来，她像是突然被拔掉了电源，整个人沉默了几秒后，匆匆忙忙地穿好了自己的衣服，拎起背包走出了房间。

徐远愣了半天，不知道究竟发生了什么事情，等他站起身走过门口的镜子时，这才发现自己的衬衫上蹭了一抹口红的印记，是那个长着虎牙的女人的。

不知是那些药起了作用，还是看见了徐远格外地兴奋，小闹一步三晃地来到了徐远的床边，伸着舌头使劲舔着他垂在床边的手。徐远忍不住好笑，一个已经千疮百孔的人，却偏偏要挖空心思地从别人身上寻找瑕疵，也许他已经成功地把自己活成了一个笑话。

手机又快没电了，白鸽再次将手机插在了电源上。在家中无事可做，她只好把大部分时间消磨在手机上。曾经渴望的时间和自由，如今却多得让她感到手足无措。

最近这些天，白鸽觉得自己有些孤独，生活中除了丈夫，她似乎已经没有了可以倾诉的人。每每这个时候，她都会无比想念桃子。

翻看着桃子的朋友圈，白鸽觉得她最近似乎很忙，但忙碌之中她依然会发些自拍臭美的照片，她看起来过得不错。白鸽也曾时不时地在微信里给桃子发去问候的消息，但桃子总是过了很久才回复，字里行间似乎带着一丝敷衍。

白鸽觉得有些奇怪，桃子平时热爱做美甲，长长的指甲敲击手机屏幕上那些小小的字母键盘会很不方便。因此，她能发语音回复的时候，通常不会费力去打字。

终于有一次，白鸽忍不住给她拨通了电话。等待了近半分钟，电话终于接通了。

"亲爱的，干吗呢？这么久才接电话？"白鸽问道。

"睡觉呢，被你吵醒了。"电话那头的桃子显得有气无力。

"这都傍晚了，你睡的哪顿觉啊？"

"啊，都傍晚了啊……"桃子沉吟了一会儿，"昨天晚上喝酒喝大了，一觉睡多了。"

"你少喝点儿，忘了前年你把自己喝到医院的事儿了啊？"

"嗯。"

"最近忙吗？"

"还行。"

"最近我给你发消息，你都爱搭不理的。"

"没有吧？"

"你不会有主儿了吧？"

"没有，我还是老样子。"

不管白鸽如何寻找话题，桃子始终回答得懒洋洋，似乎不愿多说一个字。

"行了，看你没精打采的，不打扰你了，赶紧多睡会儿吧。"

"嗯，我接着睡了。"

"有空出来，咱俩都好久没见面了。"

"成，我前几天吃了家饭店，叫黑森林，改天请你去吃，肯定合你口味。"电话对面的桃子说道。

"好啊，就这么定了，我最近都有时间，等你不忙了，咱们随时约。"

"拜拜。"

"拜……"

还没等白鸽把话说完，桃子那边就已经挂掉了电话。

厨房的电水壶传来一阵沸水滚动的声音，随着开关咔嗒一声弹开，终于渐渐平息下来。

白鸽静静地坐在沙发上，回想着刚刚桃子对自己说的话，她觉得有点儿奇怪，桃子明明一副没有酒醒的样子，却又偏偏主动约自己去吃饭，甚至连地方都已经想好了，这似乎又说明她还是清醒的。

饭店的名字似乎有些耳熟，白鸽特地打开手机软件，搜了一下刚刚桃子提到的那家叫黑森林的饭店。她忍不住笑了起来，饭店的地址居然在松江区，而且食客的评分才 3.5 分。那是一家号称改良京菜的饭店，既不是桃子的口味，更不是自己的口味。

看来桃子真的还没有醒酒。

晚上卢杉在厨房刷碗的时候，白鸽忍不住把心中的疑惑都讲给了他，关于桃子最近总是对自己的忽冷忽热，还有那个莫名其妙的黑森林餐厅。卢杉只是报以一笑。

"知道吗？"白鸽认真地说道，"她最近在朋友圈里发的那张照片，是去年 10 月我俩逛商场，她在试衣镜前照的。去年的照片，为什么现在才发在朋友圈里面呢？"

"你是不是最近看名侦探柯南了啊？"卢杉笑着说，"唯一看透真相的，是一个外表看似孕妇，智慧却过于常人的名侦探白鸽。"

"我这跟你说认真的呢！"白鸽捶了丈夫的后背一拳，"我就是觉得她不大对劲。"

"不就是一张照片嘛，人家那天可能突然翻到了过去的照片，也许是觉得自己当初的那身打扮很漂亮，心血来潮就发在朋友圈了，这不是很正常吗？"卢杉若无其事地说道。

"净瞎猜，你们男人根本不懂女人的想法。"白鸽把头歪到一边，对丈夫的解释十分不屑。

"我是不懂你们女人的想法，你们女人一天一个想法，我怎么懂啊？"卢杉笑着说道，"你问问自己还记得你昨天是啥想法吗？"

"老老实实刷碗！"白鸽瞪了丈夫一眼，卢杉赶紧一副讨饶的眼神。

"好好好，我刷碗，我刷碗。对了，我最近认识了个客户，是做三亚高端私人旅游的，因为之前我帮他解决了很多债务纠纷，他一直想要感谢我，说想要邀请咱们去那边玩儿，吃住行人家一水全包。"

"以前公司团建没少去那里，没兴趣。再说了，您老人家整天那么忙，哪儿有出去度假的时间啊？"

"可以让咱妈去啊。"卢杉提议道。

"她？"

"你看，咱妈现在正好没什么事情做，让她自己去三亚散散心吧。"

"她？应该不大喜欢旅游这种事情吧？"

"你问问她呗，她要是不想去的话，你就当没这事儿。万一她想去呢，咱们也算尽尽孝心。"

白鸽当然不想告诉丈夫自己和母亲闹别扭的事情。此时她心中暗暗庆幸，去三亚旅游的事情应该是一个很好的契机，如果母亲能欣然接受，两个人之前的瓜葛也就可一笔勾销，就算母亲用什么原因推辞掉，这至少也会让她意识到，自己在往好的方向做努力。

那天晚上，白鸽坐在马桶上，她将短短的字句反复调整，最终如同学生交上自己的答卷一样将信息发送了出去。

"妈，卢杉的朋友邀请我们去三亚，人家出机票出酒店，咱们只用出人就可以，卢杉太忙了，我公司的事情也走不开，你有兴趣自己去吗？"

临睡前的时候，母亲发来了回复——"你出去天南地北地玩儿从来没想过你妈，现在是想把我这个怨妇从眼前打发走是吗？"

那一瞬间，白鸽只觉得脑袋嗡嗡作响，她差点儿把手机摔出去。

卢杉回到卧室的时候看到了妻子脸上的泪痕，赶紧坐到床边询问，这次白鸽再也没有了什么隐瞒的借口，只好一五一十地将那些窝心的事情告诉了丈夫。

"你该早点跟我说的。"卢杉笑着抱住了白鸽，手指在她的后背上轻抚着。

"我一个孕妇，大老远地跑去看她，我连自己的情绪都照顾不上，凭什么要照顾她的情绪！"白鸽说着眼泪止不住地再次涌了出来。

"怨我，最近太忙了，没有顾得上陪你一起去看妈。"

周六，卢杉拉着白鸽来到了白鸽母亲的家里。还没来得及敲门，屋里便传来了一阵有节奏的脚步声，看到卢杉，老人家的脸上泛起了红光，变戏法一样地翻出了各种瓜果梨桃，一股脑地摆在了茶几上。

卢杉主动说起了三亚旅游的事情，不过不同的是，同样的事情在丈夫嘴里换了个说法。

"那个事儿怪我没跟白鸽说清楚。是这样，我最近有很多朋友都在三亚买房子，那边环境好，空气好，每年过年或是度假去那里住一段时间，就当是自家的后花园了。就算是每年住不了多久，单纯作为投资的话，回报率也是很高的。我是想，现在我们手头还有一些闲钱，想在那边买一套小房子，现在相中了几个小区，可是我觉得挑房子这事儿吧，我们年轻人肯定没您有经验，我是想正好趁这个机会，烦劳您帮我们过去掌个眼！"

白鸽略带惊讶地望着丈夫，在三亚买房投资的事情他曾经和自己聊过几次，可她却从来没有和母亲联系在一起。

听到卢杉说要让自己去帮忙挑选房子，白鸽母亲的两眼霎时间亮了起来。

"你怎么不早说啊！买房子这事儿可是大事儿！户型、环境、朝向，就连风水都讲究着呢！你们年轻人没经验，特别容易被人家忽悠。得了，这事儿交给我吧，保证万无一失。"

"那太好了，有您在，我就一万个放心了！"卢杉笑着给老人家剥了个橘子，"那个酒店在亚龙湾，离海滩很近，您去那边也顺便好好玩儿玩儿。"

"玩儿不玩儿的是次要的，办正事儿要紧！下个礼拜我动身怎么样？"

"成，我一会儿就打电话问问他！"

没过几天，白鸽母亲便拎着行李踏上了前往三亚的航班，那架势似乎是早就期待着这场旅行。

"咱妈肯定是想去的，但她性子要强，她得给自己找个台阶。"卢杉解释道。

"怎么整的好像你比我还了解我妈似的？"

"有时候，旁观者清啊。"

卢杉一边说着，一边用干布把橱柜里的每一个杯子挨个擦得透亮。

"杉，你当初结婚的时候是不是骗我了？"白鸽问道。

"我骗你什么了？"

"你根本不是属马的，对不对？"

卢杉停了下来，回头望着白鸽。

"我看你是属沙发的，费尽心思让每个人都舒服了。你说你累不累啊？"

"我累，可我不累不舒服啊，我属沙发的，我也得让我自己舒服了不是吗？"

卢杉脸上又恢复了刚刚的笑容，手上的干布擦得更起劲了。

整整一个晚上，徐远趴在电脑前翻查着从那台旧电脑上带回来的硬盘。因为时间太过久远，硬盘早期的文件早就已经被删除殆尽，但是在系统的缓存文件中，他还是意外地发现了一些奇怪的东西。

那是一份 Word 文档，上面写着一些奇怪的数字：

1416—1154—0808—160406—156.5

1462—1222—1040—160407—156.5

1416—1154—0808—160413—156.5

1462—1222—1040—160414—156.5

……

徐远反复查看那些数字，却始终无法理解其含义，心想这应该是电脑程序中的代码之类的吧。然而，比起这些数字，那张 JPG 格式的照片更让他感兴趣。

照片显然是用手机摄像头拍摄后转存到电脑上的，大概因为是用廉价手机拍摄，加上拍摄时间是晚上，画面非常模糊。但从照片中的路灯可以看出，那是位于繁华地段的写字楼的一角。写字楼里亮着几盏灯，与夜空中那弯惨淡的月亮相映成趣。

然而照片提供的信息很少，既没有拍到写字楼的大门，也没有拍到路边的路标，甚至连路面的底商都没有拍到。单从照片上看，那座写字楼与现在路边随处可见的写字楼并无太大区别。

就在徐远即将放弃时，他忽然注意到写字楼一层上挂着一个商家的 LOGO。由于已是深夜，LOGO 上的灯光已经熄灭，但依稀可以看出"Mustang"的字样。徐远在百度里搜索了这个单词，在翻到搜索结果大概第八页时，一份二手闲杂物品转卖网站上的信息引起了他的注意。他点开后看到，那是一页 2018 年发布的转卖消息，上面写着："转让 Mustang 健身房长宁店会员卡一张，剩余十六个月，2400 元不议价，会员卡更名费我出。"

照片上，蓝底金字的会员卡上，"Mustang"的字体与那张照片上的 LOGO 一模一样。

徐远立刻在"Mustang"后面加上了"健身"两个字重新搜索，很快找到了那家健身房的相关信息。这家健身房有几家分店，但都在上海市区。

徐远的心跳不由加速，他意识到自己似乎找到了一把尘封许久的钥匙。

虽然那家名为"Mustang"的健身房在三年前就已宣布破产清算，但徐远还是找到了当年商家发布的宣传信息。在鼎盛时期，他们在上海开了很多分店，大多位于黄金地段的住宅区或商业区。

接下来，徐远挨个搜索了那几家门店的地址信息，很快他便把目标锁定在了那家凌海中心店上。

此时，徐远的手再也控制不住地抖动了起来。

徐远瞬间明白了那些数字的意义。经过简单的搜索，他印证了自己的猜测：那是一份列车乘坐记录表。例如，"1416–1154–0808–160406–156.5"中，"1416"代表北京前往上海的车次，"1154"和"0808"分别是列车出发和到达的时间，"160406"是乘坐的日期，而"156.5"则是硬座票价。

从北京到上海，几乎找不到比这更廉价的通行方式了。最慢的车次，八个多小时的路程，途中经停三十多个车站，几乎每周的往返，那个男人究竟是凭借什么熬过那些路程的？想到那些，徐远心中不由一阵寒意。

下班的时间到了，白鸽打卡之后，便匆匆地走出了公司大门。也许是正赶上人流高峰的缘故，电梯在楼层之间缓慢地蠕动着。

就在焦躁等待的时候，背后一只手一把抓住了白鸽的胳膊，把她朝一边拉去。白鸽吓了一跳，回头望去，只见是徐远，他眼窝有些深陷，似乎最近都没有休息好。

"你干什么？"

白鸽厌恶地想要甩开徐远的手，但是他似乎早就做好了准备，压根儿没想让她有挣脱的余地。

"你过来，我有话要跟你说。"

徐远不由分说，将白鸽拉到了旁边的楼梯间里。那里是公司同事们聚在一起抽烟的地方，由于常年被熏染，似乎连墙皮里头都已经透着烟味儿，白鸽几乎被呛得窒息。

"你疯了吗？"

徐远松开了白鸽的胳膊，两只手掌向下示意白鸽把声音放低。

"白鸽，你可能觉得我疯了，说实话，我也觉得我疯了。但是比起最近发生的一些事情，我觉得我还算正常的。"

"你有话快说，我急着回家。"

"说来话长。"

"你能换个地方吗？我现在闻不了烟味儿。"

"这个地方手机没有信号，说话方便。"

白鸽下意识地掏出了手机看了一眼，信号状态已经变成了一个叉，她顿时警惕地望着徐远。

"你什么意思？"

"待会儿再跟你解释。"徐远说道，"你和你老公，最近怎么样？"

"我没有兴趣，也没有必要跟你在这个地方拉家常。"

"我和你一样，没有兴趣，也没有必要跟你在这个地方拉家常。我前几天去了一趟北京，遇见了一个叫乔梁的律师。好巧不巧，这个乔梁律师，当年就是卢杉的老板。白鸽，你说这世界是不是太小了？"

"你到底想说什么？"白鸽冷冷地瞪着徐远。

"聊天的时候，乔梁跟我说起了一件很有意思的事情。那时候卢杉几乎每个周末都要去一趟上海，说是在上海有个亲戚。我记得你老公好像在上海没什么亲戚吧？"徐远笑着问道。

"徐远，你这样真的挺没意思的。我老公碍着你什么了，你天天没完没了地找他的碴儿？"

"他可能是有一些别的不方便透露的原因吧，然后就跟别人随口说了这么个理由。可我琢磨着，即便坐最便宜的K字头夜车硬座，对他来说应该也是一笔不小的开销吧？要知道，他那时候作为助理律师，每个月的工资也就四五千块钱，这笔开销可能至少要占掉他收入的一半了。我觉得，他身在北京，却利用周末时间频繁地去上海，一定是有什么重要的事情要做，或是有什么重要的人要见。那是你老公，别跟我说你不想知道他去干什么了。"

徐远一边说着，一边颇具意味地看着白鸽。

"那里留着卢杉当年用过的老电脑，我按照文件的创建日期搜索了一下。没什么收获，应该是你老公离职之前清理掉了，或是被后来的同事删除了，但还是有一些缓存的文件留下了，然后我找到了这个。"

徐远说着从口袋里掏出了一个信封，从里面抖落出了那张照片，看着照片上似曾相识的地方，白鸽不由得愣住了。

"这个地方很眼熟吧？"徐远问道，"你毕业后去实习的那家公司，应该就在这栋写字楼里。"

"徐远，拜托你别再做这种无聊的事情了好吗？这真的会让我瞧不起你！"白鸽厌恶地把那张照片甩在了徐远身上，转身就走。

"白鸽，你是个聪明人，你认真想想这件事情！那时候他明明在北京工作，却那么频繁地往上海跑。在他用过的电脑里，偏偏又出现了一张这样的照片，你相信这只是巧合吗？"徐远再一次死死地拽住了白鸽的胳膊。

"这什么也说明不了！这只能说明你嫉妒，你阴险！你放开我，我要喊人了！"

"好，如果你还觉得这是巧合的话，我告诉你，那个电脑里还有一个文件夹，是之前登录 QQ 软件的缓存文件，你应该知道吧，我们之前用电脑登录 QQ 的时候，登录过的信息会留在电脑的系统盘中，而文件夹的名字会显示为登录的 QQ 号。你知道那个文件夹的名字是什么吗？51087962。我搜索了一下那个号码的昵称——LEO，这个名字你不会忘掉吧？那个曾经陪过你很久的网友的名字！"

徐远知道自己已经如同带着最后一个弹夹站在战场上的士兵，此时没有了回退的余地，不管是死是活，他必须把剩下的子弹全都打出去。

"当初你考研失利的时候，为什么那个名叫 LEO 的网友突然出现在你的身边给你安慰？你毕业去实习时，那个骚扰你的上司为什么突然被查出经济问题被公司辞退？难道你不觉得这么多年来，一直有人在背后暗中左右你的人生吗？

"如果我没猜错的话，你的丈夫曾经有另一个名字，叫李海生，就是毕业那天阴差阳错出现在你身边的那个人……早在那之前他就一直在你的背后，在你看不到的地方一声不吭地跟随着你，默默地注视了你十几年的时间。这十几年来，他像个猎人一样跟踪、伪装、设陷、下饵，他改名换姓成了卢杉，并且最终成了你的丈夫……"

徐远话没说完，白鸽一巴掌已经狠狠地甩在了他的脸上，那一巴掌没有太大的力量，可白鸽自己却已经捂着肚子蹲在了地上。徐远知道自己过火了，赶紧走上前去，谁知白鸽却狠狠地提起膝盖，准确地磕在了徐远的裆上。下腹传来的刺痛让徐远顿时两腿瘫软，在地上狼狈地翻滚起来，等到他拼命站起身来，白鸽早已经匆匆逃开了。

小腹的疼痛久久不能散去，然而这疼痛却让徐远脑海中的执念越来越清晰。那个男人就像是被季节牵引的候鸟，竭尽自己口袋里为数不多的钞票，一个人坐着深夜的火车来到千里之外的上海，然后再默默地离开，只为了几个小时能够靠近她。

白鸽跑出写字楼，沿着步行道一直走过了两条街，这才停了下来掏出手机用约车软件叫了车。刚刚一番剧烈的运动让她的身体着实有些吃不消，不得不一手扶着路边的栏杆一手扶着腰大口喘着粗气。

很快，网约车停在了马路的对面，司机伸手招呼着她走过来，白鸽这才想起这是一条单行道，自己得走到马路对面才能上车。

刚刚迈出两步，白鸽忽然停在了马路中央，旁边路过的汽车不耐烦地按着喇叭催促她赶紧躲开，然而她却迟迟迈不开脚。

白鸽呆呆地望着不远处的一处商业楼，楼宇的广告牌上黑底白字写着"黑森林"三个字。

白鸽忽然想起来，自己曾经和桃子去过那里，只不过那不是一家餐厅，而是一家密室逃脱店。

11

　　白鸽直接将网约车的目的地改为了桃子家，按了几分钟的门铃，却始终无人应答。门口贴着的催缴水费单还是几天前的，似乎暗示着屋主已经很久没有回来过了。白鸽赶紧再次拨打桃子的电话，可是一连拨了几个，对方都无一例外地挂断了。

　　白鸽越发心神不宁，她反复回忆着上次和桃子通话时的情景，现在想来，当时的桃子似乎有意向自己暗示些什么。如果"黑森林"所指的不是某个餐厅，而是两人曾去过的那家密室逃脱店，那她到底想要表达什么？

　　回想起来，距离她们两人上一次见面已经过去了将近一个月的时间。这段时间里，桃子从未主动联系过自己，自己也没有从任何人口中听说过她的消息。还有她朋友圈里发的那张奇怪的照片，白鸽越来越不敢往下想。

　　就在这时，桃子发来信息，说自己发烧了，嗓子也肿了，说不出话来，问白鸽有什么事。

　　白鸽不断设想着最糟糕的情况，猜测着桃子此时此刻可能的处境。手机那头的，到底是不是她本人？如果真的是她，那她是不想说话，还是根本不能说话？

　　"亲爱的你病了啊？你在家吗？我去看看你吧！"反复琢磨许久，

白鸽再次给桃子发了一条微信。

"我现在在朋友家里，我没事儿，你不用管我。"

"我家里有之前在日本代购的退烧贴，挺管用的，我给你送过去吧？不方便的话，我叫闪送给你送过去也行。"白鸽心想，即便是不能亲眼见到桃子，知道她所在的位置也是非常重要的。

"不用，我这儿有药。不说了，我头疼得厉害，睡一会儿。"桃子的回复没有给白鸽任何机会。

一直到了很晚，卢杉还没有回家，虽然知道丈夫这个时候应该还在忙碌着，但白鸽实在按捺不住，给他拨通了电话。

"我今天还有一大堆事情没有处理完，可能要再晚一点回家。"电话那头卢杉说道。

"杉，我该怎么办？桃子可能出事儿了！"白鸽一句话没说完，眼泪已经止不住地流了下来。

卢杉安慰着，让她有话慢慢说，白鸽便将自己对于那个"黑森林"的猜测，以及今天和桃子联系的事情讲了出来。

"你先别着急，上海这么大的城市，一个人不可能凭空消失掉。"卢杉安慰道。

"不对，她肯定出事儿了！"白鸽心急火燎地喊道，"要不然她为什么死也不肯接我电话？"

"她在上海有家人吗？"卢杉问道。

"她家人亲戚都在老家东北，在上海应该没有什么亲人。"

"那你有没有她家人的联系方式？"

白鸽摇摇头，想到桃子现在是安是危，甚至是生是死都说不清楚，自己却什么都做不了，忍不住自责起来。

"杉，怎么办？我们报警吧！"

"可是……"卢杉思索着，"超过二十四小时失去联系，公安局才会进行立案调查，桃子回了你微信，这就不能算失去联系。"

"可是操作手机的很可能并不是桃子啊！如果是别人拿着她的手机的话，也一样可以回复我！"

"这样，你等我一会儿回来，咱们先去派出所报案，把事情的前后经过告诉他们。让他们想办法联系一下桃子，如果还联系不上，他们会有进一步的措施。"卢杉慢条斯理地说道。

"你大概还要多久能忙完？"

"说不好……"电话那头的卢杉显然有些犹豫，"这样吧，我先陪你去派出所，你在家等着，我去接你！"

"我能等，桃子怕等不了，我自己先去吧。"

白鸽开着车一路跑到了桃子居住地所在的派出所。民警似乎对这种事情早已见怪不怪，了解了事情的来龙去脉之后，他问白鸽要了桃子的电话号码，然后拿起桌上的座机拨了过去。

第一次，对方挂掉了。民警看了看白鸽，又拨打了第二遍，一直到第三遍电话响了大约十秒的时候，电话那头接通了。

白鸽努力抑制着自己不断加速的心跳，凑到了电话的旁边，而那位民警也顺手打开了免提。

"哪位？"电话那头传来一个女人的声音，民警回过头来望向白鸽，示意让她识别那个声音。

似乎有些沙哑，白鸽一时无法做出判断。

"您好，请问是陈淘吗？"民警继续问道。

"对，你是谁啊？"

"我这边是上海浦东公安分局周东派出所，给您打电话是想提醒您，最近咱们片区发生了多起犯罪人员尾随单身女性入室伤害盗窃的案件，希望您最近能够提高警惕，尽量减少深夜单独出行。"

"哦，我知道了。"

民警看了看白鸽，白鸽还没有给予他们任何表示。

"您家在星河苑小区吗？"

"对。"

"您家的具体门牌号是？"

"问这个干什么？"

"您放心，我们派出所的座机电话号码您可以在网上查到。跟您咨询一些相关信息，也是为了方便我们的统一宣传工作。"

"18 号楼 3 单元 1602。"

民警再次望向白鸽，这次白鸽虽然依旧有些迟疑，但最终还是点了点头，她能听出电话对面的人确实是桃子。

"您最近有注意到身边有可疑人员吗？"

"可疑人员？没有。"

"好的，如果您有遇到类似的可疑人员，或是遭遇危险情况，请您第一时间和我们取得联系，或者直接拨打 110 进行求助。"

"行，我知道了。"

"好，谢谢您的配合，祝您生活愉快。"

民警挂掉了电话，微笑着看着白鸽，眼神似乎有些嘲讽。

"这会儿心里踏实了吧？"

白鸽点点头："不好意思，给您添麻烦了。"

"没关系，这种事儿啊，我们也经常遇到，但最后啊，百分之九十都是一场误会。"

"谢谢您了！"白鸽恭敬地给民警鞠了个躬，转身离开了。

民警们笑着议论刚刚的女人，可他们的谈天很快就结束了，他们有些意外地看着白鸽再次回到了面前。

"不好意思，能不能再耽误你一小会儿的时间？"白鸽问道。

"您说？"

"你刚才说你们之前遇到类似的事情，到最后百分之九十都是一场误会，是吗？"

"对啊，怎么了？"

"那剩下的百分之十是什么样的情况，您能透露一下吗？"白鸽认真地问道。

民警收敛起了自己脸上的笑容，这次，他是真的有些不耐烦了。

民警没有给出那百分之十的答案，这让白鸽整整一晚难以入睡。第二天她犹豫了许久，跑去甜品店买下了一盒刚刚出炉的花生酥。

紧接着，她用闪送把那盒花生酥送到了桃子的住处，然后给她发了消息——"亲爱的，我买了点儿甜点让闪送送到你家去了，你最近好好补补啊！"

晚上八点多的时候，桃子终于在微信里给她发来了感谢。

"谢谢亲爱的，敲好吃~"白鸽面如土色。

桃子花生过敏，几年前误食了一口花生酱，让她的心脏停了将近半分钟。现在，白鸽觉得自己的心脏也停下来了。虽然白鸽早就觉得桃子不对劲，可是此时此刻，白鸽确定微信头像后面的绝对不是她本人。

白鸽再次冲进了派出所，这次她不管三七二十一，拍着桌子要民警们一定要出警去寻找桃子的下落。

民警们跟着白鸽和卢衫一起到了桃子的家里，敲门屡屡没有回应之后，他们准备强行打开房门。然而就在这个时候门却开了，桃子一脸惺忪地站在门口。

"出什么事儿了？"桃子有些诧异地看着眼前的人们。

白鸽冲上前去一把抱住了桃子："桃子你到底是怎么了，你可吓死我了！"

"我好好的啊，你来找我怎么也不提前说一声……怎么还有警察？"

"一天天打电话不接，发微信爱搭不理，我还以为你让人给拐了！"

"白鸽，我没事儿。"

"没事就好，我家白鸽这些天一直在担心你，怕你出什么事。"卢衫安慰地搂住了妻子的肩膀。

"行了，没事儿我们先回去了。"旁边的民警一脸的不耐烦，"出警的单子得麻烦你们给我签个字。"

"我来吧。"卢杉说着接过了民警手中的出警记录单，"不好意思，给你们添麻烦了。"

"没关系，我们习惯了。说明我们的警务工作宣传到位了。"民警笑着。

"要进来坐坐吗？"桃子问道。

"不了，看你没事儿我就放心了！"白鸽赶紧说道，她的自以为是已经给身边的人带来了那么多不必要的麻烦，此时此刻她只想赶紧回家把自己藏起来，再也不出来惹是生非了。

"有空来家里玩儿吧。"

临走前，卢杉对桃子说道。桃子没有应声，只是匆匆地关上了自己的房门。

尽管白鸽表示自己可以打车，卢杉还是坚持开车先送她回家。由于不想被安全带勒着肚子，白鸽坐在了汽车的后排座椅上。一路上，卢杉的话比往常多了许多，似乎察觉到妻子的心情，总是在寻找话题帮她分神。

"我有一个朋友，你见过的，我们公司老魏，他最近正在办去葡萄牙移民的事，说现在那边移民政策有优惠，整天撺掇我也跟他一起办。"

"葡萄牙？为什么要去那个地方？"

"现在欧盟国家里最好办移民的就是那里了，给自己人生多一条选择也不是坏事……"卢杉透过后视镜看到妻子俯下了身子，"怎么了？"

"没事，鞋带开了。"

"以后还是多穿那种一脚蹬的鞋吧，省得总是猫腰系鞋带。"

"嗯。"

白鸽嘴里答应着，把刚刚从座椅下面捡到的一枚亮片藏在了右手的手心里，悄悄地感受着那个东西的形状、重量和材质。

趁着丈夫在加油站去付款的时候，她小心地张开了手，那样东西带着鲜艳的色彩，上面镶着一颗水钻。

那是一枚女人的美甲片。

这天晚上，白鸽躺在床上久久无法入眠。车后排的美甲片、便利店消费单上卫生巾的消费记录、徐远那些猜测，以及结婚以来她对卢杉的种种疑虑，此时一股脑儿地充斥在她的脑海里。她觉得自己似乎走进了一座迷宫，好不容易绕过错综复杂的拐角，眼前却又凭空多了几条岔路。

天边泛起鱼肚白的时候，她仍未睡熟。楼下电动自行车刺耳的报警声响起，白鸽翻了个身，却发现卢杉并不在身边。

她轻声呼唤了几声，房间里没有丈夫的回应。

白鸽披上睡衣，小心翼翼地走出卧室，她本以为丈夫在书房，可那里空无一人。客厅里，只有那盏落地台灯发出昏黄的光线。

家里的防盗门敞开着，楼道里不时传来呼呼作响的风声。门口餐桌上，杯子倒在地上，水正顺着桌沿一滴滴落在地板上，已经积了一摊。一串鞋印从积水处一直延伸到大门外，一路向楼道延伸。

白鸽认出，那是丈夫拖鞋的印记。

"杉，你在外面吗？"

没有回应，风声越发呼啸。

白鸽顺着楼道里的脚印一直走到电梯前，按动下楼按键后，电梯从负二层的停车地库缓缓上升。

停车场地库里，靠近楼道入口的一盏灯似乎出了故障，忽明忽暗，不时发出刺刺啦啦的电流声。

白鸽走过一个拐角的时候，一阵奇怪的声响从不远处传来，那是一个女人发出的有节奏的呻吟声，夹杂着粗重的喘息。

转过拐角的柱子，白鸽便看到了家里的那辆SUV。车身不停晃动，车窗的玻璃挂满了雾气，像是一间桑拿房。车内的照明灯亮着，透出暧昧的光线。车里女人的声音越来越激烈，似乎她很痛苦，却又充满了享受。

那是白鸽从未听到过的声音，她从未想过，一个女人会发出这样的声音。此时，她有一种强烈的欲望，想要看看车里究竟是怎样的一幅场景。

　　然而，就在她小心翼翼地凑近车窗玻璃时，一张女人的脸从里面猛地贴在了玻璃上。那是一张遭受残害而扭曲的脸，猩红的血液从口鼻中喷溅出来，洒在玻璃上。

　　看到车窗外的白鸽，那张脸却突然笑了起来。

　　白鸽吓得惊叫一声，摔倒在地上，狼狈地爬起来朝身后跑去。然而没跑出几步，她便被脚下一个车挡绊倒在地。

　　就在这时，手中的手机突然响了起来。来电显示上赫然写着"李海生"三个字——那个她从徐远口中听到的名字，此时却鬼使神差地出现在自己的手机里。

　　白鸽颤颤巍巍地按下接听键。

　　"你不该乱看的。"电话那头传来一个熟悉的声音。

　　"你……你到底是谁？"白鸽觉得自己的神经已经快要崩溃了。

　　一个男人从身边的柱子后面绕了过来，手里正拿着手机。

　　"好好回家睡觉，别到处乱跑。"

　　那人分明是自己的丈夫卢杉。

12

白鸽从窒息中惊醒过来，身上已经满是汗水。

厨房里传来黄油的香味，卢杉正在厨房忙碌着准备早饭。墙上的挂钟嘀嗒作响，阳光透过百叶窗在墙上投下斑驳的影子，自己躺在卧室柔软的床上。

白鸽知道，什么事情也没有发生，只是自己身上的旧病又复发了。

卢杉准备好早饭后，便匆匆离去了。白鸽从床上爬了起来，翻出了藏在柜子里的舒必利。然而，当药片放在嘴边时，白鸽停了下来。她知道这药只能暂时缓解，不能根治。除非能给自己心里的那些疑惑找到答案，否则她一辈子都要在噩梦边缘徘徊。

白鸽把药片重新放了回去，她觉得自己必须要做些什么了。

坐在卫生间的马桶上，白鸽从微信的通讯录中找到了那个名叫张恒瑞的男人。他是白鸽在承南大学读书时同学院的师兄，高她两届。那时他是学校的学生会主席，大家眼中的风云人物。

翻看着张恒瑞的朋友圈，那个曾经帅气的学生会主席如今已经是三个孩子的父亲，在上海从事投资顾问的工作。

下定决心之后，白鸽给张恒瑞发了一条微信——"师哥，好久不见！不忙的时候，方便给你打个电话咨询些事情吗？"

很快，张恒瑞主动把电话打了过来。

"难得你主动联系我啊，白鸽同学！"

"哈哈哈，难得师哥还能记得我！"

"怎么能不记得呢，当初你们搞话剧社的时候，咱们可没少打交道。我还记得你那时候为了申请小礼堂，天天在食堂门口堵我呢！"

"师哥你记性也太好了吧？"

"年龄越大，过去的事儿就记得越清楚了。"电话那头的张恒瑞感慨道，"找我有什么事儿啊？"

"我是想跟你打听一个人。"

"咱们学校的？"

"不是，是隔壁那所学校的。"

"文理的？"张恒瑞问道，他口中的"文理"，便是那时他们对于隔壁深圳文理学院的称呼。

"对。我记得当时咱们承南大学和旁边文理有不少走动，两边学生社团经常在一起办活动，还时不时搞个排球对抗赛什么的……"

"对，也没少打架。说吧，你想打听谁？"

"文理当时有个叫李海生的男生，你听说过吗？"白鸽问道，"应该跟我是一届的。"

"李海生？"

"对，木子李，大海的海，生活的生。"

"让我想想……"

白鸽屏住了呼吸。

"印象里，好像是有这么个人。"

"师哥，您今天忙吗？要是不忙的话，我想跟你见个面，我去找你！"

张恒瑞把见面地点定在了他公司附近的一家饭店，几句寒暄之后，白鸽迫不及待地从手机中打开了一张照片。

"是这个人吗？"白鸽问道。

张恒瑞接过白鸽的手机，眯着眼仔细看了看，又抬起头来狐疑地看了看白鸽，忽然哈哈大笑了起来。

"嗯，没错，我想起来，李海生。他们排球队临时被抓来上场充数的，一个球都接不住，被他们的人骂死了。"

白鸽的表情凝固住了。

"不过那个叫李海生的小子又黑又丑，可跟照片上你的丈夫没法比！"张恒瑞大笑着，将一杯啤酒灌进了喉咙。

"你是说，他不是那个李海生……"

"当然不是！"张恒瑞一副乐不可支的样子，"我虽然没有见过你老公本人，可看过你的朋友圈。你把你老公的照片拿出来，跟我唱的这是哪出戏啊？"

"不瞒你说，最近总有人在背后说我老公的坏话，说他以前做了什么不光彩的事，还把身份弄虚作假，也不知道是怎么编出来的……一次两次也就罢了，但是总是反反复复地，弄得我心里也不踏实了。"

"林子大了，什么鸟儿都有，要是谁的话都放在心上，活着还不得累死！"张恒瑞笑道。

"师哥说的是。我这个人耳根子软，到最后吃亏的总是自己。"

"真不喝点儿？"张恒瑞端起酒瓶，在白鸽面前晃了晃。

"真不喝了。"白鸽再次推辞着。

"太不给你师哥面子了。"张恒瑞笑道。

白鸽看着那个酒瓶子，里面的液体散着一阵阵气泡。此时她忽然有一种想要喝一杯的冲动，什么健康不健康的，在丈夫的清白面前，那些根本不值一提。

吃完饭后，白鸽没有打车，而是步行走在了回家的路上。夜晚的风迎面吹来，不凉不热，不急不缓，眼前的一切都是那么美好。

离小区还有一条街的距离时，卢杉开着那辆 SUV 停在了她的面前。

白鸽吓了一跳，这是一条双向车道，丈夫直接轧过双黄线把车横了过来。白鸽心里七上八下的，她之所以选择走着回家，就是想要把身上的酒味散去。可当她拉开车门的一瞬间，里面扑面而来的酒精味道已经彻底把她盖了过去。

"你喝酒啦？"白鸽问道。

卢杉没有回答，示意她上车，把门拉上。

"你喝酒怎么能开车呢？找个代驾也不是多麻烦的事情。"

"下班以后，你去哪儿了？"卢杉熄了发动机，冷冷地问道。

"没去哪儿啊，就到处溜达溜达，我这不是得增加运动量嘛。"白鸽敷衍着。

"我六点去你们公司接你，你同事说你不到五点就走了，你在外面溜达了四个小时？"

"哦，我顺便去附近的美术馆逛了逛。"

"美术馆？全上海的美术馆五点钟就闭馆了。"卢杉的质问让白鸽觉得自己如同坐在法庭的被告席上，"哪家美术馆？今天展出的是什么？"

"你干吗啊？你是不是喝多了？咱们先回家行不行？你别开车了，换我……"白鸽话说到一半又把后半句咽了回去。

"说实话，你去哪儿了？"

白鸽知道对一个律师撒谎并不是明智之举，不如趁早坦白。

"我去见了个朋友。"

"谁？"

"我上大学时候的一个师哥，张恒瑞。"

"没听你提过这个人。"

"毕业后，没什么来往。"

"那为什么今天要去见他？是他约的你，还是你约的他？"

"我约的他，因为我想跟他打听一点事情。"

"什么样的事？"

"我最近听到了一些传言，关于你的，我想确认一下，那些传言只不过就是传言。"

"哪些传言，讲给我听听。"

丈夫的追问让白鸽觉得喘不过气来，但她知道今天这一关，横竖也是要过，她顿了顿，把之前徐远对自己说的那些事情，还有那个名叫李海生的人全都一股脑儿地说了出来。

"那些话，我原本就不相信的，我只是想告诉徐远，他说的那些话都是胡编乱造的。"白鸽补充着。

"你为什么要一而再再而三地怀疑我？"

"我没有怀疑你！"

"你没有怀疑我，为什么要理会那样的屁话？今天姓徐的说些风凉话，你费尽心思去查，明天换了姓王的、姓李的，你也要去查吗？"

卢杉脸上的肌肉抽搐着，可以看得出，他在努力克制着自己的情绪。

"我们本来就是认识不久闪电结的婚，我对你之前的事情一无所知，我连你的家人都没见过，你就像是个石头缝里蹦出来的人一样，我了解一下你的经历难道不对吗？"

"白鸽，我究竟还有哪里做得不好，你为什么非要这么逼我？"卢杉额头的青筋已经迸了出来。

"谁逼你了？我又没做什么对不起你的事情，你干吗这么大反应？"白鸽也吼了起来。

还没等到她做出反应，丈夫一巴掌已经打了过来，重击之下，白鸽的头被甩到了旁边的玻璃窗上，鼻涕混着鲜血顿时迸了出来，一股脑地泼在了玻璃上。

不远处，一个路过的女人吓得连连后退。

白鸽心想，那个女人眼前的这一幕，一定和自己昨夜梦中看到的情景如出一辙吧。

这次白鸽没有多犹豫，直接选择了报警。她匆匆收拾着自己的行李箱，一切如同往日重现，可如今她却不知道自己该去什么地方，母亲还在海南乐不思蜀，就连桃子，自己也因为之前的事情难去再打扰她。

民警林海川很快按响了门铃，此时卢杉刚刚拎着从便利店买来的东西回到家门。

"卢杉，你妻子说你刚刚打了她，有这事吗？"林海川问道。

"是的。就在大概半个小时之前，当时我们的车停在路边。我出手挺重的，她一定很疼。"

"一个大男人，有什么话不能好好说吗？干吗非要打人，因为什么啊？"

"我妻子背着我去跟别的男人吃饭，还喝了酒，我当时心里特别生气，没控制住自己。"

"你不知道你妻子怀着孕吗？"林海川质问道。

"我知道，我太混蛋了，不配当丈夫，更不配当爹。我做错了，应该受到惩处。"

卢杉没有一丝狡辩，完全一副供认不讳的态度，让林海川都没了脾气，只好又转过头来问白鸽。

"你今天去跟谁吃的饭啊？"

"一个老同学。"

"为什么吃的饭啊？"林海川一边追问着，一边在自己手中的本子上做着记录。

"就叙叙旧。"

白鸽心里盘算着如何能够中止民警的继续问讯，卢杉已经抢在她面前开口了。

"今天的事情，我妻子没做错任何事情，错的是我。该怎么处置，我都认。"

"女士，这种事儿呢，您是受害人，身心上肯定都受到了不小打击。"林海川放下手中的本子，站起了身，"但您也看到了，我觉得您丈夫的态度还算诚恳。我觉得你们俩都是知书达理的人，希望你们俩能好好把这件事沟通一下。"

"你什么意思？"白鸽问道，"我被我丈夫家暴了，我的嘴上现在还在淌血。我报警叫你们来解决问题，现在你让我们自己沟通一下？"

"这种情况，我们是以调解为主，当然，我们也可以对您丈夫进行十五日以下的行政拘留。"

白鸽看了一眼坐在一旁的卢杉，她知道自己既然已经决定了报警，就绝不想让这件事情草草了结。

"我让你们来，不是做调解的。这已经不是他第一次打我了，上一次打完我，他发誓说再不会有这样的事发生，我当时原谅了他，我觉得他可能是一时冲动。但是现在这件事发生了第二次，而且一定会接着发生下去。这件事，已经没有办法调解了。"

白鸽的话与其说是在和民警表明态度，不如说是在向自己表明态度。

"您的意思，是不接受调解吗？"

"我不接受。"

"那您希望我们怎么处理？拘留您丈夫吗？"林海川问道。

"是的。"

"我提醒您，拘留这事儿不是闹着玩儿的，您也多少替您老公考虑一下，再怎么说以后还得一起过日子。"

"他动手打我的时候，替我考虑了吗？"

"我就是想告诉您，那种情况我们不是没遇到过，两口子起争执，女的报警把男的拘留了，没到第三天女的就后悔了，跑来想把人要回去。"

"所以你的意思就是我根本不该报这个警是吗？我根本不该把你们喊过来，烦劳你们公安民警到我们家来和稀泥是吗？"

"您话这么说可就不对了，我们怎么就和稀泥了？我们这不是帮你们解决问题呢吗？"

白鸽一字一句地说道："我是一个受过教育的女性，是一个即将成为母亲的女人，我遵纪守法、正常纳税，可是在半个小时之前，我在街边众目睽睽之下被人打得满脸是血。可是你们现在所有说的话，所有做的事，就是想告诉我——算了吧。对不起，这事儿不能就这么算了。"

林海川还想争辩些什么，卢杉已经抢在了他的前面。

"对不起，民警同志，我爱人无意冒犯你们。我爱人希望我得到惩罚，这件事我没有异议，我现在就可以跟你们走。"

卢杉说着站起了身，冲着白鸽指了指自己刚刚放在桌子上的购物袋。

"刚刚我买了点儿东西，最近几天你可能会用到的。后天那节产前心理辅导课，你帮我先退掉吧，对不起，让你失望了。"

白鸽愣住了，卢杉一早就做好了被民警带走的准备，所以刚刚才特地跑去买了些储备的用品。

屋子里很快只剩下了白鸽孤身一人，她看着自己刚刚收拾好的行李箱，心里却没有丝毫还击的快感，她忍不住问自己，这真的是自己想要的结果吗？

林海川将卢杉带回派出所时，感到有些抬不起头。他清楚同事们会如何议论——老高的关门大弟子，今天晚上加班加点，把一个打了媳妇的男人给拘了。

这些年来，林海川没少听到类似的冷嘲热讽。他本以为自己会逐渐习惯，但当事情真正发生时，才发现自己根本没法做到心平气和。

作为黄浦公安分局豫园派出所治安中队的一名普通民警，大多数人提起他时，第一反应不是说出他的名字，而是会说，那是老高的徒弟。

老高，高远扬，是上海刑侦总队副总队长，整个上海公安系统内赫赫有名的人物。高远扬之前带过八个徒弟，丁是丁卯是卯，都是各自岗位上不可替代的人物。大家都说，老高出品，必属精品。

可林海川，是高远扬的第九个徒弟。

高远扬总是说，这孩子天赋一般，但他有股不屈不挠的韧劲儿，对于一个警察来说，这可能会让他走得更远。但大家仍认为，老高在即将退休之际打了眼，收了个赝品。

在高远扬的手底下干到了第三个年头，林海川被从市刑警队调到了派出所，用老高的话来讲，先学会把路走稳了，再想着飞起来。尽管同为公安岗位，并无高低之分，但林海川仍能明显感受到同事们投来的嘲讽目光。

匆匆为卢杉办完拘留手续后，林海川便离开了。他知道，比起这些琐碎的杂事，自己今晚有更重要的事情——今天下午的时候，他接到了师父高远扬的电话，问他晚上有没有时间来办公室找自己一趟。

来到刑侦总队时，老高正在办公室里看一本弗洛伊德的《性学三论》，看到林海川进来，他仔细地把书页折了一个角，放到了一边。

"最近忙吗？"老高问道。

"还行，都是各种杂七杂八琐碎的事情。"林海川挠了挠头。

"很多杀人放火的恶性案件，最初都是些杂七杂八的琐碎事。"

"师父您说的是！"

"行了，不跟你闲扯，我去蚌埠抓个逃犯，今天上午刚回来，带了样东西给你。"

"我都空着手来的，您还给我……什么东西啊？"

"那个逃犯之前在一家园林绿化公司待过，我们找到那家公司，让老板把他们所有雇用过的员工资料拿给我。逃犯没找到，我倒是冷不丁儿看到了这个人。"

老高说着从口袋里掏出了一张照片，丢到了林海川的面前。

照片上是一个中年的女人，她穿着公司统一提供的制服，脸有些浮肿，头发也换成了卷发，但林海川还是一眼认出了她。

"是她吗？"

林海川点了点头，声音有些哽咽："她在哪儿？"

"她在那个园林绿化公司干过活儿，还是两年前的事情了，老板说她好像精神有些问题，总是恍恍惚惚的，当时没干多久，就不小心被打草机打伤了手，不干了。"

"还有什么消息吗？"

"她登记的名字叫罗燕，留了个手机号，写在相片背面。"

林海川翻过照片，只见一个电话号码写在后面，他犹豫了一下，掏出了手机。

"我已经打过了，无法接通。"

林海川有些沮丧地放下了手机。

"她哪年走的？"

"2008 年，我七岁。"

"七岁，记事儿了。"老高点点头。

"我记得她说去二马路的银行取钱，走的时候她穿着一件格子风衣，用矿泉水瓶装了一瓶白开水，然后她就再也没回来过。我爸说她让人给拐走卖到山里了，邻居说她外面有人，跟人跑了……对于我来说，那永远是一个悬案。"

"别丧气，手机无法接通，而不是停机销号，至少说明这个号码最近使用过。"

13

　　白鸽自己捧着一堆表格在医院里跑上跑下，这时她才明白为什么产检通常都是夫妻两人一起来。并不只是为了在这种活动中仪式般地展示恩爱，事实上在这个过程中，仅凭一个怀孕女人的体力和脑力是很难应付的。

　　不过这些任务再烦琐，只要付出时间和精力，大抵都能完成。可到了要给孩子办理准生证的时候，白鸽才发现自己真的把自己逼进了一条死胡同里。

　　好不容易代替拘留所里的卢杉填好了表格里的信息，可是工作信息一栏后面却需要盖上工作单位的公章。无奈之下，白鸽只好硬着头皮来到了卢杉的事务所。

　　白鸽快步走进了魏远的办公室，那个瘦得像根竹竿子一样的男人看到她，愣了一下，但很快还是站起身来，从嘴角挤出了礼貌的微笑。老魏是卢杉的合伙人，卢杉曾几次把他叫到家里一起聚餐，两人关系还算熟络。

　　白鸽简短地说明了来意，老魏没有多说什么，便掏出了事务所的公章，帮白鸽完成了任务。

　　"你去看过他吗？"

　　白鸽即将走出办公室的时候，老魏的一句话还是拽住了她的脚步。

白鸽摇了摇头。

"那不该是他待的地方。"老魏叹了口气说道，"一个屋关十五个人，那些人听说他是个律师，他们说，天天搞法律的，终于被法律搞了。"

"所以，你是觉得他可怜是吗？"白鸽反问道。

"你们的家事，我本不该过问太多。但你知道，卢杉这一进去，对事务所的工作有多大的影响吗？大家辛辛苦苦好几年，现在一夜回到解放前。"

"对不起，是我作，是我害了他，不但害了他还害了你们所有人——你不就是想听我说这样的话吗？现在你满意了吗？"

"弟妹，我没有想跟你吵架。我只是不明白，他是你的丈夫，你为什么要把他当作自己的敌人一样看待？上个礼拜，就在这个屋子里，卢杉他一个滴酒不沾的人，拎着一瓶酒非要跟我喝，连下酒菜都没一个。那酒 56 度的，他自己一口气喝了半瓶子，然后突然就哭起来了。他告诉我，说他发现你在查他，只是因为有人对你说了他的一些话。"

老魏看着白鸽，让她觉得自己每一个汗毛孔都不舒服。

"我只是想多了解了解他。"

"现在你了解到了吗？你了解卢杉为你、为你们的家庭扛住了多少压力吗？他当初帮你爸做疏通的时候，你了解同行的人是怎么说他的吗？他给你妈在海南买的那套养老的房子，你了解那笔钱是怎么来的吗？那是他放在公司里的钱，我们本来准备明年要搬到浦东去的，我劝过他别动那些钱，他不听，说你妈现在情绪不好，现在还是紧着家里。这些你了解吗？我觉得你未必了解。他已经把自己掏空了，可你总在怀疑他，从他身上找毛病，然后去戳他的心窝子。"

"是我害了他，害了你们大伙儿，因为我是个又笨又蠢的女人。所以这个又笨又蠢的女人挨了打，完全就是活该，对吗？"

"解决问题，不一定非得用头破血流的办法。"

"他只是在派出所待几天，头破血流的人是我！"

白鸽拿掉了遮住眼角瘀青的大号墨镜，用自己最大的声音喊着。

"这到底是怎么了？"老魏把手指插入自己乱蓬蓬的头发里，长叹了一口气，"在我们眼里，你们是最好的一对儿，这一切本可以不发生的……"

是啊，这一切，本可以不发生的。

白鸽拎着购物袋朝单元门走去，尽管手里的东西很沉，但此刻她只想赶紧回到家里把房门锁上。

那个女人坐在楼下的花坛边，眼睛寸步不离地盯在她的身上。

白鸽已经是第三天在这里看到她了，她穿着一身过气的衣服，身边跟着个半大的男孩儿，两人的模样显然不是住在这个小区的人。

匆匆回到家里，白鸽把门反锁上，可她还没来得及换下外衣，身后的门铃就响了。

白鸽光着脚轻轻走到了门口，猫眼里的正是那个带着孩子的女人。

"谁啊？"白鸽故作镇静地问道。

"卢杉律师，是住这里吗？"门外的女人小心地问道。

"你找他什么事？"

"卢杉律师之前答应帮我打官司，这两天我给他打电话，他一直没有接。我找到事务所，说他没有来上班。我打听到他住这个小区，就想过来看看他。"门外的女人带着来自南方的口音。

"卢杉他最近几天有些事情，可能暂时不能处理工作上的事情。"

"他在家吗？"

"他不在。"

"他什么时候回来，我可以等他。"

"他可能一时半会儿回不来，要不你先回去，等他回来了我让他联系你。"

"可是他之前说，说要我拿到材料，第一时间告诉他。"

"不好意思了，我会让他尽快的。"

"我给他带了点儿东西，能开一下门吗？"

白鸽犹豫了片刻，最终还是打开了门，那个女人脸上泛起一阵笑容，似乎看到了什么令她非常开心的事情。

"您是卢杉律师的爱人吧？"那个女人问道。

"是的。"白鸽礼貌地答道。

"常听卢杉律师提起您。"

那个女人一边说一边傻傻地笑着，白鸽觉得这个女人似乎并没有什么恶意，这才把门开得大了些。

"卢杉律师到底怎么了？他没出什么事儿吧？"女人问道。

"他遇到了点儿小麻烦。放心吧，他一向对自己的委托人很负责任的。"

"卢杉律师帮我办这么大的事儿，连钱都没收我的。说实话，我也就是因为这个，心里才总不踏实，生怕他半路反悔，不帮我打这官司了。"

白鸽不由愣了一下，虽然很少过问卢杉工作上面的细节，但是她至少知道，他的收费标准在同行当中绝对算是高的。面前这个女人非亲非故，卢杉却免费帮她打官司，白鸽很好奇这其中的缘由。

白鸽开门把两人迎了进来，母子俩显得很是拘谨，穿拖鞋，怕把人家的拖鞋弄脏了，不穿拖鞋，又怕把人家的地板踩脏了，你推我让了好久，大家总算是坐了下来。

白鸽给他们倒了水，还把刚刚买来的葡萄洗干净端给了他们。女人估计是渴了，把杯子里的水一口气喝光了，从她略显混乱的表述中，白鸽大概厘清了其中的前后缘由。

女人名叫李珊，是从湖南一个叫冷水江的小地方过来的。她的丈夫在打工时被机器的皮带打伤了腰，工厂老板答应支付医药费和伤残补助，但人还没出院就反悔了。家里的积蓄掏空了，依然不足以支付剩余的治疗费用，李珊只好用平板车推着丈夫回到了家乡。

听说老板人在上海，李珊便带着孩子来到上海讨要赔偿。谁知道刚到上海，母子俩便在火车站汹涌的人潮中走散了。孩子牢记母亲之前的嘱咐，如果找不到妈妈，就在原地等待。他很听话，一直等在那里，可是直到第二天，依然没有见到母亲的身影。

孩子饿得头晕眼花，只好离开了原地。他走到了车站附近的一家拉面馆，看见拉面馆里热气腾腾的拉面挪不开步，直勾勾地盯了一上午。后来，他一言不发地走上前去帮忙收拾桌子。老板娘自然明白了他的用意，店里正好缺人手，便把他留下来，让他在店里吃饭、睡觉。

这件事直到不久前的一则社会热点新闻才被大家知晓。一位旅客在火车站附近的拉面馆吃饭时，用手机拍下了一段老板娘用拖把杆殴打那孩子的视频并发到了网上。一时间，那段视频被不断转发，最终公安局带走了孩子，并帮他找到了自己的母亲。

一个不幸的故事最终有了还算不错的结局，人们纷纷感叹不已。卢杉听闻此事后，直接找到了当事人李珊，并答应帮他们打赢官司，要回她丈夫的医药费和赔偿金，而且不收一分钱。

李珊穷极了赞美与感激的词汇堆在了卢杉的身上。

"要是没有他，我真的不知道该怎么办了。那段时间，我身上真的一分钱都掏不出来。卢杉律师帮我找了旅馆，掏钱给我吃饭，连卫生巾都是他帮我买的。"李珊红着脸说道，"说真的，我老公这辈子都没对我们娘儿俩这么细心过。"

"是吗，这件事，还真没听他说起过。"

"妹子，我这人说话口无遮拦的，你可千万别介意啊！"李珊意识到自己说的话有些不妥，赶紧找补了起来，"我当时问卢杉律师，咱们非亲非故的，干吗这么帮我。我记得他跟我说，有个人拯救了他，而且成了他的老婆。他说，是你让他变成了一个更好的人，所以他想让身边的人也变得更好起来。"

白鸽嘴上和李珊攀谈着，心中却始终在琢磨着，这个女人口中如同圣徒一般的卢杉，和几天前把自己打得七荤八素的那个男人，真的是同一个人吗？

坐在沙发角落里的那个男孩儿，一边默默地吃着盘子里的葡萄，一边目不转睛地看着卢杉放在书架上的一块手表，似乎母亲所说的事情与自己全然没有关系。

妇产科的 B 超室里，白鸽终于看到了肚子里那个小家伙的模样，像一颗萌发着的豌豆一样，那一刻，白鸽觉得自己的心都要化掉了。

卢杉出拘留所的那天，白鸽左思右想，还是动身前去接了他。看到妻子站在自己的面前，卢杉迟疑了很久，他擦去了涌出眼角的泪水，走上前去，笨拙地拥抱了她。

那天的风很大，路旁被卷起来的枯叶不断摩擦着他们的身体，然后飞向城市的角落里。

一切似乎又回到了往常。唯一不同的是，卢杉变得比以往更加忙碌，话也少了许多。白鸽经常看到他深夜仍在整理工作材料，眉宇间总是透露着一种难以言说的疲倦。

因为不想被人看到脸上的伤痕，白鸽向公司请了假。一天，两天，后来干脆拖到了一周。公司没有打电话来催她，似乎早已默认了她的缺席。白鸽索性继续请假，把假期越请越长。她逐渐把自己的生活简化到极致，不参加社交活动、不进入公众场合，甚至长时间关闭手机。当所有的选择都不再重要时，生活就像一艘驶入细流的小船，向着一个方向一去不返。

思前想后，白鸽还是决定去公司一趟，办完最后的离职手续，也算是给自己一个交代。准备出门时，恰好快递小哥将一个快递包裹递了过来。

"手机尾号 0049，卢杉家里是吗？"

"对。"

那个包装封得很严实。虽然急着要出门，白鸽还是耐着性子打开了包装。

盒子里的东西让白鸽忍不住轻声叫了出来："嚯！"那是一座水晶制成的钢琴工艺品，来自一家欧洲非常知名的品牌。小小的钢琴晶莹剔透，在灯光的照射下闪着迷人的光芒，让人感叹这世界上竟有如此美得不真实的东西。

白鸽特意看了看快递包装盒上的发货人，上面没有具体的姓名，只标注着"佑邦保险集团"的字样。白鸽想起，那是卢杉买商业医疗保险的保险公司。

白鸽知道，保险公司为了维护客户关系，逢年过节常会给客户送些小礼品。但眼前这座水晶钢琴，显然价值不菲。

能送出如此贵重的礼物，想必是把卢杉视作了大客户吧。

临下班的时候，白鸽打了很厚的粉底来到了公司，徐远眯着眼看着白鸽交给他的离职手续，不由笑了起来。

"你这就算上岸了，羡慕啊！"徐远说道。

"别这么说，等孩子大一些，没准儿我还会回来的，到时候还得指着你给我帮忙呢！"

"那肯定的！那个时候，你估计得拍着桌子跟陈总说：'陈老板，要我回来不是不可以，但我要提个条件！你得先把人事部的那个徐远给我开了，不然我每天上班看见他就气不打一处来！'"

看着徐远一本正经的样子，白鸽忍不住笑起来了。

"陈总盯着你半分钟没说话。"徐远接着说道，"然后他把办公室门关上，把隔帘拉紧，走到你面前小声地说：'白鸽，徐远那小子，我早就想把他给开掉了！正愁没理由呢，这下好了，齐活儿了！'"

"那感情好，我可成公司的功臣了！就冲着这为民除害的目的，到时候我也得回来！"

白鸽今天走进徐远的办公室前，曾经设想过无数种情景，可她没有想到，两个人会有如此轻松的气氛。

"哎，你这脸怎么弄的？"徐远抬眼看了一眼白鸽，不经意地问道。

"前几天不小心磕在茶几上了。"

"磕茶几上？茶几那么矮，你这技术动作可有点儿复杂啊！"徐远一脸费解的样子。

"别提了，本来在看电视，拿着遥控器换台，谁知道那个台正放恐怖片，吓了我一跳，结果遥控器掉地上了，我光顾着低头去捡，没注意茶几的位置，结果一脸就撞上去了。"白鸽解释道。

"捡遥控器？脸撞在茶几上？"徐远皱着眉头。

"是啊，太寸了，当时疼死我了。"

"白鸽，我挺同情你的，但你得允许我先笑一会儿。"徐远说着前仰后合地笑了起来，"捡遥控器，把脸撞在茶几上，你这得找电视台索赔啊！"

徐远笑得几乎快要喘不过气来，白鸽也忍不住笑了起来。

不得不承认，笑声是能够通过空气传染的。一件事，即便你并不觉得它很可笑，可当身边的人大笑不止的时候，你也会觉得那是一件相当有趣的事情。

那一刻，白鸽觉得心里很是安慰。她知道虽然他们之前有过那么多过往，但是这一别，两人生命很难再有交集，但是此时此刻，他们似乎又回到初识的时候。

白鸽觉得自己都快要笑出眼泪来了。

"你别他妈笑了！"

徐远突然吼了一句，屋子里的笑声戛然而止，刚刚还肆无忌惮大笑的那张脸，此时已经抽搐了起来。

"你当我是个傻 × 也就罢了，你当自己也是个傻 × 吗？什么遥控器，什么茶几，是卢杉干的吧？"

白鸽无言以对，有些事情瞒在心里很难受，但更难受的，是就算不说出来，对面的那个人也知道。

徐远腾地站起了身，白鸽一把拉住了他。

"你干什么？"

"别紧张，我是要去拿你的档案。"徐远一脸不屑，"怎么着，以为我要去跟他拼命啊？不会的，我犯不上。第几次了？"

徐远看着白鸽的档案，头也不抬地问着。

白鸽不知道该如何作答，她觉得不管自己说什么，都会被徐远一眼识破。

"算了，关我屁事！"徐远一脸的不屑，"不管这是第几次，反正之后会有无数次，这不过是刚刚开始。"

"我家里的事情，用不着你来操心。"

"放心吧，现在我没那个闲工夫。以后我就算有闲工夫，也没法给你操心了。对了，珍惜你现在能在外面闲溜达的时间吧。打老婆的男人，控制欲都特强，以后你辞职在家，进门儿容易，出门儿估计就难了。没事儿，忍一忍就好，人啊，一辈子很快就会过去的。"

"你是泡面吃多了吗？说话总带拐弯儿的。你不就是想埋汰我吗？"

"你还护着他？只有牲口被人打了之后还会给人去卖命。"

"离职手续签好字给我，快一点！"

徐远看了看手中的那张 A4 纸，又原封不动地丢给了她。

"章没有压在签名处，你得找陈总重新签一份。"

"陈总在国外休假，最快也得一个礼拜才能回来！"

"那就等一个礼拜之后你再来找我。"

"徐远，我这辈子最后悔的事情，就是认识了你！"白鸽崩溃道。

"你别这样说，多伤感情。"徐远笑嘻嘻的。

"谁他妈的跟你有感情？"白鸽急了，忍不住骂了起来，然而好好一句脏话从一个孕妇的嘴里冒出来，却变了味道。

"白鸽，脏话不是你这么说的，你跟我学，应该是这样——谁他妈跟你有感情！？"

"谁他妈跟你有感情！？"

"这遍好多了，情绪再加强一点，'他妈的'三个字要连起来当成一个字读出来——谁他妈的跟你有感情！？"

"谁他妈的跟你有感情！？"白鸽唾沫横飞地骂着。

"还是差那么点儿意思，你知道为啥吗？因为我们并不是一点儿他妈的感情都没有。"徐远一脸无耻的笑容。

"你觉得你这样有意思吗？"白鸽再也按捺不住心里的怒火。

"我觉得我这样挺没意思的。但白鸽你给我记住了，我可能是你这辈子里唯一一个帮你争取过自由的人，这一个礼拜是你这辈子里唯一可以把自己从牲口变成人的机会！一个礼拜过后，你就做好准备一辈子任人宰割吧！"

晚高峰的车流把林江雪堵在了路上。

赶着商家做活动，林江雪在网上订购了新的沙发，半个小时前，负责运货的工人便在手机里催促着。回到小区的时候，天已经下起了雨，而自己新买的沙发被留在了单元门的楼下，不知被谁撕去了外包装，此时正在被雨水冲刷着。看着自己精心挑选的沙发如同火锅里吸饱了汤汁的冻豆腐一样，林江雪觉得今天糟透了。

电话响了起来，又是那个骚扰者的号码，这次林江雪真的恼火了。

"你有完没完？会说话吗？"林江雪对着手机听筒大声地喊着。

"喂？"电话对面传来了一个男人声音，林江雪吓了一跳。

两年了，那个号码终于出声了。

"喂，你是谁？"林江雪小心翼翼地问道。

"我们是广西钦州公安局钦北分局的，我们在一间出租屋里发现了一个女人的尸体。她身上有一个手机，最后一个电话是打给你的，所以想要问你，知道死者的身份吗？"

林江雪呆呆地捧着手机，直到电话那面再次传来了声音。

"喂，你能听见吗？"

"我能听见，我也很想知道死者的身份。这个电话号码之前给我打过很多电话，但是每次接通之后，他都没有说过话。"

"你的意思是，你接到过这个号码很多次电话，但不知道对方是谁？"电话那头问道。

"对。"

电话对面传来一阵轻声嘀咕的声音，大概他们从来没有遇见过这样古怪的事情。

"能告诉我，死者是什么样的人吗？"林江雪试探着问道。

"是个五十岁左右的中年女人，应该是独居，已经去世一段时间了。"

"你们方便看一下她左边的耳朵吗？看看是不是耳垂上有一处伤？"林江雪追问道。

"是，她的右边耳垂有个豁口……你到底认不认识死者？"

"她姓杨……叫杨芸。"林江雪已经控制不住自己的眼泪，"她是我母亲。"

"节哀。你有空可以来认领一下尸体吗？"

"可以。"

"一会儿我让我们所里的同事联系你。"

"好。"

林江雪挂掉手中的电话时，早已经被淋透了，她坐在同样湿漉漉的沙发上，任凭雨水流淌下来。

自从背离故乡之后，林江雪知道自己一直在做一件事，就是把所有的伤感全都藏起来，可是在这一刻，所有被藏起来的还是暴露无遗，像是黄昏时一个孩子眼睁睁地看着伙伴们被母亲唤回家，却没有人来叫自己。

"喂，你没事儿吧？"从一旁路过的徐远小心地走了过来，把手中的伞挡在了林江雪的头顶。

林江雪没有理会他，自顾自哭泣着，徐远干脆在她身边坐了下来。头顶的雨越下越大，似乎根本不会停下来，林江雪终于明白了，人在伤心的时候，是多么需要一个肩膀。

那天晚上，林江雪高烧了一场，躺在床上筛糠一样抖着，干瘪的嘴唇不住地说着胡话，大概是母亲的死讯，让她这么多年筑起的铜墙铁壁全都倒塌了。退烧药刚吃下去就吐在了床上，徐远只好帮她一遍又一遍地用冷毛巾降温。

第二天早晨的时候，林江雪的烧好歹是退下来了一些，醒过来的时候，她看到徐远正在帮她把洗干净的床单搭在晾衣杆上。

"知道单身女人最怕什么吗？最怕生病。这么多年，一直不敢生病，让你赶上了。"林江雪叹了口气说道，"昨天晚上，把你折腾够呛吧？"

"算是有欠有还吧。"

徐远笑着把晾衣杆升了上去，阳光从床单旁边的缝隙投射过来，照着屋子里飘舞的灰尘，似乎有一种难以言说的美好。

"有时候，我觉得你这个人挺难琢磨的。"

"没什么难捉摸的，跟大伙儿一样，肉眼凡胎，一身对错。昨晚你怎么了？"

林江雪笑了笑，不知从何说起。

"饿了吧？我给你弄点儿早饭。"

"睁开眼有个男人给我做早饭，这辈子活得还算值了。"

"别误会，我没有做饭这项功能，你想吃什么告诉我，我点外卖，反正我也得吃。"徐远低着头在手机上操作了起来。

"帮我从 Costa 点份三明治加一杯热美式就行。"

"别喝咖啡了，一会儿吃完饭好好睡一觉，我给你点了份瘦肉粥和鸡蛋羹。你要是胃口好，我的生煎包可以分你两个。"

"谢了。"

徐远放下手机，搬了把椅子坐过来，认真地看着林江雪。

"前些日子我看了你的几期节目，我觉得挺有深度的。"

"你还是头一回对我的工作感兴趣。"林江雪有些意外。

"节目点击率好像还不错。"

"算是有一拨固定收视群体吧。"

"实际上我是想你帮我个忙。"徐远说着又把椅子朝林江雪拉近了一些。

"你说。"

"白鸽最近，不太好。"

"她怎么了？"

"她被她丈夫家暴了，应该挺长一段时间了。她现在还要把工作辞掉，这八成是她丈夫的主意。"

"我能做什么？"

"我现在很担心她，她现在受了伤害却不敢出声。因为她的声音太小了，就像一个人被绑架了，她很想喊救命，可她的声音太小了，只够让绑架犯听见。你是做媒体的，如果你能替她出声，也许事情会不一样。"

"我终于明白你是哪种男人了。"林江雪眯着眼打量着徐远。

"哪种？"

"渣男和专情的复合体，而且能够熟练地控制什么时候呈显性，什么时候呈隐性。"

"我连我自己都看不清，还轮得到你？"徐远苦笑着。

门铃响了起来，两个人都愣住了。

"你有客人？"

"没。"

门铃再次传来——"姐，你在家吗？"

"林海川？"

"从昨晚给你打电话你就没回，你没事儿吧？"

"我没事儿。"林江雪一边撑着身子坐起来，一边拍了拍徐远，"帮我开一下门。"

"你弟？"

"嗯。"

"那个警察？"

"怎么了？"

"没事儿，我是说我……在这儿是不是不太方便？"

"你挺方便的，不方便的是他，开门。"

徐远犹豫了一下，还是走过去把房门打开了，门口的林海川毫无防备，不由自主地往后退了一步。

"你？"林海川一脸警惕。

"我昨晚发高烧了，他来帮忙照顾我。"林江雪在屋里抢答了，"你怎么来了？"

"你们聊，我先走了。"徐远话还没说完，外套已经披上了身。

"干吗这么着急？又没人轰你，再说你的早饭还没到。"林江雪说道。

"让给你们了。忽然想起来，公司今天有个会，我得早点儿到，白鸽的事情，回头我给你打电话。"

"等等。"林海川喊住了徐远，"你说的白鸽，是你们公司那个白鸽？"

"你也认识她？"徐远有些意外。

"当然认识，当初她第一次报案，就是我出的警。"

徐远和林江雪的目光顿时全都汇聚了过来，林海川便把当初白鸽报警、卢杉因此被拘留十天的事情讲给了他们。

"我只能做我能做的，可这种事情，管得了一时管不了一世。同样是一个家，房门打开和房门关上的时候，永远是两个世界……"林海川不由叹了口气。

"后来呢？"徐远迫不及待地追问着。

"后来，我们派出所又接到过两次她打来的报警电话，都是我去的。"林海川叹了口气，"你跟她，很熟吗？"

徐远没有回答，而是认真地点了点头。

"那你最好去看看她。"林海川认真地看着徐远，"我觉得她状态有点儿不对劲儿。"

"哪里不对劲儿？"

"我也说不上来。"林海川低头沉思着,"就是跟她说话的时候,感觉她有时候意识不是特别的清醒。"

"我知道了。"徐远点点头,快步离开。

门刚刚关上,林海川便迫不及待地来到了林江雪的面前。

"我打听到妈的下落了。"林海川极力控制着自己激动的情绪。

"妈?"

林海川从口袋里掏出了老高交给他的那张照片。

"她之前在安徽一家园林绿化公司待过,照片后面留下了这个电话号码,我托人去查了,这个号码几个月前在广西使用过。"

"林海川,帮我把水递过来好吗?"

林海川急匆匆地把水杯递给了姐姐。

"这个号码出现在了一个求租的网站上,应该是她想要找个落脚的地方。"

"再加点儿热的,好吗?"

"你还能想起妈的身份证号码是多少吗?我想去趟广西找找。"

"别找了,妈已经走了。"

"走了?什么意思,走到哪儿去了?"

林江雪没有回答。

"你说妈没了?你胡说什么!"

"照片背后这个号码,昨天傍晚刚刚给我打了电话,是广西钦州公安局的,他们发现她死在了一个出租屋里,手机是她留下的。"

"你胡说……"

林江雪把自己的手机递给林海川,林海川看着手机中的通话记录,咬住了自己的嘴唇。

"丢下我们这么多年,宁可自己客死他乡,也不愿意见一面,她的心,真狠呐……"林海川哽咽着。

"她不是无缘无故丢下我们的。"

"我知道爸对她不好,可那是她丢下自己孩子的理由吗?"

"她每次都被爸打到半死。我记得那天，他把妈的脑袋按在桌子上，一边打一边还笑着问咱们，我给你们换个新妈怎么样？你让她怎么鼓起勇气来给我们当妈？"

林海川无力地坐在一边的椅子上，尽管不愿意承认，但他知道，他一直想见到的人，其实从很早的那一刻起，就已经注定再也见不到了。

"如果当时我们能站出来，也许事情的结果不是现在这样。可当时我们都选择了沉默，我们都成了他的帮凶。"林江雪把头望向窗外，喃喃地说道。

14

林江雪接连打了三个电话，白鸽终于答应见她一面。那天，她们约在了白鸽家附近的一个小咖啡馆里。她看起来气色还不错，只是化了很浓的妆，还穿上了一件不太符合季节的高领毛衣。

电话里，林江雪只是说自己想要做一期关于城市女性生活现状的专题报道，想要采访不同层面的中青年女性。看着她轻轻地把果汁的吸管含在嘴里的样子，林江雪忍不住想象着她读书时的模样，想必应该是那种走在校园里，谁都忍不住要回头看上一眼的女孩儿吧。

林江雪耐心地和白鸽闲聊着，尽可能地让她放下戒备。然而，当她试探着询问白鸽最近一段时间的婚姻生活时，她明显感觉到白鸽的脸色变了，就像草原上正在吃草的羚羊，突然警觉地抬起了头。

白鸽放下了那杯果汁，问林江雪今天找自己采访的目的到底是什么。

林江雪知道再遮遮掩掩只会换来更多的不信任，于是她便直截了当地跟白鸽交底。她告诉白鸽，自己这期节目的主题是家庭暴力中的女性，希望白鸽能够讲出自己的遭遇。她也表示，希望通过这样的方式来帮助白鸽，以及那些有着类似遭遇的女性。她郑重地发誓，这次采访的内容从头至尾都会保密。

"对不起，你找错人了。"白鸽平静地说道，"我的丈夫很爱我，希望你不要听信别人嘴里的谣言。"

林江雪没有放弃，耐心地劝导着："我知道有些事情很难说出口，但说出来，大家可以帮你一起承担。一直藏在心里，你只能独自承受。"

"我知道你们做新闻的，都努力想要挖出些故事来。可惜我的故事平平淡淡，没有你们想要的爆点，让你们失望了。"白鸽站起身来，"对不起，我还有事，先走了。"

告别了林江雪，白鸽匆匆赶回家。今天她在手机APP上预约了三点半的在线瑜伽课程，眼看已经迟了十分钟，她赶紧给自己换上了瑜伽裤。

然而，当她跟着视频中老师的动作做下犬式时，突然感到脚底传来一阵钻心的刺痛。白鸽忍不住大叫一声，坐在了地上，她抬起脚查看，只见右脚已经鲜血淋漓。

止血、涂碘伏、清理地上的血滴后，那个在线瑜伽课程早已经结束了。白鸽从地上捡起那个刺伤自己的玻璃碴，狠狠地把它丢进了垃圾桶里，她觉得整整一天，似乎所有事情都在和她作对。

然而没过多久，白鸽又折返回来，在垃圾桶里翻找起来。大概是因为在垃圾中格外显眼，白鸽没费太多功夫便找到了那枚玻璃碴。

她认出来，那根本不是什么玻璃碴，而是一块水晶碎片，它应该是前些天收到的水晶钢琴的一角。

白鸽在家中四处翻找着，但一如自己所担心的那样，她把能找的地方都找遍了，却依然不见那东西的踪影。

白鸽觉得很奇怪，她清楚地记得那天自己拆开快递包装，拿着那个水晶钢琴好一阵欣赏。可再往后，那座水晶钢琴被放在了哪里、经历了什么，自己的记忆却是一片空白。

而刚刚刺入自己身体的那枚碎片，似乎在努力提醒着她什么。

白鸽拨通了佑邦保险的官方电话，电话那头传来了客服小姐甜美的声音。询问了一些热销的险种后，白鸽很快便进入了正题。

"我的一个朋友在你们家办的保险，前两天我看到他收到你们寄来的礼物，是一座 Murphy 的水晶钢琴，我想知道，购买你们家的产品，都会收到这样的礼物吗？"白鸽问道。

"礼品只是我们向客户表达集团心意的一种方式，礼品的价值本身并不重要。"对方客套地回答道。

"可是 Murphy 的水晶钢琴，应该不是随便什么客户都会收到的吧？"白鸽追问着。

"您的朋友应该是我们公司黑金级别的客户。"

"黑金级别的客户？什么意思？"

"一般是针对在我们公司购买升级医疗险的客户。"对方回答道。

"怎么个升级法？能详细说说吗？"

"保单范围也在正常的商业医疗险范围之外，增加了遗传病、医美之类的特殊险种……"

"等等，你刚才说的第二个是什么？"

"医美，就是医疗美容及护理方面的诊疗。"

白鸽当然知道医美是什么意思，她之所以感到惊讶，是因为她从来没有想到这两个字能和自己的丈夫扯上关联。

"女士，您有听到吗？"电话对面的客服小姐问道。

"我，听到了。"

"我这边看到，您已经是第二次来电做我们公司产品的咨询了，如果您方便的话，能不能加一下您的微信，我们会安排专员把一些详细的产品资料发送给您……"

没等客服小姐说完，白鸽已经匆匆地挂掉了电话。并非因为她不想被陌生人加微信，而是刚刚客服小姐加重音说的那三个字——"第二次"。

她刚刚在网上找到的这个电话拨了过去，哪来的第二次拨打？

白鸽匆匀翻看着自己的手机通话记录，还好，刚刚自己拨打的电话号码，之前并没有过任何通话记录。

可白鸽刚刚悬着的心还没落下，她忽然发现手机通话记录的不对劲——自己手机的通话记录，除了刚刚拨打的那个保险公司的客服电话，竟然全部是空的。

那些记录去哪里了？为什么有些东西被凭空删掉了？白鸽忽然觉得自己大脑里一片空白。

徐远做梦都没有想到白鸽会主动找到自己，但他知道，她一定是有重要的事情。徐远比约定时间提前了十分钟来到了约定的饭店，走进门的时候，他一眼便看到了坐在角落位置的白鸽，饭菜已经摆上了桌面。

"今天什么风这么仗义，把你给吹过来了？"徐远笑着。

"我有点儿事儿想找你帮忙。"

"你说，只要我能帮的，一定。"

"我记得你说过，有个做医美的朋友。"白鸽问道。

"医美？是认识一个。"

"今天我给你讲的话，不许让第三个人知道。"

"到底怎么了？"徐远追问着。

白鸽低着头，脸上的肌肉因为紧张而抽搐着。

"我答应你，你说的话，我烂在肚子里。"徐远补充道。

白鸽迟疑着，最终还是开了口。

"家里的钱，一直是他管着，我很少过问。可是我最近发现，他每年有很大的一笔支出，用在了医疗保险上。他平时很少生病，我很好奇他为什么要在这方面花这么大的开销，于是偷偷查了一下……"

"你查到什么了？"徐远迫不及待地追问着，他觉得自己的呼吸都要暂停了。

"他医疗费用的主要开销，是在……"白鸽重新深吸了一口气，"是关于医疗美容方面的，具体的消费内容好像是，整形手术后的护理。"

徐远只觉得耳旁好像呼啸着开过了一辆鸣着笛的大货车，许久脑袋都在嗡嗡作响。

"你之前在我耳朵边上说了那么多，什么李海生，什么杀人犯的儿子，什么跟踪什么偷窥……我控制不住自己去胡思乱想，我不知道该怎么办……"

白鸽全身止不住地颤抖着，终于哭了起来。

"你别着急，这件事，你有问过他吗？"

白鸽摇摇头。

"他在哪家医院接受治疗和护理，你知道吗？"

白鸽还是摇了摇头："所以我想要找你，如果你那个朋友能帮忙打听一下……"

"据我所知，医美行业有规定，要绝对保护客户的隐私。就算你丈夫是我朋友亲手接待的客户，怕是也不会把信息透露出去。"

白鸽两眼无助地瞥向一边，片刻之后，她便飞快地擦干了自己眼角的泪水。

"没事儿，你就当听一笑话，听完你就忘了吧……"

看到白鸽要走，徐远赶紧拦住了。

"等会儿！别人没法帮忙，咱们自己动手。"

"怎么动手？"

"你有偷偷查看过他的手机吗？现在高端医美都有自己的 APP 或是公众号，如果他在那里就诊过，手机里一定会留下一些信息。"

白鸽摇了摇头："我试过，什么都没有看到。"

"反侦查能力还挺强，看来得上点儿手段了。这种事儿，我本来不该管的，管好了我是个坏人，管坏了我更是坏人。但是白鸽，反正为了你，我已经当了不止一次坏人了，就不怕再多一次了。你听说过Shadow 吗？"

"是什么？"

"一个病毒软件，可以不留痕迹地安装在一个人的手机上，在手机后台悄悄运行，然后监控对方手机的每一个信息或是操作，据说现在已经有了最新的版本，基本就是一个行走的监听器，只要对方手机保持开机状态，就可以随时监控对方所在的位置，甚至是手机旁边的一切声音。"

"你要我把这软件装在……"后半句话白鸽已经不敢说出口。

"这样，你就能知道他到底藏了多少秘密。"

"现在科技，还真是高啊。"

"一切科技都是为人们的需求诞生的。"徐远笑着说道。

"可我，我做不到……"

"别傻了，白鸽，你知道你面对的是什么人吗？一个连自己的容貌都敢去改变的人，什么事情做不出来？你连个监控软件都不敢安，你拿什么跟他斗？"

白鸽低着头，这个决定对她来说，异常的艰难。

"白鸽，我知道这时候作为朋友应该劝你别胡思乱想。但就算我能骗你，你也骗不了自己。"

"那个 Shadow，你多久搞到？"白鸽冷静地问着。

"我尽快。"

白鸽背起自己的背包，站起身来快步离去。

"一桌子菜，你一口不吃？"

"给你点的。"

"喂！"徐远喊住了已经离席的白鸽。

"还有事儿吗？"

"今天我挺高兴的，至少你能让自己醒过来了。你放心，桌子上的饭菜我一会儿都吃了，连汤都不会剩的。"

白鸽点点头转身离开。徐远苦笑着抽出筷子，把桌子上的饭菜毫无头绪地塞进自己的嘴里，很多不同的味道搅和在一起，他已经分不清咽进肚里的究竟是什么东西。

徐远没有耽搁，第二天便用闪送将白鸽要的东西发了过去。为了确保安全，他特意将收货地址选在了白鸽小区楼下的一家便利超市，并再三叮嘱白鸽，取货时一定要确保卢杉不在家。

那是一枚外形类似 U 盾的外接存储器，使用说明上明确写道，只需将存储器连接至手机电源接口，然后在存储器的按键上点击确认，便可将那个名为 Shadow 的软件植入手机中。白鸽仔细打量着这个存储器，它个头虽小，但在自己手中却仿佛重若千斤。

晚上，趁着卢杉洗澡的间隙，白鸽小心翼翼地拿起了他的手机。她明白，此时自己正面临着一个选择，那像是一种面对第一口毒品般的诱惑，明知陷入其中会万劫不复，却难以抗拒。

然而，关键时刻，白鸽还是放下了卢杉的手机。她告诉自己，虽然世界上有着无数居心叵测的人，但卢杉不会是，自己也不会成为那样的人。

浴室里的水声依旧哗哗作响，白鸽看着手中的存储器，心中不禁慨然，一个人究竟要隐藏多少秘密才能安然生活？又要挖出多少别人的秘密才能心安理得？最终，白鸽将卢杉的手机放回了原位，她再次确认，无论别人会如何去做，自己永远不会做出这样的事情。

白鸽为自己感到自豪，却又觉得这番大费周折似乎显得有些可笑，自己费尽心思从徐远那里要来的东西，难道真的就直接丢掉吗？

白鸽终究忍不住自己的好奇，将那个外接存储器连接到了自己的手机上。然而，手机上很快弹出了一个对话框——

"您的手机已经安装此软件，确定要替换它吗？"

白鸽花了整整一分钟的时间让自己调节紊乱的呼吸，她用颤抖的手指查看那个软件的安装时间——去年 10 月 13 日晚上的十点三十二分。白鸽翻看着手机的相册，努力在自己的记忆中搜寻着那一天的细节。她终于回想起来了，那天自己和卢杉看完电影后，她一度找不到自己的手机，是卢杉从座位下面找到并亲手还给了她。

浴室里的水声停了下来，白鸽匆忙将那个外接存储器从自己的手机上拔了下来，打开窗户丢了出去。

"白鸽，你忙活什么呢？"卢杉隔着浴室门问道。

"没事儿，看片子呢。"

为了掩饰刚才自己的举动，她慌忙拿起遥控器打开电视，端了杯牛奶坐在了沙发上。

屏幕上正播放着老电影《闪灵》的片段——荒野的别墅里，发疯的男主角一路追逐着自己的老婆，女人无处可逃，就近扎进了卫生间，死死地锁住了房门，然而男人却直接用手中的斧头将房间门凿穿，女人花容失色，绝望地惊叫着……

卢杉披着浴衣从卫生间走出来，不禁皱了皱眉头："这片子可不太适合孕妇观看。"卢杉说着拿过遥控器，重新选择了一个甜腻的爱情片。

"你这时候啊，少看点儿刺激的，多看点儿轻松的片子。"卢杉坐到了她的身旁，用一只手臂轻轻地搂在她的肩膀上，"反正这些电影都是编出来哄人的，干吗不把自己哄得开心点儿？"

白鸽微笑着抬头看着丈夫，轻轻点了点头。她知道自打结婚这些日子以来，卢杉一直在监控着自己，而刚刚自己的所作所为，也一定逃不过他的眼睛。

手中的牛奶传递着柔和的温度，白鸽却觉得自己已经落入了彻骨的寒潭。

尽管妇产医院的护士再三强调，必须按照约定的时间进行产检，但那天白鸽还是毫不犹豫地取消了当天的产检安排。

早晨七点钟左右，白鸽收到了桃子的微信。桃子在消息中礼貌而简短地告诉白鸽，她已决定移居葡萄牙，今天上午的飞机。白鸽表示一定要去机场和她见上一面。

等待了许久，桃子终于发来两个字："来吧。"

听说妻子要去送别闺蜜，卢杉推掉了当天上午的工作，主动开车陪妻子前往机场。一番焦急寻找后，白鸽终于在机场安检口找到了桃子。相比白鸽满脸的困惑与激动，桃子显得异常平静。

"过得不开心，想换个地方重新开始。"面对白鸽连珠炮般的追问，桃子只是淡淡地回答道。

机场广播反复催促乘客尽快登机。

"我走了，你好好的。"桃子张开双臂，示意与白鸽拥抱告别。

白鸽再也控制不住自己，流下了眼泪。

"好了，别哭了，坚强起来！"桃子使劲地拍了拍白鸽的肩膀。

白鸽努力地咽下眼泪，目送桃子拎着行李匆匆离去。她不知道自己是否能够坚强起来，但她明白，桃子刚才那句话有着某种特殊的深意。因为刚刚那个离别的拥抱过后，白鸽发现自己手中多了一个纸条。

回家的路上，白鸽声称身体不舒服，想要在后座躺一躺。她悄悄打开手里的纸条，上面写着三个字："离开他。"

白鸽抬起头来，发现身边的丈夫正在通过后视镜看着自己。虽然两人对视的时间只有一刹那，丈夫便移开了目光，但白鸽还是感受到了深深的寒意，就像是他每次打自己时的眼神一样。

白鸽打了一个寒战，回忆起那天带着民警来到桃子家中的场景。当时桃子一直在故意把头扭到旁边、躲避自己的目光。此时她意识到，也许那时桃子的目光躲避的不是自己，而是站在自己身后的卢杉。

"跟我过来，别拿手机。"

徐远看着面前的白鸽，本能地往后退了两步。她带着瘀青的眼眶，素面朝天。

云鼎实业位于写字楼顶层，他们两人没费太多的力气便爬到了楼顶的天台。

头顶下着细密的小雨，夹着从很远的地方带来的味道。

"帮我个忙。"白鸽的语气有些虚弱。

"什么？"徐远看着她，心中充满了疑惑。

白鸽深吸一口气，从口袋里掏出了一个黑色的塑料袋，把它递给徐远。

"用这个，套住我的脑袋。"白鸽的声音很平静。

"你疯了吗？"徐远大惊失色，"到底发生了什么事？"

"最近我总觉得我的记忆力出了些问题，总是会忘掉一些事情，脑子里的东西总是一段一段跳着的，中间好像被人抽走了什么。我原本以为是什么一孕傻三年之类的，可后来我发现没那么简单。我查了一些资料，有一些类似的病症，医学解释是人受到外部刺激过大，出于自我保护逃避的情况下，选择性遗忘了一些自己不愿意记住的事情。我不想自己的记忆被篡改，我想把那些忘掉的东西找回来。"

"白鸽，你别乱来……"徐远心中一紧，似乎意识到了什么。

"只有在绝望的时候，才不会让自己逃避记忆里那些曾经绝望的场景。帮我一把吧，徐远，这个世界上，我能信任的人只有你了。"白鸽的声音带着深深的疲惫和坚定。

徐远沉默了半晌，眼中闪过一丝决然，他问道："你要我怎么做？"

"一会儿不管发生什么，除非我喊停，否则不要给我摘下塑料袋。"

"人是有应激反应的。"徐远提醒她。

"所以还得麻烦你把我的手脚捆住。"白鸽说着又从身上掏出了一根绳子。

徐远叹了口气，他知道他已经劝不住白鸽了。他接过绳子，试了试硬度，将白鸽的双手捆在身后。

"可以吗？"徐远看向她。

"再系紧点儿。"白鸽说道。

徐远无奈，只好把绳子又缠了两圈后重新打上了结。

"现在呢？"他轻声问道。

白鸽点点头，示意他可以进行下一步了。

徐远小心地把那个黑色的塑料袋套在了白鸽的头上，这一刻他仿佛又回到了那个高三毕业的晚上。他屏住呼吸，仿佛自己同样被套在塑料袋里。

"白鸽，如果坚持不住随时喊我，我能听见你的声音。"他轻声说道。

白鸽没有理会他，随着身体的氧气逐渐消耗殆尽，那个黑色的塑料袋几乎贴紧了她的脸，她的身体也开始不由自主地扭曲、颤抖。

她感觉自己陷入了一片虚无之中，四周如同深渊一般黑暗而深邃。她挣扎着向前，试图抓住那些掠过身边的影子，但它们却像沙漏中的沙砾，从指间滑落，消失在无尽的黑暗之中。

"白鸽，你还好吗？停下来吧！"徐远的声音透过那层塑料袋传来，听起来模糊而遥远。

白鸽没有回应，她的意识已经被那股黑暗吞噬，只留下一片混沌的黑暗世界。

突然，一幅幅画面在她的脑海中闪现，像是被拽出的记忆碎片——

书房里，她拿着卢杉那张黑金保险卡质问着他，卢杉恼怒地吼着"我的事情不用你管"，然后一脚将她踢翻，她撞到了身后的柜子，猛烈的震动让摆在头柜架上的那座水晶钢琴掉落下来，摔成粉碎……

卧室里，她被卢杉用双手死死地掐住脖子，直到眼睛翻白，舌头伸出，那双手才稍有松懈，然而她还没喘过气来，那双钳子般的手又再次紧紧地掐了上来……

卧室里，白鸽颤抖着从地上爬起来，她已经浑身是伤，可卢杉并没有打算放过她，他冲上来将白鸽按在了沙发沿上，然后从后面扒掉了她身上的睡裤，尽管她一再哭号着反抗，卢杉还是单刀直入地进入了她的身体。他用手从后面扯着她的头发，一面用手中的皮带打着她的脊背，一面有节奏地抽动着自己的身体，如同在宣誓自己的主权。这一天，正是白鸽和徐远见面那天的晚上……

塑料袋终于被徐远撕破，新鲜的空气涌入白鸽的肺里，她大口地喘息着，如同从死亡的边缘挣脱出来。

徐远摇晃着白鸽的肩膀，大声喊道："你到底怎么了？"

白鸽喉咙中发出一声凄厉的哀号，恐惧的黑暗过后，悲伤汹涌而至。

那些被她刻意遗忘的记忆重新浮现在脑海——她原以为将卢杉送进公安局后，可以让那件事彻底从家里消失。但那件事还是很快有了第三次、第四次，直到自己也数不清那是第几次。她试图用应激反应来逃避这些记忆，就像那些在捕食者面前丢下部分躯体以自保的动物。

"我改变主意了，我现在不想离职。"白鸽坚定地说。

"你想起什么了？"徐远焦急地问。

白鸽抬头看着徐远，泪水在雨水中消失。

从人体构造学角度来看，当听到极度刺耳的声音时，耳朵会产生暂时性失聪，以保护大脑神经不受进一步侵害。此刻的徐远感觉自己像是在观看一部无声电影，白鸽的双唇一张一合，却无法听到任何声音。

徐远多么希望自己永远听不到那些声音，然而即使耳朵失去了作用，那些刺耳的声音仍然像钢锥一般刺入他身体。

"我能帮你做些什么？"徐远的声音颤抖着。

"我要起诉离婚，在那之前，我要有我的工作，我的收入。"白鸽认真地盯着徐远的双眼。

"这件事儿交给我吧。"徐远承诺道，"你放心，不管你做出什么决定，我都会全力支持你！"

15

事业一部的团队做梦也没有想到，他们手拿把攥的项目，竟然会被南京依莎幼儿园那个姥姥不疼舅舅不爱的项目给打败。

"当时你们注意陈总了吗？我看他坐在那儿脸都绿了！"闫闫大笑着。

"让云鼎拿出最优秀的设计师、最好的工程团队、最高的预算去盖一座幼儿园，陈总这次可是亏大发了！"阿盐一脸的幸灾乐祸。

云鼎的几个同事此时聚集在一家饭店的包间里，他们最近时常利用下班时间聚在一起。

知道白鸽的决定后，徐远打心眼儿里为她高兴，但他同时也深知白鸽要面临的困难。他物色了几个和白鸽关系不错又正直可靠的同事，组成一个援助小组暗中给白鸽提供帮助，就目前来看，他们干得还不错。

"我先谢谢各位了。"徐远提起了酒杯，"这个项目从前期筹备到实施，白鸽至少三个月的时间有充足的理由留在云鼎，这三个月对她来说太重要了。"

"你谢什么？我们又不是为了帮你。"闫闫不乐意了，"白鸽姐那么善良一女人，落得被男人欺负，这事儿我看不下去！"

"别人的事儿我可以不管，白鸽姐的事儿我不能不管。"大狗说道。

"我想把咱们行政小鹿也拉进来，她手里有公司每个人详细的考勤记录，还可以很方便拿到门口摄像头的监控录像。那些东西都能成为非常重要的证据。"阿盐认真地建议着。

"小鹿啊，我看还是算了吧，那姑娘嘴太不严实，早晚会坏了你们的事儿！"

徐远身后传来一个熟悉的声音，只见陈青云大刺刺地走进了包间，搬了把椅子挤在了徐远旁边的位置，大家只觉得头发都要立起来了。

"服务员，加一套餐具！"

"陈总，您怎么来了？"徐远一边说着一边赶紧给陈总腾开位置。

"凑凑热闹啊！"陈总说道。

"下班了，大家正好聊聊天、随便喝点儿。"闫闫敷衍地笑着。

"你们就喝啤的？服务员，黄盖玻汾拿一瓶来。"

一瓶白酒孑然伫立在了饭桌上，陈青云拿起了酒瓶子，把自己的杯子满上了。

"陈总，这件事从头到尾都是我一个人的主意，是我逼他们这么干的，您冲我一个人来就行……"徐远站起身来，一副主动自首的样子，可陈青云根本没给他说话的余地。

"南京依莎幼儿园的那个项目，我会重新换设计师。"

"陈总，我知道我的做法欠妥，但是白鸽在云鼎兢兢业业地干了这么多年，现在她遇上事儿了，我不能不管。"

"知道我最瞧不起的是什么样的男人吗？"陈青云问道。

在座谁也不敢吱声，活像是一个个闯了祸之后等着被老师数落的学生。

"我最瞧不起的，就是打女人的男人。"

陈总说着把满满一杯的白酒一股脑地灌进了自己的嗓子眼儿里。

"尤其打的还是我陈青云的人，那跟直接打我陈青云有什么区别？你们这帮人，带我一个！"

陈青云脸上那副耿直的表情让人不由想要发笑，却又不禁被他感染了。

"南京依莎幼儿园的那个项目，我为什么一定要换设计师？原来的设计师太过强势，白鸽之前跟他合作吃过亏，这次，我不希望项目陷入保谁留谁的局面，如果项目里只有一个人是不可替代的，我也希望那是白鸽。现在我说明白了吗？"

"明白了，全明白了。陈总，黄盖玻汾，我能再要一瓶吗？"徐远问道。

白鸽的孕吐反应越发严重，卢杉再三劝她不要去上班，但她执意要完成手头的工作。这无疑让白鸽在家中付出了惨痛的代价，可每一次发生那些事情的时候，白鸽都坚定地告诉自己：不管身处什么样的处境，一定要保持清醒。

她开始偷偷写日记，详细记录每一次卢杉施暴的情形，并用藏在储藏室角落里的那台老旧的拍立得相机拍下受伤部位的照片。她担心手机会被查，便用 Kindle 电子书默默学习法律条款。卢杉察觉到妻子似乎有所隐瞒，却找不到确凿证据，于是开始全方位地控制妻子，连她每天出门带的背包都要亲自整理，甚至手机的联系人、淘宝的购物车也一一检查。

白鸽几乎跑遍了所有知名的律师事务所，但当他们听说要起诉的是业内名律师卢杉时，都纷纷摆手拒绝。在这种事情上，没有人愿意冒头。

白鸽沮丧地从最后一家事务所走出时，身后传来一个轻柔的声音。

"您好，关于离婚诉讼的事，我们可以再详细聊聊吗？"

白鸽回头，看到了一张略显稚嫩的脸庞。那是一个名叫高琳的女子，她是个新人，半个月前刚拿到律师资格证。

"姐，同为女人，我很同情您的遭遇。我处理过不少类似的案件，真的很想帮到您。"

白鸽心中苦笑，这个二十岁出头的女孩，虽然努力装出老练的模样，但恐怕连真正的恋爱都没经历过。她对这个案子感兴趣，恐怕更多是因为能与大律师卢杉对簿公堂，这对一个年轻且野心勃勃的新人来说，确实是个难得的机会。

"你愿意帮我起诉离婚吗？"白鸽知道时间紧迫，所以直截了当地问。

"我个人非常愿意帮您，但您也知道，您丈夫在业内的声望很高，相比之下，我在经验上可能有所欠缺。"

"那些都不是问题，我现在需要的是一个能帮我走完诉讼流程的人。"白鸽说着，从背包里掏出一沓厚厚的文稿，这是她平时研读婚姻法及类似案件时亲手做的笔记，"我会告诉你每一步该怎么做。"

"看来您是下定决心了。"

"告诉我你的电话号码。"

高琳愣了一下："我的名片还没做好……要不我微信发您？"

"你直接报给我。"

高琳愣了一下，口头报出了自己的手机号码，这还是她第一次这样给人留联系方式。

"我记下了。"白鸽默念了一遍，点了点头。

"我怎么联系您呢？"高琳追问着。

"你不用联系我，我会用公司的座机给你打电话，7263 开头，接我电话的时候，你最好身边备上笔和纸，不要开录音。"白鸽语速极快地说道。

"我知道了。"

高琳显然已经迅速找清了自己的定位，此时她已经从口袋里掏出随身带着的笔和小本子，记了起来。

"帮我在华山医院挂一个明天中午十点之前的号，我要验伤，不要挂外科，挂急诊。"

白鸽一边说着，一边在脑海中迅速地翻腾着，防止自己有所纰漏，她知道自己如今生活在一个容不得丝毫差错的世界里。在长达一个多月的离婚诉讼准备中，她渐渐认识到这是一项精密复杂的工程，需要全情投入去追求最精准的结果，仅仅靠情绪支撑的动力是廉价的。

她不再仇视自己的丈夫，而是把他视作待捕的猎物，她在慢慢地熟悉他每个习惯、每个行动、每块肌肉的结构。她时时刻刻把丈夫放进自己的瞄准镜里，每当在瞄准镜里看到他毫无顾忌地发泄着自己，她的心中就流出轻蔑的微笑，在她的眼中，他已经是个垂死呜咽着的人了。

当卢杉毫无征兆地走进云鼎实业的办公室时，徐远等人知道对他们的考验来了。

此时白鸽和高琳在医院进行着伤情鉴定。为了给她们争取到足够多的时间，徐远将白鸽的手机带到会议室里，不过卢杉察觉到自己的妻子在漫长的会议中毫无参与感，很快起了疑心。

"有份重要的东西我落在车后备厢了，可今天她把车开走了。"卢杉对着闫闫说道。

"大伙儿正在开会呢，今天的会还蛮重要的！"闫闫死死地把卢杉挡在公司门口。

"那你让她出来把车钥匙拿给我就好，前后不耽误半分钟的工夫。"

"我不是不帮你，今天董事长就在会议室里。"

"没事儿，我可以等一会儿。她要是实在出不来，你帮我把钥匙带出来也行！"卢杉笑着说道。

"这样，我帮你问一下他们现在会议的进展情况。"

闫闫一边说着一边在手机上飞速敲着字，发到了后援小组的群里，应急方案开始迅速运转了起来。

高琳第一时间接到了小闫打来的电话，此时她和白鸽刚刚拿到了X光片。

"你们现在赶紧去医院东门，我已经帮你们叫好了车。徐远负责拖住他，白鸽你到了写字楼以后坐电梯上到云鼎下面一层，然后从消防梯上来，我把公司后门打开从后门进来，直接进会议室。"

会议室里，陈青云不动声色地发出了一段文字，然后清了清嗓子。

"接下来，我有一些重要的事情要说，在我说完之前，希望不要有人打断我。"

一旁的大刘会意，把桌上白鸽的手机往陈青云那里靠近了些许。

办公室的会客区，闫闫端了一杯温水放在了卢杉的面前。

"有段日子没见你了，快要当爸爸了，心情如何？"闫闫热情地坐了下来。

"有点儿激动。"卢杉简单地答道，"她还要多久？落在家里的那些东西，我得赶紧拿到。"

"我知道，真是不巧！"闫闫特意在卢杉面前晃了晃自己的手机，上面是她和白鸽刚刚的聊天记录，"要是平常例会什么的，她肯定早就出来了，今儿老总在会场发飙呢，这个节骨眼儿上，谁敢乱跑啊？"

闫闫一边说着，一边在手机里的群聊中飞速键入一行字——"还有多久？我这边告急。"

屋漏偏逢连夜雨，大刘紧接着在群里发了消息——"衡山路有事故堵车，我们可能要再拖点时间。"

闫闫飞快地键入字符——"来不及了，我最多还能拖三分钟。"

徐远——"大刘现在赶紧出发，骑电动车去接她！"

大刘——"我这就动身，但恐怕也来不及了。"

徐远——"我来拖住他！"

徐远承认自己有点儿泄私愤的想法，当卢杉不顾闫闫的阻拦朝会议室冲去的时候，徐远算准时机从拐角处走了出来，将手中那杯滚烫的咖啡泼在了卢杉的前胸上。

"你怎么在这儿？"徐远故作一脸惊讶。

卢杉抬起头来，冷冷地瞪着徐远。

那一刻，徐远打了个冷战，他似乎明白了什么是所谓的"杀人犯的眼神"。

"我有事来找白鸽，她在哪儿？"

"在会议室呢！不好意思啊，烫着了吧？我帮你擦擦！"徐远说着从身边抽出纸巾。

"不好意思的是我，浪费了你整整一杯咖啡。"卢杉话里带着刺儿。

"瞧你说的……这样，你来我办公室里，我柜子里备着一件干净的衬衣，正好给你，这一身湿乎乎的，好看不好看两说，我们这屋子里冷气冲，一会儿别把你给弄感冒了！"

"不用，别管我。"

卢杉绕开徐远，继续向前走去，然而徐远不由分说，从后面一把拽住了他的胳膊。

"别急啊，衣服总得换一下啊，让你老婆看见了，还以为我们欺负你了似的。"

卢杉终于被激怒了，一把推开了挡在自己面前的徐远。

"让她出来给我送一趟钥匙，有这么难吗？"卢杉脸上露出了明显的不悦，"用得着一个个装神弄鬼地来给我演戏吗？"

"卢杉，你这话是什么意思啊？"

"说实话吧，白鸽她现在人在哪儿？"

"她就在会议室里啊！"

"当我是个两三岁的孩子那么好糊弄吗？"

卢杉一把推开徐远，冲进了会议室里，陈青云说到一半的话戛然而止。

"喂，我们正开会呢，你不能这么闯进来！"徐远从后面拽着卢杉的胳膊。

卢杉扫视了一圈，很快在会议桌前那个空出的位置上看到了白鸽的手机，可那里并没有她的身影。

"告诉我，白鸽她人在哪儿？为什么她的手机明明在这里，我却见不到她？！你们到底想要干什么？"

会议室里安静得可怕。

白鸽从桌子下面慢慢站起来，手中拿着一根从地上捡起来的圆珠笔，一脸吃惊地看着他。

"你怎么进来了？"白鸽问道，"我不在微信里跟你说了我们在开会吗？"

卢杉脸上刚刚的盛气凌人顿时一扫而空。

"我想找你拿点儿东西来着，有点着急。"

"你先出去，一会儿我去找你。"

陈青云清了清嗓子："没事儿，反正会议也打断了。白鸽，有什么事儿，抓紧解决完吧！大家在这儿等你！"

"真不好意思，耽误大家了！"白鸽一边使劲给大家鞠着躬，一边拉着卢杉出了会议室。

看到白鸽把卢杉打发出了公司，微信的特别增援小组群里顿时炸开了锅，大家都在为刚刚那场有惊无险的胜仗庆贺着。

会议室里，陈青云把白鸽"骂"了个狗血喷头，当然，那都是骂给卢杉听的。

"今天，多亏你们了。"

白鸽在连接投影的电脑上打下了这行字，然后郑重地向徐远他们鞠了一个躬。

"我们是朋友，用不着这么客气！"

闫闫在那行字的下面也打下了一行，然后轻轻搂住了白鸽的肩膀。

那一刻，白鸽终于觉得自己不再是孤独的了。

听说林江雪的那期节目已经完成了粗剪，徐远迫不及待地找到了她。

"好歹我也是要出庭做证人的，咱们内部总得先统一吧？"

在徐远一再的软磨硬泡下，林江雪终于拿出了经过粗剪的视频。

在摄像师的镜头前，白鸽毫无掩饰地解开了自己的衣领，将自己脖颈、胳膊上的伤痕展示出来。

"一个家庭存在家庭暴力，是这个家庭的问题。无数家庭存在家庭暴力，那就是这个社会的问题，我今天之所以站在镜头前，就是希望自己的所作所为也能帮助到和我有过或正在有着同样遭遇的人。"

镜头中的白鸽目光温柔而坚定。

林江雪丢来了一瓶苏打水，徐远好歹是把眼睛从屏幕上挪开了。

"其实有一个问题我一直想不通，都说男人在外面没出息，回家只能打老婆出气。可卢杉那样的男人，收入丰厚，有着体面的职业和自己的社会地位，为什么家暴这样的事情也会出现在他的身上？"林江雪自言自语着。

"控制欲。"徐远默默地说道，"卢杉身上所有伪装也好，温文尔雅也好，处心积虑也好，为的只是一个目的，就是把白鸽控制在自己的手里，可当他发现白鸽脱离了自己的控制，自己身上的秘密要曝光，而手里所有的武器都无法奏效的时候，只能选择用最直接的方式宣誓自己的主权。我觉得，所有的家暴都是在宣誓自己在两性中的地位。对于卢杉来说，只是更为极端而已。"

"把那些事情对着镜头说出来，不是谁都有这样的勇气。"林江雪深深地叹了一口气，"大部分人发生过那样的事情，都是想要把它们永远地掩藏起来。她既然能主动来找我，把这些事情全都讲出来，说明她下了很大的决心，所以，你们一定尽全力帮她，别让她失望。"

"这个是当然的，这场仗，她不能输。因为输的代价，她负担不起。"

"什么意思？"

"看来你没怎么研究过《婚姻法》。离婚诉讼，如果法庭没有判离婚，再次申诉，需要等到六个月后。"

"《婚姻法》我当然研究过，第三十二条规定实施家庭暴力或是虐待、遗弃家庭成员的，调解无效的，法院应准予离婚。"

"那是字面上写的，可是真实的情况是，就法院审理情况而言，十件涉家暴的案件经审理后能认定为家暴性质的案件不足百分之二十，其余的都会因为证据不足或是财产分割上的争议不了了之。何况，这次白鸽要面对的是一个专业的律师。"徐远显得有些担忧。

"我跟白鸽聊过了，不管是证据链排布，还是主张的陈述，她都准备得非常认真，财产分割以及精神赔偿也算合理，而且，她的身后有这么多人在帮她。"

"可是……"徐远话说了一半却又咽了下去。

"你想说什么？"林江雪追问道。

"我不知道该怎么形容，我只是觉得那个男人和所有人都不一样。"徐远自语着，"那天，我把一杯咖啡全都泼在了他的身上，滚烫的咖啡，可他当时居然连哼都没有哼一声。真捉摸不透，他到底是一个什么样的人啊。"

卢杉把最后一个菜端上桌子的时候，快递员按响了门铃。回到饭桌的时候，他手中多了一个文件袋，里面装着的是法院送来的起诉状副本。虽然经常接触这东西，但是被起诉人写着自己名字的，这还是第一次。

白鸽透过梳妆台镜子的反射，偷偷观察着卢杉，她告诉自己，不管卢杉要做出什么样的反应，低声下气地恳求也好，或是变本加厉的毒打也好，这一次她一定要收起所有的妥协。

"先吃饭吧，都要凉了。"卢杉招呼着白鸽，"不管之后想要做什么，这顿饭总是要吃的。"

白鸽坐到了饭桌前，法庭的正式对抗之前，她倒要看看自己的对手到底几斤几两。

"解决问题有很多方法，鱼死网破，是最不可取的一种。"卢杉给白鸽夹着菜，"你的律师是谁？"

"这个不需要你知道。"

"你应该提前告诉我，我可以帮你介绍个好律师。"

"这个时候了，你就用不着再装好人了。"白鸽冷冷地说道。

"所以，"卢杉望着白鸽认真地说道，"你觉得我一直是在装一个好人？"

"难道不是吗？"

"可是，如果一个人装了一辈子好人，那他会不会是一个好人呢？"

白鸽正不知道该如何回答，卢杉却已经放下了碗筷，默默地走到窗前望着外面，那话似乎更像是卢杉自己在问自己。她偷偷地朝窗前的那个男人望去，只觉得他的身影像是窗外天空中的那些云一样，被风吹得七零八落。

16

开庭那天是个礼拜四，庭审现场是在一间并不大的房间里进行的。高琳主动将自己和白鸽的身份证拿到书记员面前进行确认，今天她头发盘得高高的，像是一只斗志昂扬的公鸡。

审判长扶了扶眼镜，宣读了起来。

"为维护法庭秩序，保障审判活动的正常进行，根据《中华人民共和国人民法院法庭规则》的规定：一、未经法庭允许不得录音、录像、摄影；二、下列人员不得旁听：未成年人，精神病人和醉酒的人……"

白鸽用余光窥看着坐在被告席上的卢杉。依照民事诉讼法的规定，在收到法院传票的十五日内，卢杉可以向法院提供相关的答辩材料，但据高琳说，直到开庭，卢杉也没有提供任何材料，白鸽不知道这对于自己来说，究竟是一个好消息，还是一个坏消息。

"请问原告、被告双方，本次庭审过程中，是否需要审判长或是其他审判人员回避？"审判长问道。

"不需要。"卢杉开口说道。

"不需要。"高琳也随后答道。

"下面请原告、被告双方陈述基本信息，请原告律师开始陈述和申诉请求。"审判长慢条斯理地说道。

高琳站起身来，清了清嗓子，开始了陈述。

"我的委托人白鸽，女，汉族，1996年2月12日出生，现居住于上海市徐汇区望江路天鹅湖小区6号楼一单元1001室。2021年9月16日与被告人卢杉登记结婚。婚内，被告人卢杉有多次对原告实施肉体和精神暴力的行为，即便是怀孕在身，被告也丝毫没有收敛。诸多行为导致原告与被告人感情确已破裂，无和好可能，故申请解除与被告卢杉的婚姻关系……"

在高琳对着手中备好的稿子做陈述时，白鸽心中也跟着她默念着，那篇陈述文字是白鸽一个字一个字写完，又一个字一个字修改过的。

高琳很快做完了陈述和申诉请求，像是战场上刚刚清空了自己弹夹的战士，喘着气等待硝烟散去看到对方的尸体倒在地上。

"请被告进行答辩。"审判长说道。

"我与原告的夫妻感情并未破裂，且原告在离开我后，无法独立生活，所以，我不同意离婚。"卢杉说道。

白鸽只觉得心里松了一口气，没有超出自己的预料，卢杉不过是基于两人夫妻感情尚未破裂和自己一旦离婚后会陷入生活的困顿中这两点来做争辩，而自己几乎所有的努力都是对这两点进行指向性反驳。

"双方已经进行陈述答辩，本庭已归纳争议焦点。根据《民事诉讼法》谁主张谁举证的原则，进行举证质证。首先请原告进行举证。"

高琳看了一眼白鸽的眼神，很快授意，将准备好的照片、医院的伤情鉴定报告，以及白鸽整理好的日记——在庭审现场罗列出来。这些都是常规武器，常规武器打起来，讲究的是释放数量，就像冲锋枪一样，要的不是每一颗子弹都命中目标，而是形成火力压制。而真正形成致命打击的武器，才需要稳准狠地命中。

很快，高琳拿出了那次白鸽报案后派出所的出警记录、询问笔录以及当时卢杉被行政拘留的记录，"暴力殴打"四个字白纸黑字地写在公安机关的记录上。

"接下来，我想请我的证人出庭作证。"高琳说道，"云鼎实业集团的人事部总监徐远，他将代表知晓本案件细节的相关人员在此向法庭陈述。"

还没等高琳把话说完，徐远已经迫不及待地走上了证人席。

"原告方证人，请你签字并宣读《证人宣誓保证书》。"审判长的语气依旧是慢条斯理。

"本人徐远，性别男，自愿作为贵委立案受理案件的原告证人出庭作证，接受调查和各方当事人的询问。本人向法庭宣誓，本人将如实作证，毫无隐瞒，如违誓言，愿接受法律惩处。"

"请问证人徐远。"高琳问道，"你和原告白鸽是什么关系？"

"我们是在同一家公司工作的同事。"

"你的同事白鸽遭遇家暴的事情，你是什么时候知晓的？"

"今年的 9 月 16 日，她来找我办离职手续，我注意到她的脸上有伤痕。"

"什么样的伤痕？"高琳追问着。

"是那种遭受过重击之后的瘀青，她当时涂了粉底去遮掩，但那伤很重，还是能够一眼看出来的，当时公司里很多同事都注意到了。"

"徐远，你说今年 9 月 16 日你看到了白鸽脸上有伤，有可以做佐证的证据吗？"

"有。"徐远坚定地回答道，"公司门口有监控摄像头，我专门找到了 9 月 16 日那天早晨白鸽来公司时拍摄到的视频。"

"可以在庭审现场播放给我们看吗？"

"当然可以，我们公司门口摄像头的清晰度很高，大家应该能够清楚地看到。"

徐远说着打开了早已经准备好的笔记本，将一段"蓄势待播"的视频放了出来。审判长认真地看着那段视频中拍摄到的白鸽的画面，不时地提醒着身边的书记员进行记录。

"监控视频中显示的日期是 9 月 16 日，"高琳看准时机及时上前补充着，"前一天的夜晚，9 月 15 日夜晚，当事人白鸽在日记中表述自己曾经遭受过卢杉的殴打，并且拍摄下了受伤的照片，对比照片和视频中白鸽脸上的伤痕，我们应该可以确定是同一处伤痕。除此之外，你有没有发现过其他类似于 9 月 16 日疑似白鸽遭受暴力的伤痕？"

"有的。这是我整理出来的类似的视频记录。"

徐远说着拿出一个 U 盘交给高琳，那些整理好的视频很快在现场播放了出来。

"根据证人徐远提供的云鼎实业集团前台的监控录像，我们可以看到白鸽出现暴力伤痕的时间，是可以和原告的日记记录、照片记录以及医院的伤情鉴定相吻合的。"

"请问被告方，原告举出的证据是否事实？"审判长向卢杉发问。

"没错，那些都是事实，但不是真相。"卢杉一字一句地说道。

高琳忍不住提高了嗓门："如果我说的不是真相，那真相是什么？"

卢杉笑了笑："你们刚刚拿到了一段 9 月 16 日的监控视频，上面显示我的爱人白鸽的身上有受伤的痕迹，并以此推断她在前一天也就是 9 月 15 日的晚上遭受到了我的伤害，刚刚好，我这里也有一段视频，就是 9 月 15 日晚上拍摄下来的。审判长，我可以播放这段视频吗？"

审判长和身旁的陪审员低声商议着。

"可以播放。"

卢杉掏出了早已准备好的 U 盘插入了庭审现场连接投影的笔记本电脑，投影屏幕上很快出现了令白鸽熟悉的场景，那正是她家的客厅。

白鸽忽然觉得自己的心脏咯噔地响了一声。

自从做出那个重要的决定之后，白鸽便开始了每天坚持偷偷记日记的习惯，可是很快她认识到了一个问题，日记这种形式的证据，除了由第三方提出并可以和其他证据形成相互印证的，才可以成为法庭上被认可的辅助证据，而自己作为当事人的这种单一的文字记录，并不能证明什么。

既然如此，为什么自己还要坚持把那些东西记录下来呢？

白鸽知道自己明白那其中真正的原因，只是她大多时候不敢去承认——她的大脑的记忆力已经越来越糟糕，她不得不用这种笨方法，让自己强行记住那些本不该遗忘的事情。

投影的大屏幕中，白鸽穿着难以遮体的睡衣冲向卢杉，把手中那片如同匕首一般的碎玻璃片向卢杉刺去。卢杉努力抱住了她，却没能躲过那片锋利的玻璃碎片，鲜血顿时从他的手臂滑落了下来。

"白鸽，你想干什么？"视频里，卢杉大声冲着白鸽喊着。

"我要杀了你！"视频中的白鸽发狂一般地嘶吼着，丝毫不在乎自己攥着玻璃碎片的双手早已经鲜血淋漓。

白鸽再次扑了过去，然而这次卢杉没有再给她机会，他奋力抓住了白鸽的手腕，混乱的争执之中，那片玻璃片最终在地上摔成了粉碎，而白鸽整个人也狠狠地撞在了旁边的桌角上，痛苦地呻吟着。

"白鸽，我到底做错了什么，你为什么要这样对我?！"

随着卢杉悲凉的呼喊声，视频的进度条终于走完了最后的里程。

卢杉解开了衬衣袖口的纽扣，露出了小臂上一道尚未痊愈的伤疤，显然那正是视频中自己被白鸽手中的玻璃碎片刺下的伤痕。

"请问原告律师，可以让你的委托人出示一下自己的双手吗？"

高琳意识到事情不妙，大声喊道："谁主张谁举证，原告没有义务为你的说辞做配合。"

"我没有主张，是你拿出证据企图说明我在 9 月 15 日晚上对白鸽进行了肉体伤害，我只是在配合你的主张进行辅助证明。白鸽，视频中的事情，你还有印象吗？"

白鸽觉得自己的身体在不住地颤抖着，她不知道自己该如何回答，视频中的情节，她看上去就好像别人在演的电影一般。

"可能我的爱人没有听清我的问题，那我再问一遍，请你如实回答——白鸽，刚才视频中的那段画面，你是记忆清晰，还是印象模糊，还是根本不记得发生过了？"

白鸽不敢抬起头来，她只觉得此时对面卢杉的双眼，似乎要将自己剥光一样。

"我反对这种方式的问讯！"高琳察觉到态势正在往一个自己不希望的方向倾倒，拼死反抗着，"那段视频非常有做假的可能，并不能证明什么！"

"是啊，现在科技这么发达，想做一些事情太方便了。以你的意思，如果我想要达到某种目的，可以将视频造假，那我是不是可以理解为，你也同样可以因为相同的目的，把照片造假？"卢杉笑着问道。

"我这里有医院开具的伤情鉴定报告！"

"我不否认你手中伤情报告的真实性，我还是那句话，有些事情，它确实是事实，但不是真相。"卢杉说着从自己的文件袋里抽出了一页纸，"医院开具的证明，我这里正好也有一份。"

卢杉把那页纸交给了审判团，审判长迅速地看过之后，抬起头来饶有兴致地盯着白鸽。

"我们结婚之后，我发现我爱人一直在偷偷服用一种叫舒必利的抗精神类药物，我带着一些疑惑，去查了一下我爱人之前的病历，没想到，有很多让我意外的东西。"

卢杉说到半截停了下来，整个庭审现场都随之安静了下来。

"很多年之前，我的爱人白鸽便被诊断为双向情感障碍症，就是大家常说的躁郁症，那是一种精神疾病，临床特征主要是难以控制自己的情绪，时常出现焦虑、自我强迫、幻听、被害妄想等症状，患者会出现既有狂躁症发作，又有抑郁症发作的状态，而且很难记住另一种状态下自己所做的事情。"

"我认为被告企图在用诽谤的方式，为自己开脱罪名！"高琳高声说道。

"这是医院的诊断证明和处方记录，我爱人的病史比我想象中要长，已经将近十年的时间了。"卢杉说道，"而且我有证人可以证明，这个证人，是我的岳母，也就是原告的母亲。"

看到久未谋面的母亲出现在庭审现场的时候，白鸽彻底绝望了。

这次离婚诉讼，白鸽本还想着不去惊扰母亲，却全然没有想到，老人家已经坐在了自己的对面。

"那件事，我们一起藏了好多年，可是事到如今，也没有什么再藏下去的必要了。"陈宁叹了口气说道，"有些事情别提孩子了，连我这个当母亲的都不愿意去承认，可这世界上的事情，不承认不等于它就没有发生过。我闺女上高中的时候让人家欺负过，后来就得了那种病。不犯病的时候，跟没事儿人一点儿区别都没有，可是一旦犯病了，就跟变了个人似的！"

"我也是不久前才从我岳母那里得知这件事情，那时候，我还挺震惊的。"卢杉说道。

"你的意思是，原告，也就是你的爱人，在你们结婚之前就患有精神类的疾病，并且对你进行了隐瞒？"审判长问道。

"隐瞒这个词有点儿重了，毕竟两个人在一起，大家都想把最好的一面留给对方。"卢杉停顿了一下，"说真的，开始的时候我也用了很多不好的念头去揣测我的爱人，但是慢慢地，我觉得我能够理解她。既然我们在一起了，那我所能做的，就是尽我所能去照顾她……但是说实话，挺难的。你们也看到了，我爱人在病发的时候，可能自己都不知道自己在做什么。"

"原告，刚刚你爱人出具的那段视频中发生的事情，你是否有印象？请你如实作答。"

"我的委托人不需要回答这些问题！搞清楚，我们是原告！"高琳已经控制不住自己的情绪了。

"因为原告之前可能有精神疾病的历史，现在我们需要判断原告是否有民事行为能力，如果没有，我们需要重新判断这起诉讼案的性质。"审判长说道，"我想请问一下被告的证人，身为原告的母亲，你女儿所说的遭受丈夫暴力行为，你是否知晓？"

"知道，孩子们年轻气盛，说话做事难免上头，这没什么大不了的。床头吵架床尾和，夫妻没有隔夜仇。"白鸽母亲轻描淡写地说道。

"那据你所知，你的女儿和卢杉结婚之后，他们夫妻之间除了你指出过的暴力行为，卢杉是否尽职照顾过你的女儿，是否能够履行丈夫的责任？"

"履行责任？他太尽职尽责了！"白鸽母亲一副义正词严的模样，"这点儿我是可以打包票的。两口子你要说一点矛盾不闹，那是不现实的，但是我敢拍着胸脯说，我女儿和女婿的婚姻是幸福的，并没有原则性的问题。前些日子，家里出了些变故，小杉忙前忙后，说句实在话，养个儿子都未必能做到这些！"

"那些都是我该做的事情，只要多花些心思，我自认为还是能够做好的。真正难的，是来自家庭之外的那些恶意。说真的，某些人，我不知道自己到底得罪了他什么，让他把最恶毒的猜忌放在我的身上。"卢杉说道。

"你所说的某些人是谁？"审判长问道。

"原告方证人徐远。"卢杉双眼冷冷地瞪向徐远，"自从我和妻子相识之后，他三番五次怂恿我的妻子离开我，企图破坏我们的家庭。徐远，刚刚在介绍自己身份的时候，你是不是忘了向审判团介绍你的一个重要的身份？你不光是我爱人的现任同事，还是我爱人的前任男朋友。"

审判团的席位上，一双双满是好奇的目光投向徐远的身上。

"那都是过去的事情了，和你们的离婚案无关！"徐远大声说道。

"无关？我和我爱人从相识直到现在，你频繁地骚扰我的爱人，一而再再而三地对她灌输对我的恶意揣测，你管这些，叫作和本案无关？我问你，你的那些猜测，有证据吗？"

"你放心，我会有的。"徐远咬紧后槽牙，似乎在做着最后的抵抗。

"会有的？这里是庭审现场，希望你的言行能够尊重法律，尊重审判团！"卢杉已经让人忘了他身在被告席，那一刻他如同披上了战袍，再一次成了庭审现场所向披靡的大律师，"徐远，当年我的爱人和你分手之后，你始终心怀不满，自从我们在一起之后，你始终在用你那些'会有的'证据怂恿我的妻子，企图破坏我们的家庭。为了我爱人，我没有去跟你计较。可既然你喜欢落井下石，那我乐意奉陪到底！"

白鸽呆呆地看着眼前的一切，巨大的轰鸣声响彻整个耳畔，让她再也听不清身旁人们的声音，高琳手中的笔滑落在地，徐远失控地冲向卢杉。那一刻，她忽然意识到自己是多么地可笑，她是个勇气可嘉的战士，可她选错了战场，她在用自己临时抱佛脚学到的本事挑战卢杉的饭碗。

她知道这一次自己彻底地输掉了，不只是输掉了这场诉讼，而且输掉了重新来过的勇气。

从法庭出来，白鸽如同被抽了魂一般。卢杉却异常地平静，他体贴地把妻子扶上汽车，调好靠枕。

"我刚查了导航，到家大概有四十分钟，我把车开稳点儿，你可以小睡上一觉。"

白鸽点了点头，顺从地把自己的脑袋靠在了靠枕上。

当车停在红灯前时，白鸽突然一把拽开车门，一路狂奔穿过车流。她丢掉了手机，她不敢去母亲那里，更不敢找自己的朋友。

深夜下起了大雨，白鸽抬头望着黑压压的夜空，她觉得这个城市的雨从未如此之大。

酒吧的昏黄灯光下，酒保不断地把盛着烈酒的酒杯沿着硬木吧台滑到他的面前，就像一架架飞驰而来的战车。然而酒喝得越多，徐远却觉得头脑越是清醒。

那是一个漫长的夜晚，他眼睁睁地看着白鸽被卢杉带走。那一刻，他明白自己已经彻底输掉了。但比输掉的沮丧更让他感到无力的，是对自己的深深怀疑。也许卢杉说得对，他所做的一切，只是出于心中的妒忌。毕竟那是别人的家事，他从一开始就不该插手。

几杯烈酒下肚，徐远已经管不住自己的思绪，任由它们带自己回到高中毕业的那个时候。

那是一个荒唐的时间段，各种问题摆在面前，无论是卷子上的还是卷子外的。每个人都给出了自己的答案，而那些不同的答案就像一道道分水岭，让熟悉的朋友们各自走向了不同的道路，也让学校的情侣们劳燕分飞。

整个晚上，徐远都在回避着那些问题，然而白鸽还是问了出来。

"从今往后，天南地北，你还会不会一直喜欢我？"

徐远看着她，知道她在期待着一个满含信心的答案，哪怕只是一个善意的谎言。然而他犹豫了，他甚至连问题是什么都看不清，又该去哪里寻找答案呢？

许多年后，徐远才明白，白鸽当时也许并不是真的想要一个答案。但他在那一刻没有立刻回答，就等于拒绝。

那天晚上，徐远目送着白鸽一个人伤心地离去，他没有去追她。而不到半个小时后，一个黑色的塑胶袋便套在了她的头上。

也许这么多年，他的所作所为都是为了弥补那一刻的遗憾，但无论他做些什么，从那一刻开始，两个人的命运已经被永远地改变了。

一口烟雾从徐远的口中慢慢吐了出来，他已经很久没有抽烟了。当烟雾慢慢消散后，一双女人的眼睛慢慢浮现出来。徐远眯着眼睛看了一会儿，才看清那是一个穿着墨绿色连衣裙的陌生女人。她不动声色地晃着手中的酒杯，嘴角轻轻向上扬起。徐远明白那眼神背后的含义，就像他能嗅出同类气息一样。

女人端着酒杯坐了过来，她与徐远轻车熟路地交谈着。他们互相试探、互相攻陷、互相防备。在这个世界上，同类之间的嗅觉是最灵敏的。

女人将口中的气息喷在徐远的脸上，徐远很自然地将手指绕到了她的脖颈后面。看着面前那张陌生的面孔，徐远心想，也许大家都应该回到各自的生活中了。

如果说有什么是可以值得庆幸的，那或许就是眼前的这场大雨吧。白鸽不再需要每次有人从她身边经过时，都要去擦掉脸上的泪水。

不过渐渐地，白鸽身边经过的人越来越少了，由于没有手机，她已失去了时间的概念。一阵寒意袭来，白鸽找到了一处公交车站遮雨。虽然头顶的雨棚能提供一些保护，但每当一阵风吹过时，仍然有许多雨滴随风飘到她身上。

当雨滴再次飞溅而来时，一把伞撑在了她的头顶。白鸽抬起头，呆呆地望着卢杉。

"你想问我怎么找到的你吧？"卢杉平静地问道，"跟了你十几年，这个世界再大，我的眼中只有你一个人。所以，不管你在哪里，我都会找到你。"

白鸽转身冲入雨中。

"我知道我欠你一个解释！我一直想要回避那个问题，就像是一只把头埋进沙堆里的鸵鸟，我以为只要闭上眼睛，你们就都看不见我。我太愚蠢了。"卢杉把伞收了起来，仿佛要被这场雨水融化一般。

"李海生……我真的不想再听到这个名字，但我无法逃避，永远也无法逃避，因为我就是他。"

白鸽抬起头，惊讶地望着卢杉。

"白鸽，你没有怀疑错，我就是那个从中学时期就暗恋你的外校生。你早已经忘了我，但我忘不了你。当初我在街头被学校的体育生欺负，头破血流地倒在路边，那么多人从我身边走过，只有你停下了脚步，递给我一张纸巾。对你来说，那只是一张纸巾，但对我来说，那是这个世界给我的唯一一份温暖。

"从那天起，我变成了你的影子，默默地在你看不见的地方跟随着你、保护着你。我开始雕刻自己，从一个你可能看都不会看一眼的无名小卒，变成一个值得你爱的男人。我不怕用那些刀去改变过去的一切，哪怕撕开我的皮肤，割断我的筋骨……我知道在雕刻完成之前，我必须小心地隐藏自己。我隐藏在你写字楼的下面，隐藏在你乘坐地铁的车厢里……直到那天在天台上，我确定自己已经积攒了足够的信心，可以出现在你的面前。

"你手机上的Shadow是我装上的。那段时间你和徐远走得很近，我不想你被他带偏。他口口声声说关心你，只是为了弥补自己的不甘心。对不起，我对你隐瞒了很多事情，但我所做的一切都是为了让你幸福。不管我曾经是谁，现在我只是疼你爱你的丈夫卢杉。想想我们的孩子，我想让他成为这个世上最幸福的孩子。难道你不想吗？"

倾盆大雨似乎要将整个城市淹没，一阵闷雷滚过之后，白鸽终于号啕大哭起来。

那件墨绿色的连衣裙一共有六枚纽扣，徐远靠在酒店房间的沙发上，注视着女人将那些纽扣一枚接一枚地解开。当六枚纽扣全部从扣眼中脱落出来后，女人便像昆虫蜕皮一样把连衣裙脱了下来。

房间在酒店的二十三层，这使得他们可以肆无忌惮地敞开窗帘。沐浴着柔和月光的肉体，让徐远无比地陶醉，每当她有节奏地律动起身体，月光在身体上投下的阴影便随之变幻起来。

一道煞白的光亮突然从女人手中洒出，打破了那些柔美的光线，当一阵冰凉从手腕袭来的时候，徐远这才意识到那是一双手铐。

女人将自己的所有重量压在了徐远的身上，让他感觉有一股巨大的力量劈头盖脸地朝他压了过来，随之爆发性地冲动了起来。随着高潮的临近，她歇斯底里地呼喊了起来，然而徐远却根本听不清她在说什么，似乎那是一种他从没有接触过的语言。

"你，叫徐远？"女人口中的气息火辣辣地喷射在徐远的脸上。

"你怎么知道？"

徐远愣了一下，自己在这样的场合，向来是做好事不留名的。

他睁开惺忪的睡眼，忽然发现自己面前根本不是昨夜的那个女人，而是几个身穿制服的民警，自己此时一丝不挂地躺在酒店的地毯上，身上唯一有的，只是一副刚刚被戴上的手铐子。

"先把衣服穿上起来。"民警冷冷地说道，"有个女人报案，昨晚被你强奸了。"

17

天色阴沉，风卷落叶，在空中跳跃、旋转，最终凌乱地撒落在地上。白鸽紧了紧大衣的领子，试图阻挡不断往脖子里钻的冷风。

在这个世界上，有两种方式可以让生活继续：一种是解决问题，另一种是选择忘记那些无法解决的事情。大多数人都选择了后一种，他们妥协、退让，用一个黑洞填补另一个黑洞，直到自己在阴暗的角落里找到了一丝安慰。

电话里，卢杉关切地催促着："好了，我看你步数已经不少了，今天的运动量够了。外面的风挺大的，小心别感冒了，赶紧回来吧。"

"正往家走呢，马上就回来了。"

最近一段时间，卢杉一直忙忙碌碌的。每天晚上白鸽睡去时，他还坐在电脑前，到了第二天她起床时，他已经早早地在厨房里开始做饭了。几乎每天，白鸽都看不到他睡觉的样子。那个男人正拼尽全力守护着这个小小的家庭，似乎这里就是他的整个世界、整个宇宙。

路过围墙边的绿化带时，白鸽不由自主地放慢了脚步。她温柔地呼唤着，但直到她走远，那个熟悉的身影也没有出现。

她已经记不清上一次看到那只母猫是什么时候了。

徐远一遍又一遍地拨打林江雪的电话，可始终没有人接听。

会议室大门紧闭着，但徐远还是能够感受到公司里那一双双刺向自己的目光。

公安局已经两次来到云鼎调查情况了，徐远涉嫌强奸的事情早已成了这几天同事们热聊的话题。随着话题的深入，他们兴致勃勃地把徐远之前的种种事情全都挖出来，然后充满想象地联系到一起，似乎把他当作了第二个老赵。

在经历了最初的愤怒之后，徐远迅速让自己冷静了下来。他知道愤怒只会产生更大的愤怒，然后让自己变成一个智商为零的傻子。冥思苦想之后，他终于回忆起那天晚上打车去酒店的路上，那个穿绿色连衣裙的女人曾经和自己在汽车的后排十指相扣、贴脸热吻。如果能够找到那辆网约车，调取车内的监控录像，或许能够证明自己是无辜的。

这当然绝非易事，必须得有个人帮他。他下意识地想到了林江雪，可又不由暗自惭愧起来，自己每次总是在走投无路的时候才会想起她。

徐远显然没有想到，林江雪那边也陷入了泥潭之中。她那期反映家庭暴力的节目突然因为侵犯他人隐私而遭到举报。此时此刻，她正在主编的面前苦口婆心地解释着。

"徐远，我们综合考虑，觉得你最好还是在家休息一段时间。"云鼎的副总经理刘家铭走了进来，一脸和善地建议道。

"我不累啊，为什么要休息呢？"徐远笑着说道。

"毕竟发生了那样的事情。"

"哪样的事情？我是个成年单身男人，身体健康而且取向正常，我只是和一个女人约会，然后做男人和女人该做的事儿，这有什么不对的吗？"徐远笑着说道。

"如果真是那样，警察也不会三番五次往这里跑了。"

"警察现在还没给我定罪呢，你们就先给我定罪了？"徐远冷冷地说道，"还是那句话，这件事儿，我听陈总的。"

"陈总这个时候还没来，他今天应该不会来了。"

"他答应过我，今天肯定会来的。"徐远坚定地说道。

虽然特别小组的任务最终失败了，但是毕竟身为同盟，徐远相信陈青云能够理解他的遭遇，并且会站出来帮他说句话。

可是陈青云没等到，闫闫却冲进了会议室里，她双眼望着徐远，脸颊抑制不住地抽动着。

"你们快去楼下看看，陈总他……他出事儿了！"

匆匆冲到楼下，扒拉开里三层外三层的人群，徐远终于看到了陈青云。陈青云背朝天趴在地上，身旁落着一块建筑废料，而他头上渗出的鲜血早已经把周围的地砖染成了一片令人作呕的颜色。

陈青云被送进了医院的重症监护，迟迟没有脱离危险。公安部门很快来到了现场进行勘查，并最终认定当天因为几个孩子混进写字楼爬上了楼顶玩耍，导致一块建筑废料落下，好巧不巧砸在了正要上楼的陈青云头上。

警方很快问责了看管不严的物业部门，但是徐远很清楚究竟发生了什么，很快，闫闫等人接连找到徐远，告诉他自己不能再跟他一起帮白鸽了，毕竟那个男人连陈青云都敢搞，自己这些虾兵蟹将早晚逃不过被人家秋风扫落叶。

最终，还没等到公安局认定结论出来，徐远便收拾东西走出了云鼎实业的大门，他知道那个男人是冲着自己来的，如果自己再在这里待下去，身边的人不定还会发生什么样的事情。

经过一番无力的挣扎之后，林江雪的节目最终还是没轮到播出便被强制下线了。回家的时候，林江雪一路魂不守舍，虽然在这一行干了许多年，但是这件事还是让她感受到了前所未有的打击。

扪心自问，她做这期节目是怀着私心的，她本想通过这一次的努力扫清藏在自己心中的阴霾，然而到了最后，她还是被那一片阴霾再一次彻底地覆盖了。

穿过小区广场的时候，不远处传来一阵骚乱，她抬起头来，只见走在前面的人们行进中，都不约而同地在同一个地方绕开几米。

虽然心中早有预感，但是凑上前去的时候，林江雪还是吓了一跳。

徐远瘫坐在绿化带旁边，双颊微微抽搐着，紧贴在头皮上的头发，看起来就像是被晒干的海苔。他的身上散发着浓重的酒精气味，衣服上还挂着呕吐过的痕迹。

很多时候，就像现在，林江雪不知道是应该憎恨他，还是可怜他。

"起来吧，别在这儿丢人现眼的了！"林江雪终究还是把手伸了过去。

可徐远似乎并不领情，一把将林江雪的手推开了。

"你算哪根葱，用你管我……"

"行了，觉出自己像个猴儿了吗？你还真打算在这儿给大伙儿翻个跟头是吗？"

林江雪顶着那股酒精的味道，吃力地把徐远从地上拽了起来，可他却又一摊烂泥一样滑落在了地上。

林江雪狠狠地给了他一巴掌。

"别让自己像个输不起的行吗？"

"我输得起，栽倒了我可以再爬起来，多少次都可以……"徐远喉头哽咽着，"可是我怕她再也爬不起来。"

白鸽的孕检结果一切正常，卢杉关上诊室的门，跟医生软磨硬泡，想知道孩子是男是女，说是方便提前给孩子准备衣服。医生最后笑着说："看在你把媳妇照顾得这么好，我就偷偷告诉你吧，希望将来孩子也能成为像你这样的一个好男人。"

从医院回来，卢杉一直在厨房里忙活着。厨房里烟气腾腾，他的手脚迅速而不失条理地动着，如同在跟着一支乐曲跳舞。

这世上每个人都有属于自己的表达情感的方式，有人喜欢唱，有人喜欢跳，有人喜欢玩儿，有人喜欢闹，白鸽喜欢吃，而对于卢杉来说，表达幸福的方式就是喜欢做饭。今天的他，显然是把自己压箱底的本事都拿出来了。

"你少做点儿，吃不了还得剩下。"白鸽对着厨房喊道。

"最后一个菜了。"卢杉从厨房探出头来，咧嘴笑着。

"不就生个儿子吗，至于吗？"

"哪儿啊？对我来说，生男生女都一样！"

"都一样？在医院的时候，你都把我手攥疼了！"

"我有吗？"

"你再多攥一会儿，我就可以直接去骨科挂号了！"

"还疼吗？让我看看。"卢杉两步凑了过来。

"我一直还把自己的发卡头绳都攒着，本来想着要是生个闺女，可以都留给她，现在看来都得扔掉了。"

"儿子跟妈亲，你多赚啊。赶紧洗手去，饭好了！"卢杉说着把手中的铁锅一滑，将最后一道菜装入了盘中。

"哎，你觉得'泊'这个字怎么样？停泊的泊。"白鸽突然问道。

"怎么了？"卢杉愣了一下。

"给咱们儿子当名字啊！我一直特别喜欢这个字，就像是一艘开了很久的船终于能够找到一个港口让它停下来，让人特有安全感。而且你有没有注意到，这个泊字右边的'白'正好是我的姓，咱俩中间加了三个点，就是咱们一家三口，我刚才想了好久，觉得这字给儿子当名字太完美了。"

"现在就想名字，是不是有点儿太早了？"卢杉笑着问道。

"你现在觉着早，往后的事情一件跟着一件的，真到给孩子上户口交社保的时候你就该着急了！"

"泊，这个字确实不错，超然、洒脱，而且重复率又低。"卢杉低着头反复推敲着儿子的名字，"可就一点……"

"什么？"白鸽抬起头来。

卢杉还没来得及回答，一旁的门铃已经响了起来。

白鸽刚要走上前去开门，卢杉却已经抢先一步走上前开了门。

"我来吧。"

门开了，站在门口的男人迟疑了几秒钟，张开了嘴。

"你家有快递要寄？"

那个男人的头发已经有些花白，一只眼睛似乎有些浑浊，显然已经上了岁数。

"没有，你走错门了。"

卢杉说着要把门关上，可是对方不甘心地又伸出胳膊把门挡住了。

"你这儿不是 6 号楼一单元 1001 室吗？"那个快递员追问着。

"跟你说了，你走错门了，我没有快递要寄。"卢杉已经面露不悦。

"是不是你们家别人要寄快递？"快递员锲而不舍地追问着，还使劲把头朝屋子里张望过来。白鸽刚刚洗完澡，身上只穿着单薄的衣服，她明显感觉到门口的那双目光不怀好意地在自己身上游走着，赶紧背过身来躲到一边。

卢杉没有多犹豫，死死地关上了房门。

"这人真是的，脑子有问题吧，哪个快递公司的？"白鸽不满地嘟囔着，然而直到她把胸前的扣子都扣严实，屋里也没有传来丈夫的回答声。

"你看到刚才那人是哪个快递公司的了吗？以后寄快递躲着点儿他们家……"

白鸽从玄关的拐角走出来，只见卢杉依旧守在大门口，屏气凝神地对着防盗门的猫眼往外看着。

"怎么了，那个人还没走吗？"白鸽提心吊胆地问道。

"走了，已经走了。"卢杉回过头来，扬起了一个笑容，"吃饭，赶紧上桌吃饭！"

卢杉飞快地把做好的饭菜摆上了桌子，周到地把白鸽的筷子和勺子摆在她的面前。

"咕咾肉趁热吃，凉了可就一点儿口感都没有了。"

"对了，你刚才说可就有一点什么？"白鸽抬起头来，终于把话题挪回到了正轨上。

"有一点什么？"

"咱儿子的名字！我说叫停泊的泊，你说不错，可就一点，就一点什么？"

"我这脑袋，刚刚短路了。"卢杉拍着自己的脑袋，"泊单看这个字挺好的，但问题也得考虑到跟姓的搭配，平配仄，仄配平，叫起来才上口。泊是二声，他的姓卢也是二声，两个二声配在一起，读起来就让人觉得很不舒服。"

本已经夹到嘴边的咕咾肉突然间悬在了空中，不久后又被放回了碗里，白鸽放下筷子，苦笑了起来。

"名字读起来的平仄，我当然想到了，我只是没想到……"白鸽终于抬起了她垂下的头，挤出了一个惨淡的微笑，"我以为，我们儿子的姓应该是李。"

卢杉放下了手中的筷子，静静地看着白鸽，那双眼睛中的热情迅速冷却了下来。

"我们的儿子，姓卢。"卢杉一字一句地说道。

白鸽没有多说什么，她明白，丈夫有意要用这种简短的字句来表明自己的态度。

坦荡的田野里，静静的小路蜿蜒西行，渐渐远离了人们回望的目光。

天色渐渐暗了下来，汽车也驶入了颠簸的山路中。卢杉紧握方向盘，尽管他已经一再小心驾驶，但白鸽还是感觉自己的胃开始有些不适。

"路还远，你先睡会儿吧。"卢杉说道。

白鸽点点头，漫长的路程早已让她感到困倦，于是她把头靠在一边，合上了双眼。

再次睁开眼的时候，白鸽发现自己身上多了一条毯子，可是一旁却没有了卢杉的身影。

汽车停靠在山路的一侧，发动机有节奏地振动着。白鸽走下汽车，很快顺着车灯照射的方向看到了丈夫的身影。他正一手插在裤兜里，一手捧着手机和听筒对面的人焦急地商议着什么。他临时离开上海，陪自己开车来度假，把事务所的工作全都暂时放下，此时打电话来的，想必一定是工作上的事情。

随着一阵晚风吹来，一股尿意顿时从白鸽的小腹传来。自从怀孕后，她小便的频率就越来越高。白鸽望向正在打电话的丈夫，不想为这点小事麻烦他。眼见四下无人，她便独自走进了一旁的树林。

就在她解决完问题即将站起来的时候，身后响起了一阵窸窸窣窣的声响。

"杉？"白鸽一边说着，一边赶紧提起裤子站起身来。

没有回应，那阵声响越来越近，令人感到不安。

"杉！"她提高了音量，希望他能第一时间听到自己的声音。

依然没有任何回应，密林中充满了令人窒息的沉闷，仿佛夜行动物正在屏息敛气地向猎物靠近。白鸽有些慌了，尽管她努力不去想，但脑海里还是忍不住浮现出那些令人不安的画面。

自从撞见那个患有白内障的快递员之后，白鸽便感觉他总是阴魂不散地出现在自己身旁，无论是回家的马路旁、小区的长椅上，还是楼层的楼梯间里……甚至有一次在阳台晾衣服时，她看到卢杉在楼下和那个男人争论着什么。卢杉一反常态地激动，似乎要将对方生吞活剥，最后却把口袋里所有的钞票掏出来丢给对方，然后狠狠地推开了他。

当白鸽鼓足勇气向丈夫问起时，卢杉却一脸惊愕地说根本没有发生过这样一回事，并安慰她说大概是因为那个人长得不善，再加上当时他做出了不礼貌的举动，所以在她心里留下了阴影。

后来的日子，白鸽努力想要装作一笑而过的样子，可心中却始终不停地翻滚着。卢杉自然察觉到了她情绪上的波动，于是走上前去轻轻地抚摸妻子的头说道："不如，我们出去散散心吧。"

此时，不远处一根枯枝被踩断的声音传来，白鸽终于忍不住拔腿向一旁跑去。

"卢杉！"

她一边奔跑着，一边用最大的声音呼喊着丈夫，然而树林中回荡着的却只有她自己的回声。当她即将耗光最后一丝力气时，一双手紧紧地抓住了她的胳膊。

"出什么事儿了？"卢杉攥着开启手电筒的手机，焦急地询问着，"你怎么从车里跑出来了？"

"我看到那个人了！"

"谁？你看到谁了？"

"那个快递员。"

"亲爱的，咱们在湖州。"

"我真的看到他了！"

"白鸽，没事儿了，有我在呢！"

卢杉用自己的臂膀紧紧地搂住了白鸽。

住在山脚下的那幢民宿里，时间似乎流逝得比外面要快得多，不知不觉三天的时间便已经过去了。天亮的时候他们被山里的鸡鸣叫醒，白天的时间被老板的小女儿领着去上山挖笋、钓虾、采树莓，晚上的时候两个人则在溪边升起一团篝火，看着头顶的星星发呆。

"我想再好好攒几年的钱。"

卢杉突然开了口，白鸽这才意识到他搂着自己的时候不只是在看天上的星星。

"到时候，我们两个离开上海吧，然后像现在一样，搬去另一个地方生活，没有人认识我们，一家人平平淡淡，守到天荒地老。"

白鸽望着卢杉，使劲地点了点头，她知道丈夫的话是认真的，她同样也是认真的。头顶深秋的夜空给人一种空旷辽远的感觉，篝火飞起的火星和溪流溅起的水沫落在他们的脚下。

可偏偏就在这个时候，手机不合时宜地响了起来。白鸽不耐烦地挂掉了电话，可是那个陌生的号码很快又打了过来。

"您好，您是 6 号楼一单元 1001 室的业主吗？"对面的声音很是焦急。

"对。"

"我是咱们小区物业，您现在不在家是吗？"

"有什么事吗？"

"您方便回来一下吗，有些事情要和您商量一下。"

"我现在在外地，有什么事儿你就直接说吧。"

"根据咱们单元邻居的反映，你们家可能被盗窃了。"

"……盗窃？"

白鸽望着身边的卢杉，她知道，这个美好的假期到此算是彻底灰飞烟灭了。

白鸽和卢杉赶回家里的时候，林海川和几位民警已经等候多时了，小区物业的人很负责地一直维护着现场。

昨天晚上，对门邻居黄婶正要把收拾好的垃圾堆放到门口，门还没开，就听到了楼道里的一阵叮叮咣咣的骚动声，便趴在门口的猫眼张望了起来。她看到白鸽家的防盗门大敞四开着，一个穿着帽衫的人快速地往电梯间跑去。那位黄婶平日里和卢杉还算是有些交道，眼前那个男人的身影显然比卢杉矮小了不少，当下便开门问了一声"谁啊"，没想到对方顿时慌了神，转头便钻进了一旁的消防通道。黄婶朝着敞开的大门往里看了两眼，只见屋里空无一人，意识到事情不对劲，便赶紧给物业打了电话。

小区正在轮班的保安们第一时间收到了通知，并且迅速行动起来四处寻找那个穿着帽衫的矮小男人。只可惜，一番围追堵截之后，他们最终还是让对方翻过了小区带着尖刺的铁围栏逃了出去。

"那个男人，是不是有一只眼睛是白色的？"白鸽迫不及待地问道。

"这我可不知道，那个人跑得可快了，我连他的脸都没看清楚。"邻居黄婶说道。

"白鸽，你别瞎想。"卢杉安慰着自己的妻子。

"肯定是他！"

"谁有一只眼睛是白色的？"林海川追问道。

"我老婆说的是一个快递员。"卢杉耐心地解释着，"有一次那个快递员走错了门，跑到了我们家，那家伙长得不太面善，而且说话挺冲的，把我老婆吓到了。"

"行了，先看看家里都丢什么东西了？"林海川一边说着一边查看着防盗门的门锁。

"东西嘛，好像倒是没少什么。"卢杉四下看了一眼回答道。

"你再好好看看。这门锁应该没有被撬过，你们仔细想想，最近一段时间有没有泄露过房门密码？"

"应该没有吧。"卢杉答道。

"你们两口子平时都不在家的时候多吗？"林海川追问着。

"我时不时地要出差。"

"你呢？"林海川把头转向白鸽。

"她有时候会出去帮我去超市采购……"卢杉说道。

"我问她呢！"林海川瞪了卢杉一眼。

"我……还好。"白鸽苦笑着，"我现在这样子，就算走也走不远。"

"你们俩这次去度假，还有谁知道啊？"

白鸽和丈夫对视片刻，最终都摇了摇头。

"临走之前，我给我妈发了个信息，除了她，其他人应该不会知道的。"白鸽说道。

林海川点了点头："这样，案情我已经记录下来，希望接下来你们保持手机二十四小时在线。"

卢杉一路把林海川送到了电梯口，亲手给他按了下楼的按钮。

电梯门开了，林海川前脚刚迈了进去，却突然停了下来。

"等会儿，昨天晚上，这个小区东面那条路是不是有起交通事故？"林海川把手按在了电梯门框上。

卢杉本来挥别的手停在了半空中。

"我记得听交警二大队的人说，昨晚十点左右的时候，前面那条路有个翻护栏的人让车给撞死了。"林海川回忆着。

"是有这事儿，我也听说了。"身旁同来的民警说道。

几个民警愣了一下，忽然明白了林海川的意思，昨晚十点左右，恰巧是邻居黄婶看到那个窃贼跑出来的时间。

"知道那人干吗的吗？"林海川追问着。

"我给你问问交警队的人。"

那位民警麻利地掏出手机拨给了交警的同事。几个人就这样站在电梯口，电梯门屡屡将要关闭却被站在中间的人挡住，一遍遍发出不耐烦的咣当声。

很快，电话中的交警同事接通了电话，透过耳机的听筒漏出的声音，依稀能听到对面的声音。

昨天晚上十点零二分，也就是白鸽和卢杉坐在篝火旁的时候，一个人在天鹅湖小区东面那条马路上翻越隔离带，被一辆黑色轿车撞上，那个人因为伤势过重，没有来得及被送到医院便已经咽了气。

听着手机里传来的对话，白鸽心中忽然有种说不出的胜利感，似乎那个害自己提心吊胆的男人终于遭受了惩罚。

"什么，是个孩子？"林海川听着电话皱了皱眉头，"有现场照片吗？"

很快，一张事发现场的照片被发到了那个民警的手机上，白鸽忍不住从几个人的缝隙中偷偷看了一眼，只见照片上那个死者相当惨，腿已经反方向地被折断。身上套着的那件黑色的帽衫因为与地面摩擦的缘故，已经被堆积到了胸前。

178

"你仔细看看，昨天晚上你在这儿看到的，是这个人吗？"林海川朝邻居黄婶问道。

"哎哟，这人都撞成这样了，太惨了……看着有点儿像，但好像又不是……"

电话中，那位交警告诉他们，两个小时前，孩子的妈妈刚刚来认人了。话到半截，交警慨叹了起来，说那个女人也是命苦，她的孩子去年曾经走失过，好不容易找回来了，却最终落得了如此结果。厄运总找苦命人，麻绳专挑细处断，可怜的母亲被命运的车轮从身上碾轧了两次。

白鸽忽然觉得一股寒意从脚底冒了出来，下意识地把目光投向了丈夫，显然他也意识到了什么。

很快，对面又发来了一张照片，不同的是这张照片上，露出了那个孩子的面孔。

照片上的男孩儿长着四方脸，颧骨上带着被地面擦破的伤痕，一双眼睛微微睁着，一副死不瞑目的样子。

白鸽记得，上一次自己看到那双眼睛，他就坐在家里的客厅里，直勾勾地看着书架上丈夫那块 18K 金的手表。

"你当时看到的那个人，是他吗？"林海川再一次询问邻居黄婶。

"我不知道，当时就那么一个照面儿，我哪儿记得清他长什么样？快别给我看这些东西了，晚上要做噩梦了！"

"你问问，还有什么其他信息吗？身份证什么的。"林海川向自己身旁的同事问道。

"别问了，这孩子我认识。"卢杉默默地说道。

林海川等人的目光全都落在了卢杉的身上。

"要不然……"卢杉笑了笑，"咱们还是到屋子里去说吧。"

卢杉很快烧好了水，给林海川等人用一次性的纸杯泡上了茶。完成那些客套的流程之后，他静静地坐在沙发上，沉默了许久。

"那个孩子是我一个委托人的儿子，她丈夫在工地受了伤，老板跑了，她带着儿子来上海讨债，结果钱没要到，儿子却走丢了。我看她可怜，托人帮她在火车站旁边的拉面馆找到了孩子，又帮他们娘儿俩打了官司。我出钱给那孩子买了个手机，希望他以后不会再找不到妈妈，可没想到……"

卢杉哽咽住了，卡在喉咙下面的话再也说不出来了。

"他怎么会知道你家的住址？"林海川问道。

"他妈妈带着他一起来过，当时我丈夫不在家，是我接待的他们。"白鸽说道，"那个孩子当时就坐在你坐的这个位置上。"

白鸽说着指了指林海川正坐着的位置。

"当时那个孩子，有没有什么可疑的举动？"林海川继续问道。

白鸽摇摇头："我就记得那个孩子好像不太爱说话，一个人从头到尾闷头坐在那里。"

"你们平常进家开防盗门，是用密码还是指纹，或者是电子钥匙？"林海川追问着。

出于职业习惯，一般来到抢盗案件的案发现场，林海川都会第一时间去观察住户防盗门的情况，白鸽家的防盗门没有遭受过暴力损坏的痕迹，入室者应该是用正常方式进入的。

"我一般都是用指纹，不过，我丈夫一般是用密码。"白鸽想了想回答道。

"对，因为平时做饭刷碗比较多，手指经常会起皮，用指纹锁的时候经常会有指纹识别错误的时候，到时候还是要输入密码，索性就直接用密码锁开门了。"卢杉说道。

"你家的门锁密码，和你手机的解锁密码是一个吗？"林海川盯着卢杉问道。

卢杉看着林海川愣了半晌，终于明白了林海川的意思。

"你是说，他之前看到我给手机解锁的时候，偷偷记下了那个密码，然后趁我们不在家的时候，偷偷拿这个密码来尝试……"

旁边的物业管理人员和邻居黄婶小声议论着，这大概是一个现实版的东郭先生与狼的故事，恩将仇报的狼最后没有落得好下场，不但没吃到人，还死在了猎人的手里。

"可他才十四岁。"卢杉长叹了一口气，"十四岁的孩子，法律都会宽恕他的……"

一时间，屋里所有的人都不再说话了，几乎冻结的空气中只能听到卢杉沉重的呼吸声。

十四岁的孩子，法律都会宽恕他，可是这个世界却不肯放过他。

白鸽望着卢杉，知道他咽下了那句他本想说出来的话。

"姐，你坐，别客气，就当咱们家里。"林海川迅速地跑回到浴室里，隔着门喊道。

林江雪真的没有客气，她之所以一直站在客厅里，是因为她实在找不到可以坐下的地方。

如果不是再三确认林海川给自己发来的宿舍门牌号，林江雪一定认为自己走错了房间。房间里没有开灯，四处凌乱地散落着喝光了的啤酒罐。

林江雪用大拇指和食指捻起沙发上一件汗渍的衬衫，丢在了一旁，终于让自己坐了下来。

浴室的水声停了下来，林海川用浴巾裹着自己走了出来。

"要来的话你也不提前说一声，我好歹也收拾一下。"林海川用毛巾擦着头发上的水，"姐，麻烦你把头扭过去。"

林海川一边说着，一边打开抽屉，从里面翻出内衣给自己套上。

"你还怕我看，小时候你让我看得还少吗？"林江雪不屑地说道。

"我好歹也是个单身男性，你至少得拿出点儿起码的尊重吧？"

"我能说服自己在你这里坐下来，已经是对你最大的尊重了。"

林江雪站起了身子，走到了一旁的墙边。墙上贴满了杂七杂八的字条和文件，却同样指向了中间白鸽的照片。

"你在调查白鸽？"林江雪问道。

"算不上调查，我只是有些事情弄不太明白。"林海川迅速地把一件卫衣套在了身上。

"比如？"

"前两天他们两口子出去游山玩水，结果家里遭了贼。"

"还有这样的事儿？"林江雪皱了皱眉头。

"偷东西的是个孩子，居然还和她老公有些渊源……不知怎么的，我有一种感觉，那个叫白鸽的女人，她身上一定在发生着什么不寻常的事情。"

"这个人是干什么的？"林江雪指着一张监控录像的截图问道。

"那天我出警到她家的时候，她反复跟我说，最近一段时间有个一只眼有白内障的快递员，似乎总是对他们家有企图，她丈夫跟我解释，说他爱人可能前些日子受了点儿惊吓，让我不要放在心上。我当时确实没有放在心上，因为那个偷东西的人很快就找到了，可是昨天我和同事们在检查他们单元楼监控录像的时候，我还真看到了白鸽说的人……"

"你对她，还挺上心的。"

"不知怎么的，我总觉得能从她的身上，看到当年咱妈的影子。虽然我跟她没有关系，但我不想看她走上妈当年的路。"林海川长叹了口气，抬头望着林江雪，"对了，你找我来，什么事？"

"我想求你帮个人。"

"谁？"

"徐远。"

18

登机口就在前面不到一百米的地方，经过那家奢侈品橱窗的时候，陆南希特地停留了一会儿。

那枚小巧的黑色斜挎皮包陆南希心仪许久了，上一次她还是在浩哥组的饭局上，看到一个扎着马尾辫的女孩儿背着它。吃饭的时候，她偷偷地瞟向那个女孩儿，两人目光无意碰触在一起的时候，陆南希明确了自己心中的猜测，那个女孩儿应该和自己是相同的职业。其实这也没什么好猜的，既然是被浩哥叫来的女孩儿，那大家大抵都有着相同的身份和经历。

经过一番挣扎，陆南希还是走进了店里。从店铺出来，陆南希拎着崭新的皮包，走路似乎能带起风来，那一刻她甚至觉得，三年以来这座城市从她身体上掠取的东西，在这一刻全都分毫不差地返还给了她。

那个皮包当然价格不菲，但是即便是买下它，银行卡里余下的数字也让她有足够的底气。那里面除了留给自己回老家开店的二十万，还有给弟弟结婚的十万、孝敬爹妈的十万，她相信自己这次回到家里，再不会被任何人瞧不起。

浩哥找到她的时候曾经千叮咛万嘱咐，拿钱办事，不该问的一句不问，不该做的一件不做，否则哪儿凉快去哪儿待着。

陆南希拍着自己的胸脯说，浩哥，我是什么样的人你还不清楚吗？

陆南希成功地完成了任务，甚至是全情投入地完成了任务，她拿到了自己该拿的酬劳，也用自己的行动告诉浩哥，当初他来找自己没有选错人。

在那之后不久，她接到了徐远打来的电话，不出意外，对方穷尽词汇一一问候了自己祖上几辈人。漫长的发泄之后，徐远终于回到了这通电话的主题上——这件事儿他认栽了，但为了及时止损，他想花钱私了。

浩哥早就叮嘱过她，那个男的不管说什么，你都要把话听完，但不管他拿出多高的价格，你都得回绝。于是电话里，陆南希提了一个打劫一般的价格。

可是令她万万没有想到的是，徐远竟然答应了。

三十万，三后面跟着五个零，那一刻，陆南希忽然犹豫了。要想挣到这三十万，自己要付出的是什么，她忽然觉得，比起那些来，还有什么是自己不能面对的呢？

她不但应下了那笔"赔偿金"，还额外问他多要了八万块钱的精神损失费。

三十八万，再加上之前浩哥支付给自己的十万块钱，陆南希觉得自己买到了世界上最幸运的一张彩票。当然，她知道自己从那一刻起便再也无法面对浩哥，因此提前爬上岸然后远走高飞。

广播已经开始播送了那趟航班开始检票的消息，正当她走向检票口的时候，身后一个男人站起了身，微笑着走了过来。

"美女，能跟你聊两句吗？"

"对不起，我赶飞机，下次吧。"陆南希冷冷地回绝道。

"还是现在聊聊吧，飞机你恐怕是赶不上了。"那个男人一边说着，一边掏出了自己的警官证，"我是黄浦公安分局豫园派出所的，我叫林海川。我听说前些日子你起诉了一起强奸案，我现在想找你了解点儿情况。"

"该说的我已经都说了，我没必要再跟你说些什么了。"陆南希意识到情况不妙，拼命地加快着自己的步伐。

"你的案子还没有宣判，这么早早地离开上海，是想躲谁吧？"林海川慢悠悠地问道。

"躲谁？你是不是有什么误会，我需要躲谁吗？"

陆南希攥紧了手中的皮包，试图绕过林海川朝登机口跑去，可是林海川只是轻轻挪动了半个身位，便再次挡住了她的路。

"你刚刚买的那个包很贵的吧？能这么痛快把几万块钱的包买下来，看来你最近入账不少。"

"我要赶飞机，没空跟你在这儿聊天！"

"最近的两笔收入，加起来应该有三十八万，是那个叫徐远的男人打给你的，对吧？"

此时此刻，陆南希不得不面对现实，眼前这个警察显然是有准备的，而且他今天压根儿没想让自己上飞机。

二十分钟后，陆南希已经坐在了林海川的警车里，那只锃亮的黑色小皮包躺在她的怀里，跟着她的身体一起微微颤抖着。

"他想找我私了，让我撤诉，有问题吗？"陆南希没少跟警察打交道，她知道，警察就算再有手段，有些事只要咬死不承认，谁也拿她没办法。

"当然有问题了，姑娘，如果不涉及钱，你告人家强奸这件事儿，这顶多算个诬告，你要是找个稍微懂行点儿的律师，八成可以给你改判错告，然后全身而退。可是你现在收了对方的钱，这就算涉嫌敲诈勒索了，而且三十八万，这算数额巨大了。"

陆南希忽然记起，浩哥当时特地交代过自己，不要和那个男人私下进行联络，如果他要求私了，不管他出什么样的价格，都要毫不犹豫地拒绝掉。当时自己也没多往心里去，而此刻才意识到那些话的意义。

"你别瞎往我头上扣帽子行吗？我被人强奸了，我是受害人，怎么成我敲诈勒索了？！"

"你说徐远是趁你喝醉、没有反抗能力的时候带你去了酒店，然后对你实施了强奸是吗？"

"是的，当时我根本没有反抗的力气。"

"你还记得你们怎么去的酒店吗？"

"我哪儿知道？离开酒吧之前，他就已经把我灌得不省人事了。"

"不省人事？那辆牌照沪 BL9806 的黑色帕萨特网约车，是你的账号叫的吧？"

"我不知道，当时我根本没有意识，大概是那个男的怕自己留下证据，用我的手机叫的车。"陆南希满不在乎地说道。

"你确认当时上车的时候根本没有意识吗？"林海川问道。

"当然。"

"可是我找到了那趟网约车上的监控视频，我觉得你清醒得很啊。"

陆南希只觉得自己心里咯噔一声。

林海川打开了自己手机中早已经准备好的视频，网约车驾驶座的后排，陆南希如同一条蛇一样缠在林海川的身子上，她一边搂着徐远的脖子疯狂地亲吻着，一边把一粒药片塞进了一瓶矿泉水中。

陆南希只觉得全身瘫软了下来，回想起自己在收到那笔钱时的兴奋，她这才明白，这世界上并没有什么免费的东西，你觉得它免费，只是因为你还没有看懂得到它的代价。

"对了，方便问一下，你是从事什么职业的？"

林海川两眼盯着面前的女人，那副表情似乎在说——别耍花招，我知道你是干什么的。

"我只想赚些钱，让我弟弟结婚，给我爸妈养老……"陆南希梨花带雨地哭了起来，"警察哥哥，我不懂事，我也是第一次，你放过我好吗？"

"行了，你就别跟我这儿装可怜了，你哪笔钱都不是从正道上来的。你数学好吗？自己算算身上的事儿够判多少年的？"

陆南希的梨花带雨，终于变成了倾盆大雨。

"求求你放过我吧，你就当我是个臭虫，把我弹走了还不行吗？"

"先告诉我，让你去陷害徐远的人是谁？"

"……我不知道他真名叫什么，我们都喊他浩哥。"

徐远从便利店出来，把一瓶冰镇的啤酒递给了坐在马路牙子上的林海川。

"信誓旦旦说要请我喝酒，就拿这个打发我？"林海川鄙夷地瞥了一眼徐远。

"那女的把我家底儿都掏空了，我现在又是个无业游民，我想请你喝茅台，我也得请得起啊？"徐远说着把手中冰凉的啤酒灌进了喉咙里。

"要不是冲着我姐，这事儿我压根儿不该帮你的。"

"咱们算相互帮助吧，要没有我下血本钓她，你以为真能拿空手套白狼呢？"

"话说清楚啊，主意是你自己出的，跟我没有半点儿关系。"

"我那还不是在你的诱导下……"

"我哪句话诱导你了？"

"行，行，行！你怎么说怎么算！反正这事儿成了是你的，不成是我的。"

"你那些钱……"林海川也打开酒瓶喝了起来，"还得再等等，至少得把案子先结了，要是缺钱花，我可以先借你点儿。"

"你知道吗？其实你跟你姐挺像的。"徐远眯着眼看着身旁的林海川。

"我俩哪儿像了？"

"嘴比谁都硬，其实心比谁都软。"

"我姐比我大三岁，实际上，从我十二岁那年起，我姐就从我身边离开了。"林海川低头说道，"她去投奔我们的二姨，去读了省城的中学……大概我们俩，都是迫不及待地想要从那个家里逃出来吧。"

"逃出来，为什么？"徐远问道。

"我还以为她跟你说过。原来真的对在意的人，才会有所隐瞒。"

徐远苦笑着，却被林海川一把抓住了衣领。

"所以你要是敢欺负她，我不会让你好过的。"

林海川的手机传来信息提示音，这才撒开了徐远的衣领，低头看着手机。

"怎么样，查到了吗？"徐远着急地问着。

"陆南希说的那个浩哥，叫赵子浩，但他不过也就是个中间商，在他前面还有三个人。要不是转了这么多人，价格被一层层压低，也许那个女人最后也不会被你手里那仨瓜俩枣打动。我的同事们查了那些人的信息，可惜都不是卢杉。"

"你说的那些人，都叫什么名字？"

"找到赵子浩的人姓崔，给了赵子浩四十万。在他前面，还有个叫杨某丽的，女的，她给到那个姓崔的六十万，再往前，现在找到的时间最靠前的一个交易打款人，使用支付宝进行交易的，交易信息上的名字叫李某生……看来找错了。"

林海川沮丧地垂着头，可当他再把头抬起来的时候，只见徐远的两只眼睛却如同放出光来一样。

"没找错，你找到的，太他妈对了！"

"怎么就对了？"

"想听个故事吗？"

"你又想干什么？"

"我就是想让你去里面再买两瓶啤酒！我这儿有个很有意思的故事，你应该会挺感兴趣的。"

林海川从便利店里拎出了满满一打的啤酒，徐远也没有浪费那些啤酒，就着它们把关于李海生的故事从头到尾地讲给了林海川。

等到林海川把那个故事前前后后听明白的时候，那一打啤酒早已经成了脚底下歪七扭八的空瓶子，一阵风吹过，林海川忍不住打了个寒战。

"等等，如果照你说的，他是李海生，那卢杉是谁？"林海川问道。

"根本没有这个人，那只不过是一个被编造出来的人。"

"合着那天我拘留了一个根本不存在的人？"

"可以那么理解。"

"不可能！"林海川摇了摇头，"我们当时查过他的身份证呢！"

"人都可能是假的，何况一张身份证？"徐远一脸不屑。

林海川本想骂他一顿，当着一个警察说这样的话，他还真不知道自己姓什么了，可话到嘴边还是咽下去了。

林海川知道，对于公安机关来说，冒用身份证的事情已经是屡见不鲜了，光这一年的上半年，上海市公安部门受理了十多万张的身份证申报挂失，被人捡起并送交公安机关的不到五百张，也就是说剩余的 99.5% 以上的身份证在遗失后可能流入了不法交易市场，而这个比例，在外地很可能要更高。

那些身份证大概会被以几百元的价格卖给买主，如果配合手机号、银行卡和 U 盾组成套装，价格很有可能被翻升到几千元甚至上万。之所以有这样的买卖市场存在，归根结底是身份证管理体系还存在漏洞。最简单的一个例子，个人身份证遗失后，一般失主会进行挂失，以此来第一时间防止身份证被违规使用，但大多数人并不知道，事实是在公安系统里"挂失"或"注销"的身份证仍可使用，因为二代身份证的智能芯片是被动的近距离感应，无法通过远距离改写使其失效。

只要身份证的磁性还在，所有读取身份证的设备仍能读取身份证信息，持有身份证的人也仍旧能用其购买火车票、在银行开户、注册公司等，而他们唯一能够依靠的，便是通过公安系统鉴别身份证和使用人是否一致。

扪心自问，公安系统在那些冒用身份证的人面前真的能做到万无一失吗？林海川心中一直是打一个问号的。虽然从来没有"老虎身上拔毛"的案例，但他知道，犯罪分子的手段越来越高明，有些事情看不到，但并不意味着不存在，全国每天数不清的调查未结的案件、追逃未果的犯人，其中又隐藏着多少秘密，恐怕谁也说不清。

"你刚刚说的那些，有证据吗？"林海川问道。

"证据？没有。"

"没证据，你胡说八道呢？"

"是啊，我喝多了，胡说八道呢，你就当听一乐儿，行吧？"

徐远说着挑衅地看着林海川，林海川当然知道他在激将，如果那些故事是真的，不但是他职业生涯最荒诞的一笔，而且他是在以身试法挑战整个公安身份认证系统。

结束了一整晚的忙碌，卢杉回到家的时候已经是晚上十一点半，客厅的灯依然亮着。白鸽坐在沙发上看着电视，桌上摆放着几样他爱吃的小菜。

"这么晚了，你怎么还没睡？"卢杉问道。

"我下午睡了一觉。"白鸽说着按下了遥控器的暂停键，站起身往厨房走去，"饿了吧？我给你做了黄鱼面，这会儿应该还热着呢。"

"你坐着吧，我自己盛！"卢杉赶紧拦住了妻子，自己动起了手来。

卢杉把面条吃得吸溜溜作响，以示对妻子的赞扬。

"杉，其实有件事我一直心里有些过意不去。"

"怎么了？"卢杉不解地望着自己的妻子。

"从前对我来说，结婚就是咱们俩的事情，可后来我慢慢明白了，那是两个家庭的事情。我爸的事情，你从前忙到后，没少操心，也没少遭人口舌。海南的房子，你不说我心里也明白，说白了就是给我妈买来养老的。可对我而言，你的家庭是空缺的，我也一直把它当作了理所当然，可是这个世界上，根本没有什么理所当然……"

"老婆，你到底想说什么啊？"

"今天，派出所的林警官找到了我，告诉了我一件事情……"

"什么事情？"

卢杉放下了手中的筷子，碗中的汤面还在两人视线中升腾起阵阵热气。

"那个快递员……对不起，我没有猜到他是谁。我理解你的想法，可其实你没必要瞒着我的。"

"白鸽，你累了，赶紧躺到床上休息去吧。"卢杉显然已经不想继续这个话题。

"派出所的林警官从咱们单元楼的摄像头上找到了他，那些不是我的幻觉……就算他曾经做过违法的事情，就算他蹲过监狱，他也是你爸啊！"

卢杉低垂着头，那碗黄鱼面，今天他再吃不下一口了。

"卢杉，我们说好的，不管发生什么事情，你不会再对我有隐瞒，这是我们还能做夫妻最起码的条件。"白鸽一字一句地说道。

"那个男的，叫李正海，一个月前刚刚从监狱服完刑出来，从血缘上来说，他是我爸。"卢杉不停地深呼吸着，"他到这里，是冲我来的。他从监狱里出来，找不到生计，想找我讨些钱花。该说的我都说了，这个话题，到此为止吧。"

卢杉说着端起了桌上没吃完的碗盘。

"我听说过他以前的事情，也知道你对他没有什么感情。可那个男人之前再有天大的罪过，他已然接受了法律的惩罚。说一千道一万他也是你的父亲、我的公公，现在他生活有困难，我们做儿女的还是应该帮一把……"

"你说够了吗？"卢杉突然把手中的碗摔在了桌子上，两只眼睛狠狠地瞪着白鸽，碗里剩余的汤汁洒满了桌子。

"我只是想，我们都是为人子女的，你对我父母的事情那么上心，我怎么能对他不管……"

"我要你管他了吗？他跟你有什么关系？管好你自己不行吗?！"卢杉在吼出最后一个字的同时，一只拳头重重地落在了桌面上。

白鸽攒着一肚子的话，此时戛然而止。

"白鸽，你脑子有问题吗？你的公公？你了解他吗？你知道他当初是怎么对我的吗？我再说一遍，不要再提那个人了！"

"可是对我来说，事情既然发生了，就不能装作不知道。"

"你知道个屁！你知道我为什么非要在户口本上改个名字吗？你知道为什么那么多行当我不去做，偏偏要当一个律师吗？"

白鸽呆呆地看着卢杉。

"我这一辈子都在想法摆脱掉他，我之所以改名换姓去做律师，为的就是跟他永远地划清界限！你听明白了没有？"

白鸽没有再多说一句话，卢杉长叹了一口气，收拾了一下自己已经有些失控的情绪，走上前去抱住了妻子。

"我声音有点儿大……我只是不想让他打扰你。"卢杉恢复了慢条斯理的语气，"那是个杀人犯，直到现在我还会梦到他用指头粗的电线抽打我的模样，鬼知道这二十年过去了，他到底是被改造好了，还是被改造得更坏了！"

第二天，卢杉没有去上班，他跑到电子商城买回来一个监控摄像头，摄像头是最新的款式，一旦有风吹草动他手机上的软件会立刻收到警报。尽管白鸽一再投来不满的目光，可卢杉还是坚持把它装在了家门口。

徐远终于等到了林海川的电话，这一等差不多用了一周的时间。林海川让他还去那个便利店门口等自己，而调查的结果要等到见面才能详细告诉他。放下电话后，徐远紧握拳头，他知道没法在电话里讲清楚的，才需要见面去说，这回八成是有戏了。

夜晚的便利店门口，林海川比徐远预计的要早到了十几分钟。几句可有可无的寒暄过后，林海川从包里掏出了个小本子，对着上面密密麻麻的文字念了起来。林海川尽自己所能找到了李海生这些年留下的痕迹——包括一些使用银行卡的消费记录、火车票的订票信息以及旅馆的登记记录。徐远努力不去打断他，但当他听到李海生购买过一张从上海到北京西站的车票时，还是忍不住兴奋地喊了出来。

"2018 年 7 月 16 日，Z117，没错，就是那趟火车！那个文档里有那天的记录！没猜错的话，他应该是身上的钱不够了，为了在周一上班之前赶回北京的律师事务所，这才不得已动用了李海生的银行卡。"

"你确定是同一天、同一趟火车？"林海川抬眼望着他。

"确定，当然确定！"徐远喊了出来。

徐远觉得自己这次真的赌赢了，眼前不只是那趟列车，李海生留下的痕迹，就像是影子一样贴在卢杉的生活轨迹上。

"是不是可以逮捕了？"徐远问道。

林海川垂着头，似乎在犹豫着。

"立案总够了吧？"徐远不甘心地追问着，可林海川还是摇了摇头。

"你不是要证据吗？难道这些事实不是证据吗？"徐远一把拽住了林海川的胳膊。

"这些确实都是事实，可不是证据，卢杉那天晚上可能坐了 Z117 次的列车，李海生那天晚上可能也坐了 Z117 次的列车，可是现在我们没有办法证实，卢杉就是李海生。"

"为什么没办法证实？两个人在同一时间的同一辆列车上，这难道只是巧合吗？"

"从目前的公安认证系统来看，李海生和卢杉是两个具有各自行为能力的人，即便那个人和卢杉上百次地凑巧坐一辆火车，你也没法证明他们就是一个人。"林海川认真地说道，"我知道你的心情，可我得依法办事儿，这就是法。"

"这个法，到底是给想要遵守它的人准备的，还是给想要违反它的人准备的？"

"法律是给所有人准备的。"林海川顿了顿说道,"只是有些人选择了遵守它,而有些人选择了违反它。"

中秋的月亮果然格外圆。

白鸽的步伐越发匆匆,她尽量将目光投注在前方的道路上,避免接触到那些男人凶狠的目光。路旁,外卖员们愤怒地挥舞着拳头,向那个偷窃他们保温箱里外卖的老人砸去。日复一日,他们忍受了太多——平台的压迫、饭店的苛责、客人的无理取闹。现在,他们似乎终于找到了一个发泄的出口。

那个老人倒在了路边,双手紧紧地抱着旁边的一棵树,仿佛要将自己的生命与之相连。尽管白鸽告诫自己不要多管闲事,但当那双泛白的眼睛望向她的时候,她还是心软了。她跑到路口叫来了协警,和他们一起驱散了那些外卖员,围观的人群也随之散去。

那个老人,正是李正海。此刻的他满脸鲜血,却依旧死死抱着身旁的那棵树不肯撒手。

"需要我帮你叫救护车吗?"白鸽问道。

李正海没有回答,只是用冰冷的目光看着她。

"放心,费用我可以帮你出。"白鸽说道,"我没别的意思,只是希望能够尽到做儿女的义务。"

"儿女?什么儿女?"李正海用沙哑的声音问道。

"我知道你是谁,你叫李正海,是我丈夫的父亲,我的公公。"

"你胡说什么,谁是你公公?我儿子早死了!"李正海用那只浑浊的眼睛瞪着白鸽,"就是让你丈夫给弄死的!"

天空越发地暗了下来,如同深邃的丝绒,将整个城市笼罩在一片静谧之中。两旁的路灯齐刷刷地亮了起来,照亮了前方的道路。一辆货车从旁边经过,发出了巨大的鸣笛声。这声音在白鸽听来,如同一个警钟,使她的心脏骤然紧缩,几乎停止了跳动。

卢杉已经准备好中秋节的晚饭，可白鸽还没有从浴室出来。他闲来无事，便将一枚红心火龙果切成了一盘两厘米见方的小块，又细心地将几枚牙签插在了上面。

做完那一切之后，他抬头看了一眼墙上的挂钟，心中忽然有些不安，妻子已经在浴室里将近一个小时了。

"你还在洗吗？需要我帮忙吗？"卢杉焦虑地敲了敲浴室的门，然而里面除了哗哗的水声，没有半点回应。

"白鸽，你没事吧？"卢杉的声音透露出一丝忧虑。

"我没事……"里面传来白鸽颤抖的声音。

"到底怎么了？白鸽，你开门！"

"真的没事儿，我一会儿就好了……"

还没等白鸽把话说完，卢杉已经用肩膀撞开了玻璃门，玻璃碎片随着清脆的声响散落满地。

花洒热气腾腾地喷洒着，白鸽却蜷缩在角落里，身上的衣服还完好地穿在身上，脸上的泪痕清晰可见。

"白鸽，你告诉我，到底发生了什么事？"卢杉走向自己的妻子，轻轻地抚摸她的肩膀，可是白鸽像一只惊恐的小鹿一样躲避开来。

"你……你到底是谁？"白鸽的声音颤抖而微弱。

卢杉看着眼前的妻子，他已经猜到发生了什么事情。

"你见到他了？"卢杉冷冷地问道。

白鸽没有回答，只是把头埋得更深。

"白鸽，你要相信我，不管他对你说了什么，那都是骗你的！"卢杉的语气带着坚决，"那个人我太了解了，他只是想要破坏我们的生活！"

"他说你不是他的儿子，他说他的儿子是被你害死的……你到底还有什么事情瞒着我……你到底是谁？我跟你结婚这么久了，我现在都不知道你叫什么名字……"白鸽的声音充满了痛苦和疑惑。

"我们说好的，过去的事情都让它过去了，你真的想没完没了吗？"卢杉终于按捺不住自己的怒火，疯狂地咆哮了起来。

"可你说的那些，不是实话……"

"我说的哪句不是实话？你为什么总是揪着过去的事情不放？那些重要吗？不管从前的我是谁，你只要知道现在的我是你的丈夫，是这个世界最爱你、可以为你付出一切的人，这难道还不够吗？"卢杉大喊着。

白鸽不再说话，只是嘤嘤地哭泣着。这哭泣声如同锋利的剑刃在卢杉的心上割划着，让他感到心痛欲裂。他攥着白鸽的手腕，一把狠狠地将她拎了起来。

"你要真的不知道我是谁，我就给你找个安静的地方好好想想！"

卢杉拽着白鸽的胳膊将她从浴室里拖了出来。

"放开我！"

白鸽在路过客厅时，脚踹在茶几上，那盘火龙果摇摇晃晃地摔在地板上，化作一摊暗红色的汁水，一切似乎都在挑动着卢杉的神经。

他狠狠地将白鸽丢进储藏间，锁上了门。储藏间的空间并不宽敞，以前白鸽为了给孩子腾出专门的房间，将许多短时间内用不到的东西堆放在这里，现在这里已经拥挤无比。

黑暗狭小的空间让白鸽感到巨大的不安，她觉得自己仿佛回到了十四年前，被人套上塑胶袋，几乎窒息。在挣扎中，她的脚腕被落下的行李箱砸中，一声清脆的声响后，剧烈的疼痛汹涌而至。

"求你了，开门！我的腿断了！"

"别想骗我！我知道你要干什么。今天你哪儿也别想去，就在这里给我好好想想，把你不明白的问题都想清楚！"卢杉冷冷地说道。

"我不骗你，我的腿被砸到了，我好疼，求你了，卢杉，把门打开吧！你想要什么，我都答应你！"白鸽的呼喊声撕心裂肺。

卢杉终于打开了储藏室的门。白鸽被埋在一堆杂物中，像是个溺水的人一样挣扎着努力想要浮出水面。卢杉伸出手，抓住她的胳膊试图把她拉起来，然而身下传来一阵声嘶力竭的哀号声。

左腿传来钻心的疼痛，白鸽几乎难以说出完整的句子。

"我，去医院，送我去医院好吗？"

"你去医院干什么？"

"我的脚腕很疼，好像是断了，我没法走路了！"

"你怎么这么不小心呢？"

"卢杉，带我去医院好吗？或者你把我的手机给我，让我打120，求你了！"

"医院？干吗去医院？外面那些人都一个样，一个个居心叵测，都是想害你的，我们哪儿也不去！"

"可是我的脚断了，我要看医生！"白鸽绝望地呼喊着。

"那些医生都是骗你的，这个世界上，只有我一个人是真心对你的。"

"求你了，我要看医生！"白鸽的声音已经绝望。

"我就是你的医生！"

不久之后，卢杉找来纱布和木条，亲自动手给白鸽固定骨折的脚踝，彻骨的疼痛让白鸽发出一阵阵哀号。卢杉的每一次动作，都让她感觉自己的身体被肢解了一点。

当妻子的身下漫延出一道鲜血的时候，卢杉终于停了下来，他意识到，事情早已经不在自己的控制之中了。

白鸽最终被丈夫送到了医院，不过不是骨科，而是妇产科。护士们把她推进手术室的时候，她早已不省人事，整个下半身都被血浸透了。

19

脸上的氧气罩传来呲呲呲呲的声音，嘴里有一股腥乎乎的味道，盖在被子下面的肚子像是一个漏了气的轮胎，软绵绵的。

半个小时前，白鸽就已经醒了，可她没有睁开眼睛，她觉得也许自己不睁开眼睛，那些东西就不过是一场梦。

"我想接她回家。"不远处传来卢杉的声音，他的嗓子有些沙哑。

"正常情况下，手术后一天左右就可以回家了，但是你爱人这个情况比较特殊，得先等她醒过来。我们的建议是住院观察三天左右的时间，然后再去骨科进行复查。"一旁的医生说道。

"到底是怎么回事？前几天打电话的时候不是还好好的吗？"那是母亲的声音，看来她也为此特地赶了过来。

"是我太不小心了，没有看好她，她自己拿东西，结果脚下没踩稳就摔倒了。"卢杉自责地说着。

"已经二十二周了，确实比较可惜。你也别太伤心了，还好大人没事，你们还都年轻，还有的是机会。"医生不住地安慰着。

"妈，是我的错，她去储藏室的时候，我应该跟着她才对。"

"你有什么错，又不是两三岁，走路还要人跟着吗？这孩子，班不用她上，家务不用她做，什么事情都不用管，怎么连生个孩子都生不好呢！"白鸽母亲自言自语着。

"妈，出了事情，最伤心的肯定是她。时候不早了，病房晚上只能留一个陪床的，您先回去休息吧，我在这儿守着。"

丈夫和母亲的脚步声在走廊中渐渐远去，不久后，一名保洁阿姨走进病房里进行清洁工作，就在她准备离开的时候，白鸽一把抓住了她的胳膊。

保洁阿姨吓得差点儿一屁股坐在地上，白鸽把食指放在嘴唇前，请求她不要出声。

"姐，别出声，求求你，帮帮我。"白鸽压低了自己的声音。

"你想干什么？"保洁阿姨一个劲儿往后退着。

"帮我离开这儿。"

"离开？你要去哪儿啊？姑娘，你家属呢？我让护士帮忙叫他们不好吗？"

"我流产了，是被我丈夫打的。他马上会回来，求你帮我，我必须离开这儿。"

保洁阿姨张大了嘴巴，下意识地后退了几步。

"这种事儿你找警察啊，你找我，我能做什么啊？"

"我找过，没有用。"白鸽声音颤抖着，"你有车吗？"

"我哪儿有什么车，我一个干保洁的，就有一电动车。"

"你的电动车有后座吗？"白鸽追问着。

"有啊。"

"你能不能带我离开病房，然后用你的电动车，驮我去找一个人……姐，求求你了，我真的没别的路可走了。"

"姑娘，我不是不帮你，可我的电动车好像没电了……真的，要不你再找找别人？"

白鸽垂下了头，糟糕透顶的理由，她甚至不知道自己是该笑还是哭。

"病房我打扫好了，我能走了吗？"保洁阿姨小心地问道。

"楼道里有免费的轮椅，你帮我推一辆过来，行吗？"白鸽的声音已经有些哽咽了。

"我行……你行吗？"

"帮我推来就好，谢谢你了。"

"行，我去，我这就去。"保洁阿姨使劲点着头，拎着拖把和水桶走出了病房，临走的时候，还不忘轻轻把房门关上。

来不及长吁短叹，每一分每一秒对她来说都弥足珍贵，白鸽迅速行动了起来。她将病床上半截抬升起来，一遍一遍揉搓着自己的大腿。手术麻醉的作用还没有完全散去，下半身几乎没有知觉，但不久后当一辆轮椅被推到自己面前的时候，她必须得想办法上去。

卢杉送走自己母亲后，应该会从靠近病房大楼门口的升降梯上来，所以她要摇着轮椅绕到楼层把角处的货梯，然后直接下到地下停车场，再从地库车场的进出口离开……总之，只要她能及时离开医院，就能为自己争取尽可能多的时间，足够她问路人借到手机打给徐远，然后等他来接自己。

那个曾经被她骂得体无完肤的男人，如今她唯一能够依靠的，只有他。

送走了丈母娘之后，卢杉一个人站在住院部走廊尽头，窗外的风已经透出了初冬的寒意。他掏出一支烟含在嘴里，可最终还是把它放下了。他知道那点儿尼古丁，根本缓解不了他身体里的痛。

那个保洁员从他身边走过的时候，卢杉忽然觉得她的目光有些不对劲。

"喂。"卢杉从背后喊住了她。

保洁阿姨站住了脚步。

"能帮我打扫一下 28 号病房吗？"

"已经打扫过了。"

"哦，那谢谢了。那屋的病人，看起来怎么样？"卢杉追问着。

"我不知道，应该挺好的吧。"保洁阿姨慌乱地敷衍着，她只想赶紧离开这里。

"大姐，您有孩子吗？"卢杉再次从背后叫住了她。

"我……有。"

"男孩儿还是女孩儿？"

"儿子。"

"儿子好啊，今年多大了？"

"今年研究生刚毕业。"

"有出息。"卢杉低着头笑了起来，笑着笑着，眼泪便落了下来，"大姐，您能告诉我，有个孩子是种什么样的感觉吗？"

"感觉……怎么说呢，待在一起也吵，可是他走了又想。"

"我也曾经有过一个孩子……我觉得人有了孩子啊，就在这个世界上扎下了根。科学家们说，这个世界只有认可一样生物，才会让它有继续繁衍下去的权利。人也是一样，不管你曾经做过什么，情愿的还是不甘的，得意的还是后悔的，只要你有了孩子，说明这个世界承认了你，让你扎下了根。"

卢杉站在窗前，他的身影似乎要被融化在窗外漆黑的夜色中。

"可我的根啊，被拔掉了。"

距离那位保洁阿姨离开已经过了五分钟，白鸽意识到已经等不到那辆轮椅了。

她用双手撑着自己的身体，努力把那只打了石膏的脚抬起来，用一种极为怪异的姿势向前挪动着，可那只脚如同喝了两斤白酒一样绵软无力。倔强地摇晃了几下之后，白鸽最终摔倒在了地上。

病房的门开了，只是走进来的人不是那个保洁阿姨，而是她的丈夫卢杉。四目相对，病房里死一般地沉寂。

白鸽打了一个寒战，知道自己再也逃不掉了，她曾经受到多少保护，此刻便要受到多少限制，那个能够帮她遮风挡雨的身躯，同样能让她暗无天日。

徐远再次见到白鸽是在一个多月之后，她披散着头发，穿着不合季节的衣服，脚上甚至穿着两只不一样的拖鞋。风卷起路边散落的悬铃木叶，从她赤裸的脚踝旁滚过，她一个人坐在路边，两只眼睛痴痴地望着前方，似乎在看着什么，又似乎什么都没有看。

"白鸽？"徐远走过去，轻轻喊了她一声。

徐远确定自己的声音足够传达到白鸽的耳朵里，可是她却没有丝毫的反应，他脱下自己的外套，试图把它披在白鸽的身上，可那件外套却悬在半空中停住了。

透过凌乱的衬衣，徐远隐约可以看到白鸽身体上的瘀青，他的目光最终落在了她的肚子上。

"白鸽，出什么事了？"徐远小心地问着，"孩子呢？"

白鸽抬起头来看了他一眼，如同看着一个陌生人一样，她站起身来，摇摇晃晃地朝一旁走去，徐远伸手一把抓住了她的胳膊。

"喂，我是徐远！"

白鸽触电一般地缩回了自己的胳膊，

"我不认识你，你离我远点儿！"

"白鸽，是我，徐远！"徐远大声冲她喊道。

"徐远……"白鸽的双眼中满是茫然。

"告诉我，出什么事了？需要我帮你报警吗？"

"我没事儿，挺好的，家里有点儿闷热，我出来透透风。"白鸽的神情似乎突然间又回复到了正常的模样，"怎么，你也出来溜达？"

"哦，我刚巧从这路过。你……真的没事儿？"徐远望着白鸽，自己也有些迷糊了，刚刚的她还如同寒风中摇曳的枯草，此时却似乎和一个常人并无两样。

只是那些伤痕依然清晰在目。

"你最近到底在忙什么啊？这么久了，连个电话都不给我打？你是不是把我给忘了啊？"白鸽笑呵呵地问道。

"哪能啊？我倒是想把你给忘了，问题是大脑不允许啊。"

徐远抬起头来细心观察着面前的白鸽，她笑语盈盈，双手背在身后，眼中泛着光芒，若不是认识，徐远甚至要把她错当成一个还没毕业的女学生。

"你这是，回家吗？"白鸽问道。

"哦，是啊，正要回家。"徐远答道。

"你着急回去吗？"

"倒不是特别着急……怎么了？"

"好不容易遇见了，真的就这么走掉吗？你难道不请我喝一杯吗？"

"喝一杯？"徐远愣了半晌，"当然可以，你想喝什么啊？"

"喝什么？你逗我呢吧徐远？你说喝什么，难道我要你请我喝奶茶啊？"白鸽一边说着，一边乐不可支着。

"我都行……听你的！"

"喂，为什么说话总是吞吞吐吐的？"白鸽忽然凑近了徐远，用手指轻轻地捏着他衬衫的衣领，然后把嘴唇贴在了他的耳朵旁边，"你是不是还在喜欢着我啊？"

徐远吓了一跳，眼前的白鸽似乎成了记忆之外的另一个人。

"白鸽，你没事儿吧？"

"你回答我啊，你是不是还在喜欢着我啊？"白鸽追问着。

"你是不是哪儿不舒服？我现在送你回家好吗？"

"我问你是不是喜欢我！"

白鸽的两手死死地抓着徐远的胳膊，她是如此急切地想要得到答案。

徐远狼狈地招架着，他奋力地想要把白鸽推开，可是她却毫不气馁，膏药一样粘在徐远的身上。

终于在一番挣扎之后，徐远用一只手扯住了白鸽的头发，并借机把另一只手插在了两个人之间狭小的缝隙间。虽然知道自己的手放的不是地方，但短兵相接已经顾不得那么多礼数，他使足力气，硬生生地一把将白鸽推开了。

白鸽重重地摔在了旁边的花坛上，她没有站起来，而是呆呆地坐在那里，忽然开始哭了起来。

"白鸽……你到底是怎么了？"徐远有些自责地走上前去，白鸽却一个激灵跳了起来，远远地躲开了他。

"你离我远点儿！我是个有夫之妇！"白鸽两眼瞪着徐远，大声喊了一句，然后瘸着一条腿，快步向一旁走去。

她一边走着，嘴里一边魔怔一般地自言自语着："白鸽今天是个好女人，好妻子，将来还会是个好妈妈！一定的，因为白鸽有这个世界上最好的老公，她老公给的，都是最好的！"

"喂，你在说什么啊？是他逼你这么说的吗？"徐远想要拦住她的去路，却被她一再绕开。

"不要理会他们，他们都是垃圾，除了卢杉，这个世界上所有的人都是垃圾……"

"白鸽，你现在哪儿也不要去，我帮你叫警察来！"

徐远说着一把攥住了白鸽的手腕，另一只手掏出了手机拨出了电话。白鸽奋力地挣扎着，甚至用自己的牙齿去撕咬他的胳膊，可所有的努力最终全都无济于事。

"求你了，别报警，千万别报警！"

徐远根本没有理会她，只当她依旧在说着胡话。

"求你了，别报警……"白鸽一次次绝望地喊着，可那声音随着她仅存的体力一起慢慢地衰退下去，最终消失无踪。

林海川很快开车赶过来了，不久后卢杉也出现了，他穿着宽松的居家服，说自己刚刚在书房忙着写一份稿件，完全没有注意到妻子离开了家，直到回到卧室准备睡觉，才发现妻子根本不在家中。

"白鸽，你丈夫又打你了吗？"林海川看着白鸽，认真地问道。

"民警同志问你呢，回答啊。"卢杉十指相扣地攥住了白鸽的手。

"没有，真的没有！"白鸽使劲摇着头，"是我的错，我没有跟我老公打招呼，自己乱跑出来，害我老公替我担心了！"

"天这么冷，你跑出来是想干什么啊？是想躲什么吗？"林海川追问着，"你放心，有什么事儿，大胆地说出来，再难的事儿，我们帮你撑着。"

"没有，真的没有！"白鸽把头摆得跟拨浪鼓似的，"我老公是这个世界上最好的老公！我也要改掉自己身上的毛病，当一个好女人，好妻子，将来还要当一个好妈妈！"

"可以了吗？你要是问完了，我们要回家了。"一旁的卢杉笑着说道。

"喂，卢杉。"林海川冷冷地走到卢杉面前。

"怎么了？"

"身份证带着呢吧？拿来看一下。"林海川搬出了属于自己职业的那份冰冷，似乎两个人之前从未有过任何的交集。

"看我的身份证？需要吗？"

"叫你拿身份证呢，哪儿那么多废话？"林海川催促道，他之所以如此强硬，并不只是为了示威，他真的想好好看一看那张让他"打眼"的身份证。

"不巧，我没带着啊。"

"我跟你一起去你家里拿！"

卢杉脸上的笑容突然收了起来，他掏出口袋里的手机，把摄像头对准了林海川。

"原来是公事公办，好吧，既然这样，麻烦先把警官证拿出来给我看一眼。"

林海川愣了一下，这才意识到刚刚自己并没有按照流程出示证件。

"没问题，我给你看。"林海川说着伸手掏出了警官证。

"另外你还要出示履行职务的法律依据。"卢杉继续说道。

"警察看你身份证，要什么法律依据？"一旁的徐远看不下去了，直接对着卢杉喊了过去。

"随便查一个合法公民的身份证，哪条法律条文给你的权力啊？"手机摄像头咄咄逼人，如同攥着他的主人一样。

"《居民身份证法》第十五条，怎么了？"

"哦，十五条啊，十五条是什么来着，能给我背一下吗？"

"我没这个义务。"

"那好，我来背给你听——"卢杉慢条斯理地说道，"人民警察依法执行职务，遇有下列情形之一的，经出示执法证件，可以查验居民身份证：一、对有违法犯罪嫌疑的人员，需要查明身份的；二、依法实施现场管制时，需要查明有关人员身份的；三、发生严重危害社会治安突发事件时，需要查明现场有关人员身份的；四、在火车站、长途汽车站、港口、码头、机场或者在重大活动期间设区的市级人民规定的场所，需要查明有关人员身份的。我背的没错吧？"

"你哪儿那么多废话啊？你身份证有什么见不得人的东西吗？"

"你是装糊涂啊，还是真糊涂啊？"卢杉笑了起来，"警察不能在任意地方查一个没有犯罪嫌疑的公民的身份证。现在你要查我，意味着我是犯罪嫌疑人，请你出示审查和立案的手续。否则我可以投诉你滥用职权，骚扰公民。"

林海川半天没有应声，他显然被对面一阵枪林弹雨给噎住了，他压低声音，让跟自己同来的警察在手机中查看着。

"我知道你之前可能一直是这么操作的，但你的操作方法没有法律依据的支持。希望你们以后能够以身作则，想要制止违法，从自己不违规开始做起。"

同事终于在手机中搜索到了相关的法律条款，偷偷地亮给了林海川。

林海川脸上火烧火燎的，这么长时间，他始终觉得自己的工作是在捍卫法律，可这一刻，他却突然发现自己所捍卫的东西，竟然那么陌生。

"行了，大晚上的出警不容易，麻烦你们向我道个歉，我就不投诉你们了。"卢杉笑着说道。

"你要我给你道歉？你还蹬鼻子上脸了吗？"林海川早就窝了一

肚子火，要不是因为执法仪的摄像头开着，他可能早就要给卢杉两拳头尝尝了。

"因为投诉你违规操作的选择权在我，我只是善意地提醒你，最好有一个自行纠察的行为，免得到时候我投诉之后督查会留下违规投诉的记录。"卢杉解释道，"那样的后果，你可以去问问比你工龄长五年以上的前辈们。照章办事，对谁都好。"

徐远和林海川如咽下烧喉的烈酒，生生承受了又一次失败的滋味。他们只能呆立在原地，眼睁睁地看着卢杉拉着白鸽渐渐走远。冷风如刀划过脸庞的时候，徐远突然明白了——白鸽为什么会出现在这里，为什么会做出那些奇怪的举动，为什么会说出那些令人费解的话语。

那个曾经独立、自信、才华横溢的女孩儿，如今已经成了一只马戏团里被驯服的动物。而从家中逃出来的她，刚刚只是试图从他这里找到自己作为女人最后的一丝尊严和自信。

可他唯一做的，却是帮着卢杉叫来了警察。

徐远仿佛已经看到了不久后，白鸽将要面对的场景——她一再解释、一再讨饶，但卢杉还是淡漠地扣上门锁，将音箱的音量调大，然后从裤子上抽出了皮带……

白鸽靠在床上，她花费了很长的时间去思索，今天到底是几月几日星期几，以及哪一年。她经常有一种错觉，似乎自己是游离于时间之外的存在。

卢杉断绝了她与外界的联系，家中摄像头密布，如同监视她的眼睛。白鸽觉得自己或许早已经从这个世界上永远地消失掉了，如今的她生活在一个只有自己和卢杉的时空里，这个时空就像是一个克莱因瓶永远无法逃脱，不管你走到哪儿，都永远属于它。

下午三点，阳光刺眼。

恍惚间，急促的敲击声从一旁传来，白鸽定睛一看，只见一个吊在半空中的蜘蛛人正敲她的窗户，那张脸亲切而熟悉，正是徐远。

窗外的徐远吊在绳子上，他用手死死地扒着窗外的空调外挂，以免身体被呼啸的风吹得乱晃，为了让白鸽听懂自己的意思，他又不得不想法腾出手来向她打手势，没想到刚刚撒开手，身体又如钟摆般晃动，狼狈不堪。

白鸽很快明白了窗外徐远的意思，她已经很久没有见到过卢杉以外的人了，她不顾一切地打开了窗户。

刺骨的冷风袭来，让她瞬间清醒了过来。

"你走开！离我远点儿！"

"白鸽，是我！我是来帮你的！"徐远大声地喊道。

"我求求你了，走开！"

白鸽在并不大的卧室中拼命躲闪着，此时的她已经不愿意再相信任何人，在她眼里，无论什么人，无论他们做什么，最终都会带给她无尽的伤害。

"是我的错，我不该把你交给那个男人。"

"你走啊！快走啊！"

"我知道你怕他，白鸽，这不该是你的人生。你得让自己走出来，从这间屋子里走出来，从你现在的生活里走出来。我来帮你，好吗？"

白鸽抱着脑袋缩在角落里，她的嗓子里只剩下了哭喊的声音。

"你真的想这辈子就这样像畜生一样活着吗？"徐远忽然用拳头狠狠地砸向了窗框。

白鸽呆呆地望着窗户，只见窗外的徐远用极其笨拙的动作从口袋里掏出了一样东西，把它按在了窗户的玻璃上。

那是一张徐远藏了多年的照片，照片上的白鸽笑得格外灿烂。

"喂，你还记得照片上的这个女孩儿吗？"徐远努力地挤出了一个笑容，"那天她站在马路的天桥上喝着奶茶，那奶茶五块钱一杯，除了一些不是奶的奶和不是茶的茶，剩下的都是糖，可即便那样，也没能比那个女孩儿的笑容更甜。因为那个女孩儿相信，未来有很多美好的事情在等着她。"

看着照片上的曾经的自己，白鸽忍不住泪如雨下。

"那天晚上你问我，是不是还在喜欢着你。"徐远静静地望着白鸽的双眼，"对不起，我当时没有来得及回答你。现在我要告诉你，我喜欢你，曾经喜欢过你，现在依然喜欢着你。我之所以对你说这些话，并不是要和你在一起，只是希望今后的你，在遭遇人生低谷的时候不要灰心，曾有人被你身上的光芒所吸引，以后也一定会有。就算身边的世界黯淡一片，也请你永远不要熄灭自己。"

"为什么……为什么要对我说这些话？"白鸽喃喃地低吟着，"总要有人静静地离开大家，就让她走吧，有什么不好的……"

"确实有人要离开。"徐远说道，"可还没轮到你。"

20

　　那天早晨，白鸽不到七点钟就起来了，她细心地给卢杉做了他爱吃的猪肝粥，帮他熨好了衬衣。

　　卢杉最近接下了一个房产维权的案子，今天他约好了和那位委托人面谈，可由于对方把见面的地点安排在了很远的地方，卢杉不得已很早就拎着公文包出了家门。

　　虽然所有的计划都已经在脑海中演练过了无数次，但听着丈夫的脚步声渐渐远去，白鸽还是有些慌乱，身体因为紧张而不断地颤抖着，她深吸一口气，让自己镇定下来。

　　莱美医院的前台，负责接待的那个女孩儿有点儿抵挡不住了。

　　"对不起，我们不能透露客户的个人信息。"女孩儿苦口婆心地解释着。

　　"我有我老公的身份证、户口本的复印件，这些难道还不够吗？"林江雪拍着前台的桌子大声地喊着，"我就是想知道，我老公在你们这儿花了那么多钱，到底都做了什么？"

　　"客户的病历，除非本人亲自前来，否则我们不能提供的。"

　　"有什么见不得人的东西吧？你要是今天不把病历给我拿出来，我就报警！"

　　林江雪把自己扮演成一个泼妇的样子，最终，她成功地把周围人们的目光全都吸引过来了，几个保安很快一路小跑地赶了过来。

所有人把注意力放在了站在前台闹事的林江雪身上，没有人注意到他们的身后，白鸽正不动声色地朝医院的病案室走去。

她回想着徐远交代给她的位置，径直朝位于二层的病案室走去。

那天，吊在窗外的徐远将自己最近一直在做的事情，以及还没有来得及做的事情全都吐了出来。他告诉白鸽，现在唯一能够帮助白鸽离开这个家的方法，就是想法证明卢杉的身份是伪造的，所谓的卢杉，不过是个由无数谎言堆成的躯壳而已。

那天晚上，徐远从口袋里掏出了一张男人的照片，他认真地告诉白鸽，这张照片是从一张身份证上拍下来的，身份证的主人就是李海生，虽然自己不知道这中间发生了什么，但他相信这张照片才是卢杉原本的模样。

证明一个人不是自己也许很难，但证明一个人就是他自己也许可以找到途径。现在要想戳破卢杉这个躯壳，唯一有效的方法，就是证明他就是照片上的这个李海生。

徐远告诉白鸽，他们现在要找到卢杉在那家医美中心的档案，那里一定存有卢杉尚未经历过整容手术的模样，只要能和李海生身份证上的照片对上，他们就赢了。

相比徐远的兴奋，白鸽却显得异常冷静，她告诉徐远，自己可以配合他的计划，但她有一个要求，就是必须亲眼看到卢杉原本的相貌。

白鸽的态度坚定得让人无法拒绝："打开一个秘密，必须承担打开这个秘密的后果。我只是想亲眼看到那个答案，这样至少能说服我自己，我做的这个决定是正确的。"

说实话，白鸽心里很感激徐远，他为了她几乎把自己掏了个空，可是她依然要对他有所保留。

她不知道自己的丈夫是谁，但她知道他不是徐远照片上的那个李海生。

自从见到那个委托人开始，卢杉就觉得哪里有点不对劲。直到对方说购房合同忘在公司抽屉里了，卢杉才恍然大悟，原来自己被骗了。

卢杉平时接待客户时，会把手机调成静音，基本不会主动去看手机。但今天情况特殊，他实在顾不了那么多了。手机提示信息显示，大约半小时前，家里的电子猫眼捕捉到了开门的声音，他赶紧查看家里各个屋子的摄像头，发现白鸽已经不见了。

卢杉心里一紧，赶紧从手提包里翻出钱包，发现放在夹层里的医疗保险卡也不见了。

十字路口的黄灯正在闪烁，即将变红，但卢杉没时间等了，他几乎把油门踩到底，他知道自己的时间不多了，即便红灯亮起来，他也一定要开过去。

可就在他准备冲过路口的时候，左车道的一辆车突然变道挤了过来，不偏不倚地挡在了他前面。

卢杉气得直按喇叭，但前面的车却一点反应都没有。这条道是右转直行道，对方停在这里没有半点儿毛病，合理合法地拦住了他的去路。行人慢悠悠地在前面的斑马线上走着，横向车道的车辆渐渐挡住了卢杉的视线。

卢杉知道一路走到现在，除了足够小心谨慎，还有那么一点儿的运气，可如今他终于意识到，自己的好运气，可能已经用光了。

莱美医院的病案室里，白鸽借着手电的灯光终于找到了丈夫的档案袋，当她掏出里面的照片，不禁捂住了嘴。

照片上的那张脸满是烧伤的疤痕，她永远不会忘掉那张脸——那正是当初在学校里侵犯自己的锅炉工。

走廊里急促而沉重的脚步声如同催命符般响起，那熟悉的声音让白鸽瞬间回过神来。她刚把档案放回原处，那脚步声就已经走进了房间。白鸽四处躲闪，但身后卢杉的脚步声已经追了过来。

十几年前的噩梦，此刻似乎重新上演了。

那一刻，白鸽感到喘不过气来，双腿像是有千斤重，无法向前迈出一步。卢杉的逼近让她无路可退，她只能躲在无法遮蔽自己的桌子下，忍住几乎要哭出来的声音。

那一刻，她多么渴望能不再是她自己，即使是变成一只游荡在废墟瓦砾中的仓鼠，也能远远地逃离这一切。然而她无法变成任何东西，她只有一条命，唯一能做的就是让这条命坚硬起来。

她不断地劝说自己，她的身体不过一百斤而已，千斤重的，不过是她的心。

卢杉几乎贴着地面搜寻着可以藏人的地方。突然，门外传来一阵声响，他从地上迅速起身，匆忙中他不小心把额头重重地撞在了桌角，但他顾不得那么多了。

卢杉寻着声音冲出病案室，他一把拦住了一个路过的女护士。

"你有没有看到一个女人？"

"没……先生，你在流血。"女护士指着卢杉的额头。

卢杉没有理会，自顾自地向前跑去。几分钟后，女护士将推车送到了医院后门的内部停车场。早已等候在那里的货车司机正将推车上的东西一车接一车地堆进货厢。白鸽赶在司机发现之前，从车上那堆肮脏的被单里爬了出来。

十字路口红灯亮起，徐远不得不踩下了刹车。他从后视镜中看到白鸽，她双手环抱肩膀，双眼紧闭，仿佛用这种方式将自己与外界隔绝。

坐在副驾驶的林江雪开口问道："你早就知道他不是李海生，对吧？"

白鸽沉默不语，车内只有发动机的抖动声。

"我不明白，如果他不是李海生，他为什么又要向你承认自己就是李海生？"林江雪又问道，"如果他不是李海生，那李海生在哪儿？"

"你让她安静一会儿。"徐远打断了她。

"现在咱们必须得想好下一步怎么办？我们要不要报警？"林江

雪说道。

"报警？怎么报？你知道你弟上次是怎么被他拿捏的吗？他既然能把自己隐藏得这么深，一定做足了准备，我们现在什么都拿不出来，最后还是得把白鸽往火坑里推。"徐远叹了口气。

"要不然，先找个地方让她躲一躲？"林江雪提议。

"能躲到哪儿去？对于他来说，想要找到白鸽，只是时间问题。"

"这不行，那不行，那你倒是说，我们现在该去哪儿？"

"前面掉头，送我回家。"白鸽睁开了眼睛，声音异常平静。

"回家？你疯了？"徐远回过头来惊讶地望着白鸽。

"对，回家，装作什么都没有发生过。"

"鬼知道那家伙曾经干过什么，鬼知道那家伙手里有没有人命？你还能跟那样的人同住一个屋檐下？"

"那天我们见面的时候我就已经下了决心，不管今天我看到的答案是什么，我一定要鼓起勇气回到家里。"

"你想过以后怎么办吗？"

白鸽默默地看着窗外，始终没有回答。

漫长的红灯终于结束了，徐远叹了口气，把方向盘向左打满。

卢杉回到家中的时候，白鸽正坐在家门口的纸箱子上，像是一只等待着主人归来的宠物。

"你回来啦？"白鸽露出一个微笑，"我太笨了，上午晾衣服的时候，袜子不小心被风吹到楼下了，我跑下楼去想要捡回来，可回来的时候才想起你把门锁密码换了。"

"你一直在这里？"卢杉问道。

"是啊，外面太冷了，这里还暖和点儿。"

卢杉上下打量着自己的妻子，她的外套里还是在家的睡衣，脚上也只是踩着一双平日里在小区遛弯时的旧运动鞋。

"杉，你受伤了？"白鸽问道。

“刚刚怎么不给我打电话？”

“我出门没带手机……本来我想找物业的，可我记得你说过今天的事情很重要，就想不要打扰你了。”白鸽平静地解释着，“杉，你在流血，出什么事了？”

卢杉的脸上还流着血滴爬过的痕迹，看上去有些狰狞，白鸽看着他，努力不让自己去想刚刚看到的那张照片。

“不小心摔了一跤。”

卢杉望着妻子，嘴角露出一丝难以捉摸的笑容。

“赶紧进屋，我给你找碘伏和纱布！”白鸽说着用力地揽住了卢杉的胳膊。

卢杉打开了房门，早餐用过的盘子已经洗干净放在了厨房水池边，客厅的电视开着，阳台地上的塑料盆里，还有些没来得及晾在衣架上的衣服……

“这张卡你忘在那条灰色裤子的口袋里了，差点儿就让洗衣机给绞了。”身后白鸽轻声说道。

卢杉回过头，只见妻子正从一旁的茶几上拿起那张医疗保险卡，伸手递给自己。

卢杉接过了卡片，把白鸽紧紧地搂在了怀里。

此刻，他突然有一种冲动，他想要把妻子的脑袋敲开，看看那里面到底藏了些什么。

这天是星期六，林海川难得赶上调休。原本打算好好睡个懒觉，可早晨不到六点，他便从床上坐了起来，事实上，一整晚他都没有合眼。

自从在物业监控中看到那位一只眼泛白的老人后，林海川一直在琢磨如何找到他。然而，还没等他想出个所以然，昨天那老人就变成了高架桥下的一具尸体。

他是被绳子勒死的，躺的地方正好是摄像头盲区。民警在死者身上找到了一张身份证，上面写着李正海，他们很快查到这个男人刚刚在监狱服刑了十六年放出来。大家都感叹他命途多舛，好不容易从监狱里熬了出来，却没等到重新做人的机会。

那天晚上，林海川听着同事们的议论一句话也没掺和，当他得知李正海的老家是在宁江市的时候，他脑海里冒出一个猜测。之后没有花太多的周折便查到了，这位李正海有个儿子，名字就叫李海生。

从那一刻起，林海川的脑子便被那团乱麻搅在了一起，那个男人为什么会死在这里，为什么那天他和那个孩子同一时间出现在了白鸽家的小区里，为什么那个时候白鸽却偏偏不在家，为什么那些靠近她的人都如同遭受黑洞牵引的天体，被改变了自己原本的轨迹……

林海川最终放弃了自己的囫囵觉，开车来到了无忧到家家政公司。被车撞死的孩子的母亲、那个名叫李姗的女人之前登记的工作地点，就是这里。

林海川记得师父说过的那句话——有时候看一个人，从正面看不如从侧面看得更清楚。他不只想要看清那个叫李姗的女人，更重要的是，他想通过李姗看清卢杉。

接待林海川的是家政公司的经理，那是一个戴着眼镜的中年女人。得知李姗的孩子出车祸死掉了，女经理忍不住喊出了声音。

"一个大孩子，说没就没了，当妈的打击肯定特别大。"林海川说道。

"你可不知道，李姗那个女人啊，看上去老实巴交的，心眼儿多着呢！"女经理压低了自己的嗓音。

"这话怎么讲？"林海川追问着。

"听说那孩子，根本不是她亲生的！"

林海川愣了一下，对方说出这样的话来，倒是有些出乎他的意料。

"您这是听谁说的啊？"

"她自己说的啊！"女经理理直气壮地说，"她来我们公司的时候，是我做的考核，那个女人手脚还算麻利，做饭也说得过去，而且面相讨喜，所以我就跟她签了合同。当时她提出想要住我们楼上的员工宿舍，可是我拒绝了，当时已经晚上八九点钟了，她没有落脚的地方，所以心情很不好，说了很多带情绪的话。"

"为什么不让她住员工宿舍呢？"林海川问道。

"她情况比较特殊嘛！"女经理摊开自己的双手，"身边带着一个那么大的男孩儿，我们这里都是女员工，十几个人挤在一间房里。没办法，我只能让她去找别的地方。"

"那他们最后去哪儿了呢？"

"哪儿也没去，就在这间屋里对付了一晚上，她儿子就睡的你屁股下面这张沙发。我听说她是我老家安徽濉溪县的人，所以就跟她聊了很多。我这才知道，她来上海是给老公打官司的。我问她老公在哪儿，她的话一下就收不住了，跟我倒了很多苦水。她说那个孩子是她老公和他前妻的，本来自己心里就有点儿膈应，但是看在她老公能挣钱、嘴又甜的分上还是跟了他。谁知道结婚没多久她老公就出了事，养家的担子全都落在了她的肩膀上。"

林海川低头沉思着，他感觉脑子里的那团乱麻，自己似乎揪出了其中一根的绳头。

"你印象中，那个男孩儿有什么特别的吗？"

"特别的？好像没有吧。"女经理努力回想着，"不过他好像不大爱说话，总是一个人低头闷着，跟管牙膏似的。"

"李姗最近有在上工吗？"林海川问道。

"公司最近没给她派什么活儿。"女经理说道。

"为什么呢？"林海川追问着。

"人家现在有主儿了，肯定根本瞧不上我们这些活儿了。"女经理笑了起来。

"什么意思？"

"我也是听我们公司的一个阿姨说的，她说有一天她下了工回来的路上，在路边看到了李姗，跟一个秃顶的老男人拉着手走在一起……对了，她当时远远地拍了一张照片，但当时光线很差，所以拍虚了。"

"她说拍的那张照片，能帮我问她要到吗？"林海川有些兴奋了起来。

"不用，我手机里就有！我当时就让她发给我了。"

女经理在手机中翻找了一阵，很快翻到了那张照片。照片确实拍虚了，加上被拍摄者是半侧着脸，基本上很难看到容貌的细节，但可以确定的是，照片上的女人是一个在打扮上有些讲究的人，身上那件印着知名品牌LOGO的外套，即便不是真货，也不会穿在一个家政阿姨的身上。

"会不会是认错人了？"林海川问道。

"不会！这张照片虽然看不大清脸，但是我一看就知道，这是李姗错不了！"

"这张照片是什么时候拍的？"

"11月4日……上个礼拜六。"女经理看了看手机上的聊天记录说道。

"距离你上一次见到她，应该很久了吧？"

"其实并不久。"女经理说道，"上个月的月底，她还来找过我。"

"她找你做什么？"

"她说最近她在找房子，有些东西想要暂时放在这里。"

"她放在这儿的东西，我能看一眼吗？"林海川问道。

"这不太好吧？再怎么说也是人家的私人物品，我都没有动过。"

"请配合一下吧。"林海川随即换了副工作时的面孔，"你们公司的员工李姗，很可能跟一起命案有重要的关联。"

"命……命案？"女经理刚刚聊天时的热情一扫而空。

起风了，江水汹涌翻滚，雨滴纷纷扬扬地洒落在林海川的脸上。他与路人一同驻足在斑马线前，等待着冗长的红灯倒计时结束。此刻，他的脑海中，刚刚印刻的画面如旋涡般旋转。

那个暗红色的行李箱被遗弃在一张床位旁的狭小缝隙里，尘土和杂物覆盖其上，似乎它的主人早已决定将它遗弃，不再带走。林海川轻易地打开了行李箱的密码锁，那对他来说，不过是个装饰而已。

箱子里的大部分空间被衣物占据，它们看上去破旧不堪，有些甚至经过了多次缝补。衣物被胡乱地堆放在一起，仿佛是在匆忙之中被随意塞入。

此外，还有一个皱巴巴的纸袋子，里面除了上诉材料和本人的证件外，甚至还有结婚证。林海川猜想，这些东西被放入箱子丢在那里的时候，可能意味着它们的主人已经决定与一些事情告别。

如果说这些东西出现在箱子里尚属情理之中，那么一部从箱子里滑落出来的手机，却让林海川感到有些意外。

从手机壳上惨不忍睹的摩擦痕迹可以轻易推测出，那是她儿子生前的手机。林海川用充电宝给手机充了十分钟电后，成功地将它开机。手机里的信息记录停留在了半个月前男孩出事的那天，最后的几个通话都是和名为卢叔的人进行的。

林海川愣了一下，点开了卢叔的联系人详细信息，然后掏出自己的小本翻查了起来。没错，那个号码和当初记录的完全吻合。卢叔，就是卢杉。

这一刻，林海川觉得一直困扰着自己的那团乱麻终于豁然开朗了起来。

一个事业有成的律师，心甘情愿为一个陌生女人免费打一场耗时耗力的官司，这让林海川百思不得其解。人，终究是利益至上的，我们认为没有回报，也许只是因为我们尚未了解对方真正想要的东西。

因此，卢杉会帮助那个女人，林海川能想到的唯一理由就是那个孩子。

当他得知那个孩子在成人的世界里受尽欺凌，当他得知火车站附近的派出所从未收到过孩子走失的报警信息时，他决定帮那个孩子一把。

多年来，他步履匆匆，然而那一刻，他却停下了脚步。在卢杉的眼中，那个孩子或许就是当年的自己，被人遗弃，无人问津，整个世界都对他视而不见，唯一留给他的只是几句哄骗的谎言。

于是，卢杉没有当面揭穿一切，而是选择帮助那个女人打赢官司。他唯一的要求，就是事情结束后，带着孩子回家。他相信，自己的这个举动，足以改变那个孩子的一生。

孩子的母亲成功地要回了赔偿金，一切似乎应该到此为止。大家遵守约定，各自前行，从此再无交集。然而，那个孩子却偷偷从火车上溜了下来，因为他知道，从自己被带出家门的那一刻起，这世上便已没有他的家。

在这座陌生的城市里，他不知道怎样做才是对的。但当知道卢叔遇到麻烦时，他知道帮他把麻烦摆平是不会错的。卢杉本不想让孩子涉足这摊烂泥，但现在除了他，似乎再没有更好的帮手。孩子身子骨结实，有些力气，相信他足以给李正海一些警告。

当然，最重要的是孩子还未成年，在法律上无须承担责任。

但他这一次算错了，虽然他给了那个孩子很多照顾，但命运却没有眷顾这个孩子。

斑马线前的绿灯终于亮起，行人们匆匆前行。林海川本想与众人一同前行，却在瞬间产生了迟疑。

他抬起头，突然发现一只白色的蝴蝶在人群的头顶翩翩起舞。尽管雨滴已经越发密集，它却毫不避让，仿佛在享受着这场雨的洗礼。

林海川想起曾在一本科普杂志中读到过，一只蝴蝶在破茧之前，要经历无数次的磨难——在成为幼虫之前，它要日复一日、年复一年地忍受阴暗的环境和腐烂的食物；即使成为幼虫，它也要以自己脆弱的身躯面对周围的敌人。如果它幸运地活下来，就会把自己缚在茧里，在那里将自己的筋骨揉成一团稀碎的液体，重新构建每一个内脏、每一寸筋骨……它之所以能够忍受那些痛苦，是因为它相信自己总有一天能够蜕去皮囊，生出一双翅膀，飞越过茫茫人海。

林海川心中不禁涌起一股感慨：这世上也许有很多人都是蝴蝶，卢杉是，白鸽也是，那个女人是，她的孩子也是，也许我们每个人都是。当我们穿过漫长的时间、终于展开翅膀的那一刻，就意味着要将曾经的一切永远封存起来。

白鸽坐在沙发上，将阳台上晒干的衣服一件件地叠好。

每天十一点一刻，窗外的阳光都会准时洒落，带来暖洋洋的感觉。尽管专家多次强调，隔着玻璃晒太阳并不能有效促进体内钙质的吸收，但是白鸽硬是拿着一种不相信科学的态度，坚持要把这缕阳光留住。

突然，窗帘被卢杉猛地拉上，他伸长脖子，在空气中狐疑地探寻着什么。

"你感觉到了吗？"卢杉问。

"什么？"白鸽有些不解。

"风，就是我说的那阵风。"卢杉说着，手里拿着一卷黑色的胶带，朝窗前走去，"终于让我找到了，就是这扇窗户的问题。"

已经连续好几天了，卢杉只要有空闲，便会拿着那卷胶带在屋里四处检查。他总是说这个屋子在漏风，即使把所有的门窗都关紧，那股冷风也总是能够找到一个隐秘的缝隙钻进来。

门口传来一阵细微的声响，卢杉举着胶带的手停了下来。他敏捷地跳了起来，迅速将白鸽拉回卧室并关上门，然后蹑手蹑脚地朝门口走去。

白鸽明白，此时她最应该做的就是配合地保持安静。

卢杉轻手轻脚地点开了安装在门口的电子摄像头，监控画面中，保洁大婶在门口清扫着地面。他目不转睛地盯着保洁大婶清扫完整个楼层，直到她的脚步声最终消失在电梯里。

回到卧室时，妻子依旧安静地坐在床边，没有丝毫抱怨，只是默默地把刚叠好的衣服放进衣柜。

卢杉看着自己的妻子，心中涌起一股无比欣慰的感觉。都说心里有很多苦的人，只要一点点甜就能填满，而此刻的卢杉觉得自己就是这个世界上最幸运的男人。只有经历过磨难的人，才会真正懂得幸福的意义；也只有经过考验的爱情，才会显得越发珍贵。不管他的根扎在多么黑暗、深远的地方，枝丫上终究还是结出了香甜的果子。他觉得自己所有的努力都没有白费。

白鸽把脑袋从水池里抬起来，看着镜子里的自己。如同每一个清晨一样，丈夫卢杉已经把牙膏给她挤好，在厨房里做着早饭。

她有一个爱她的丈夫，他体贴而细心，给她提供衣食无忧的生活。对于大多数女人来说，这是她们梦寐以求的人生，那种来自安逸生活的舒适感，是可以和爱情画上等号的。

可是白鸽明白，那个等号是不成立的。

刚刚把头埋在水中的时候，白鸽几乎让自己窒息。她并非想要追求什么刺激，她只想要再一次提醒自己那些发生过的事情，提醒自己为何要布置那些计划并且为之付出了几个月的努力。

今天，她必须给这段婚姻画上一个句号。

面前的酒杯被旁边的人敲着发出了叮叮的声音，林海川这才回过神来，赶紧斟满了酒，和大伙儿把酒杯撞在一起。今天是师父高远扬的六十大寿，林海川推脱不掉，只好老老实实地跟了过来。

几杯酒下肚，师父的脸已经红扑扑的了，话匣子也打开了。有人提议让老高讲点儿刺激的，老高自然没有拒绝，随口开了个头。

"那案子啊，我能说得明白，你们未必能听明白。"

短短一句话，听客们的胃口便已经被成功地吊了起来，可坐在一旁的林海川却始终心不在焉。

就在今天上午，他刚刚从同事那里得到一个消息，徐远对那个名叫陆南希的女人撤诉了。

林海川不明白，如今的局面已经对徐远非常有利，这个时候撤销诉讼，不但自己之前的努力会前功尽弃，而且徐远打给陆南希的钱，大概率是要不回来了。

直到一个小时前，林海川终于用派出所的座机拨通了徐远的电话，问他为什么要那样做。电话那头的徐远却全程表现得心不在焉，只是说自己怕再惹上别的麻烦，一阵敷衍的"嗯""啊"之后，匆匆地挂掉了电话。

几轮的举杯过后，老高口中的故事已经进入了高潮，受害人身中二十七刀，刀口凌乱，甚至有些是在没有生命体征之后被刺上去的。

林海川当然知道那个故事的答案，杀死那个医院副院长的人是之前在医院实习的女护士。副院长是个好色之徒，趁着她值夜班对她进行了强奸，事后他以转正为条件要求女护士不要声张出去。女护士本想把这件事当作噩梦一样忘记，可是她没想到，噩梦才刚刚开始，在实习期间里，副院长侵犯了受害人几十次。可最后，那个男人非但没有给女护士转正，还威胁她不要将事情说出，否则便将自己偷偷拍摄的视频发给她的未婚夫。

女护士咬碎了牙决定把这件事烂在肚子里，可是她的未婚夫还是看到了那些视频。副院长确实没有把视频发给她的未婚夫，而是发到了色情网站上作为炫耀。当那视频链接辗转来到她未婚夫的面前后，未婚夫直接把视频丢在了女方父母面前，甩手而去。而后，便有了那桩惨案。

"小林，这案子你不是头一回听了，你说说，这个案子你读到了什么啊？"老高眯着双眼盯着自己的徒弟。

这是老高经常爱提的一个问题，他总是说，对于警察来说，不光要会办案子，更要学会读案子，只有会读案子，才算是能把警察这个职业当明白了。

而读案子，说白了就是读人。

"蔫儿人出豹子。"林海川清了清嗓子，"平日里张牙舞爪的人，早就已经学会了倾泻自己情绪的方式，相反是那些看上去老实的人，被逼到临界点时，谁也无法预料会发生什么样的事情。"

老高不置可否，端起酒杯来抿了一口。

"那个案子我记得特别清楚。我亲自审问的那个女犯人，她跟我之前见过的杀人犯都不一样，她身体很廋弱、走路总是低着头，是连大声说话都不肯的那种女孩儿。我一直在想，究竟是从哪里获得的能量，让她往那个粗壮的男人身上扎了二十七刀？"

老高说着长长地叹了一口气，似乎由衷地感慨了起来。

"直到我后来读到了另一个故事，那是西方的一则寓言，古老的村庄里盘踞着一条恶龙，少年为了杀掉恶龙，潜心研习武艺，最终他用手中的宝剑杀死了恶龙。村民们兴高采烈地迎接那个少年，可是那少年没有回来，杀死恶龙之后，他变成了一条新的恶龙。我们总是把寓言故事讲给孩子听，可我从来都觉得，真正的寓言故事不是写给孩子们的。我们总把善和恶作为对立面看待，可是实际上，大多时候在恶的面前，善是不堪一击的。当你太过了解一个事物的黑暗面，了解它的内在动因、行为模式以及它所带来的便利，就很难不被其同化。恶是可以传染的，与恶龙缠斗过久，自身亦成为恶龙。"

林海川看着师父的眼睛，默默地点了点头，端起了面前的酒杯。

可酒还没下肚，他却忽然觉得背后一阵凉意袭来。

连罚了三杯酒、又找了个让人不好拒绝的借口，林海川好歹是从师父的生日酒席上撤了下来，他打了辆出租车，直接来到了白鸽所住的那个小区。

从电梯间走出来，林海川轻手轻脚地走到了白鸽的家门口。一路上，他已经给自己编好了理由，上次他们家报的盗窃案，是自己出的警，局里现在有规定，结案以后要例行回访。

可是当他准备敲门的时候，却停了下来，只听得屋子里传来一阵喘息呻吟的声音。

林海川落了个面红耳赤，他当然明白，那是男女交欢时发出的声音。他一边庆幸着自己没有做出什么尴尬之举，一边匆匆转身离开了。

从单元楼走出来的时候，头顶已经淅淅沥沥地下起了雨，这让林海川本已飞快的脚步变得更加急促了。他不由自嘲了起来，这世上哪有那么多恶龙，有的不过是一个个消失在沉默中的人罢了。

他自然不会想到，今晚这里要发生很多的事情，那个绝望的女人将会举起一把尖刀，光滑的地板上将会洒满血滴。

而属于林海川的小插曲，已经随着他脚下飞溅的水珠消失在雨夜之中了。

手机被埋在杂乱的衣服下，一次次传来振动的声音。林海川揉着惺忪的睡眼，循声四处翻找。

看到手机上显示的十几个未接电话，他立刻意识到出事了。

林海川匆匆赶到现场的时候，师父高远扬已经带着人打开了白鸽家的门。白鸽的母亲急得直掉眼泪，一遍又一遍地问："我的女儿在哪儿？"

清晨六点钟，陈宁醒来时发现手机收到了白鸽半夜发来的信息，只有短短几个字——"妈，快来救我，卢杉他要杀了我！"她赶紧把电话拨了过去，但对面却传来"您呼叫的用户已关机"的声音。再给卢杉打去，也依然如此。陈宁心里担心，又没有其他能联系到他们的方式，只好亲自找上门来。可是敲了半天门，始终没有回应，她越猜越心慌，便赶紧报了警。

林海川站在那里，只觉得眼前的一切像放映幻灯片一样——屋子里一片狼藉，地上似乎还有早已凝固成褐色的血迹。家中连门口在内的一共六个摄像头，无一例外地全都被拔掉了电源、拆掉了存储卡。而住在这间屋子里的夫妇俩，此时却全都消失得无影无踪。

"最近两口子有什么矛盾吗？"高远扬向陈宁问道。

"矛盾？没什么矛盾啊。"陈宁已经慌得语无伦次。

"我查看了记录，之前您女儿至少五次报警，都是因为遭到了她丈夫的暴力伤害。她还因为家暴的事情起诉过离婚，这事儿您知道吗？”高远扬继续追问。

“……我知道。”陈宁瘫坐在地上，像丢了魂一样。

“之前那个女人打电话报警，是谁负责出的警？”高远扬问身边的同事们。

“是我。”林海川走到高远扬面前，所有人的目光都落在了他身上。

他知道，自己又要让师父失望了。

21

夜深了，雪越下越大。

在路灯的照耀下，天上散落的雪花犹如漫天飞舞的萤火虫。它们旋转着，舞动着，直到身上的光华消逝，才轻轻降落到地上，化作白莹莹的尸骨，最终将道路上的一切痕迹全都掩埋。

这里是讷河，一座萧瑟的北方小城。小城本就不大，随着整个北方的人员流动，这里的人越发稀少。从这里走出去的人，在向别人介绍自己的家乡时，往往会把"讷"那个字着重读出，以防对方错听成那个大家熟知的地名"漠河"。

伴随着一阵清脆的铃声，一对年轻的情侣走进了路边的一家二十四小时便利店。两人抖落了身上的雪，搓着手挑选着货架上的商品。

这家不到二十平方米的小便利店，两人却像是在逛上海的环球港一般。最终，在挑选了一些零食和饮料之后，男孩儿走到了角落的那个货架，从上面取下一盒安全套，然后抬起眼来小心地望向女孩儿。女孩儿躲开了他的目光，将羽绒服的帽子重新扣在头上，走出了门外。

男孩儿结完账后匆匆离开了便利店，他显然没有留意到柜台前那个戴着口罩的女店员。

等到那对情侣的身影消失在黑夜中，她才摘掉了口罩。夜班生活让她的脸看上去有些疲倦，身体也比之前消瘦了很多，胸前工牌上写着陈静，这是她的新名字。

这一夜再也没有客人造访过，直到凌晨五点的时候，便利店的老板老安准时开着货车过来了。

如同每日的流程，她披上过膝的羽绒服，从店门口走出来和他一起从车上把货卸下来，摆放在货架上，然后把那些过了保质期的食物撤走。等到和老安交接班后，她今天的工作就算结束了。

老安蹲在马路牙子上，把一盒刚刚从货架上撤下来的炒面吃得呼呼作响。按照连锁店的规定，冷鲜区的食物超过了标签上规定的日期就要处理掉。老安舍不得扔掉，便把它们其中一部分当作了自己的早饭。当然，他也会礼貌地邀请这位夜班女店员和自己一起分享这些过期的食物。

"加盟这个破店，钱挣不了几个，规矩倒是不少！"老安一边吃着那份炒面，一边抱怨着，"好好的炒面，保质期就一天，这都是粮食啊！在讷河这地方，这碗炒面你就算放一个月也坏不了！"

接过老安递来的一袋切片面包，装进帆布背包后，她便下班了。两个月以来，她没有跟任何人提起过白鸽这个名字，更没有联系过任何认识她的人。她在城区僻静的地方租了一间小房子，每月的薪水除了交房租、水电费，几乎没有什么剩余。日子虽然有些清苦，但却时刻呼吸着自由的空气。老安建议过给她换白天的班，她谢过老板的好意，再三坚持想要上夜班，她说晚上人少，她喜欢清净。

她租住的小屋距离便利店要走四十分钟左右的路程。回到那所租住的简陋房间时，天已经微微亮，倦意一波波汹涌而至。然而，即便眼皮已经开始打架，每次回家她都会小心地检查家中的物品，然后锁好门窗，拉上窗帘，这才疲惫地躺下来。她关掉自己老式的按键手机，打开有线电视，在那些嘈杂声的陪伴下睡去。

老安夸张地伸了一个懒腰，漫长的等待之后，工作间的那台老旧的电脑终于安装好了新监控摄像头的软件，屏幕上出现了便利店里的实时画面。

为了帮老安一起安装那个摄像头，这天白鸽不得不把自己下班的时间往后推了一个多钟头，不过她觉得无所谓，现在时间对于她来说，已经多到想要把它们偷偷丢掉。

便利店本就赚不了几个钱，最近却又总是隔三岔五地丢东西，这让本就气不顺的老安越发地恼火了起来。思前想后，老安最终自掏腰包买了这套监控设备。

为了表示感谢，老安特地把一份炒面塞进了白鸽的背包里。

"告诉你一个秘密，这个炒面拌上老干妈，再加上一瓶盖老陈醋……那味道没治了！"老安说着眼睛都放出了光。

"谢谢了。"

"自己人，客气啥！"

话音未落，几乎是惯性般的，老安从怀里抽出了两支烟，朝白鸽伸了过去，烟停在半空中，他自己都尴尬了。

片刻的迟疑后，白鸽伸手接过了其中的一支，含在了嘴里，老安赶紧掏出打火机，将两支烟点燃了。

"你在南方待过挺久的吧？"老安把一个烟圈吐向漆黑的夜空，问道。

"口音那么明显吗？"

"多少还是能听出来一些的。家里有亲戚在这边？"

"我二姨。"

"怪不得，我说你一个南方人咋跑我们这冰窟窿里来了。"

"其实我觉得这儿挺好的，安静、舒坦，房价又便宜……还是婉容的故乡，中国的最后一个皇后。"

白鸽一边吸着手中的烟一边编纂着理由，可说实话，当时之所以来到讷河，白鸽完全是从火车站头顶的列车时刻表上随机挑选的。白鸽相信，一个连自己都不知道为什么会来的地方，别人就更猜不到了。

"最后一个皇后，是有那么回事。"老安笑了笑，"不过提起讷河，这里最出名的，还得说是那个女人。"

"哪个女人？"白鸽愣了一下。

"你真是白住在讷河了！在讷河一提那个女人，还能是哪个女人？"

白鸽一头雾水。

"你真不知道假不知道？"老安又问了一嘴。

"我真不知道。"

老安深深地吸了一口手中的烟卷。

"三十年前，这儿还是一个小村子，下了火车转大客车，再转小巴才能到。咱们这儿大豆长得好，好多人来买，可那时候，没有手机，没有快递，要想进货必须到原产地，所以有很多商人带着大把的现金来这个小村子。当时这儿有家黑店，黑店你懂吧？母夜叉孙二娘！挂羊头卖人肉那种！"

"我懂。"

"大雪封山茫茫天地，人没了真的不留一点儿痕迹。有一天一个姑娘跟着她哥还有她未婚夫到了这里，她哥跟她未婚夫像羊羔子一样让人家给宰了，姑娘因为模样长得俊，被留下来当压寨夫人了。为了让那姑娘死心塌地地留下来，他们把人麻翻了之后，逼着姑娘拿刀去捅……陈静，你想想要是你，你有的选吗？没得选啊！到了后来，她白天去汽车站勾引那些挂单的男人，晚上把他们按在床上捅死。直到来这里的人越来越少，他们不得已南下作案，最后被杭州公安局抓住。要不是这个，谁能想到，讷河这个地方，还藏着一个手里攥着三十多条人命的女杀人犯……"

没等老安说完，白鸽便把手中剩下的半支烟卷丢在了地上，匆匆走入了一片白茫茫之中。

在地铁门即将关上的最后一刹那，林江雪短跑运动员冲刺一般地冲进了车厢。来不及把气喘匀实，她便挤过人群，来到靠近车厢连接处的那个角落里，一把拽住了徐远。

看到林江雪站在自己的面前，徐远有些意外。

"巧啊？"徐远笑道。

他头上扣着顶棒球帽，帽檐下露出几丛杂乱的发缕，看上去和之前云鼎实业的那个人力资源部经理完全不是一个人。

可即便如此，林江雪刚刚还是在人群中认出了他。

"是啊，没想到能在这儿遇上你，有段日子没你消息了，最近怎么样啊？"林江雪故意让自己的语气显得轻描淡写一般。

"我啊，还行吧。"徐远感觉出自己的回答过于潦草，他赶紧追了一句，"最近创业了。"

"不错啊，自己给自己当老板了。"

"走投无路啊，总不能把自己饿死。"

许久未见，林江雪本想用几句寒暄拉回两人曾经的距离，可是几句过后，她觉得两人的距离似乎更远了。

"白鸽的事情，你听说了吗？"林江雪问道。

徐远点了点头，没有作声。

"你最近，有她的消息吗？"林江雪继续问着。

"是你弟让你来的？我知道的事情，都已经跟他说过了。微信里，几个月前她就把我拉黑了，她的事情，我真的什么都不知道。"徐远无辜地摊开双手。

"徐远，我不是警察，这也不是审讯，我之所以向你打听她，只是因为她是一个我们共同关注过的人，因为她，我们曾经共同经历过很多事情。"林江雪认真地说道。

"对我来说，她已经是过去式了。"徐远笑了笑。

"你真的甘心？"

"这跟甘不甘心没有多大关系，人都得学会让自己放下，只是早晚的问题。"

林江雪抬头望着面前的这个男人，地铁车窗外飞驰而过的广告灯在他的脸上不断变换着光影，让他令人难以捉摸。

"一会儿有空吗？去喝一杯吧，就算我替你庆祝一下。"林江雪重新让轻松的笑容回到了脸上。

"不巧，我戒酒了。"徐远笑着说道，"我该下车了，下回见吧，后会有期。"

眼看徐远向门口挤去，林江雪终于忍不住了，从背后一把拽住了他。

"徐远，你非要这么躲着我吗？"

"我没躲着你，从来都没有。"徐远平静地说道。

"电话不接，微信不回，你到底怎么了？"

"没怎么，能遇见你我挺开心的，可我总得往前走我的路啊。"

"离家还三站地呢，你走什么走？"

"我已经到站了——忘了告诉你，我搬家了。"徐远笑着冲林江雪摆了摆手，消失在了人群中。

这些天来，林海川一直处于昏昏沉沉的状态。每晚躺在床上，他辗转反侧，难以入眠。唯有床头那瓶白酒，方能给他带来短暂的安宁。然而，即便进入了梦乡，他仍被一连串混乱的梦境所纠缠。

他反复思考着，那个夜晚他或许能够阻止一些事情的发生，但现在却无从知晓自己究竟忽略了什么。那种懊丧的感觉就像是一个人已经走到厕所门口，皮带都解开了，却还是拉在了裤兜里。

听闻白鸽的母亲再次来到派出所，林海川身边的几位民警纷纷找借口离去。有的借口上厕所，有的去街道巡查，有的去修车……大家心知肚明，尽管白鸽夫妇的失踪案件已转交分局刑侦支队处理，但是老太太来了之后一定会挨个抓住每个人，询问女儿的下落。

事实上，技术鉴定人员早已对白鸽家地板上的血迹进行了DNA比对，确认那确实是白鸽的血，且显然曾被擦拭过。根据血迹面积推断，案发时地上的血量相当可观。

就在昨日，刑侦支队在一条偏僻的小路旁发现了白鸽家的SUV。由于长时间停放，车辆已无法启动，车身覆盖了一层厚厚的尘土。车内发现了带血的女士睡衣，无疑，那是白鸽的。

尽管白鸽人还未找到，一切尚未有定论，可是在警察的岗位待久了，大家都明白，有些事情之所以还没有发生，只是因为你还没有承认它已经发生过了。

白鸽的母亲一脸憔悴地走了进来，眼神茫然地四处张望。林海川站起身迎了上去，他知道这是他必须面对的。

桃子坐在咖啡厅靠近窗户的那个位子上，每天下午的这个时候，那个戴着格子围巾的男子都会坐在这里，打开自己的笔记本电脑，然后喝上一杯咖啡。

和半年前相比，她变化挺大的，她剪短了自己的头发，衣着打扮也越发淑女了起来，即便是之前和她熟识的人，恐怕也很难一眼认出她来。她很庆幸，对她来说，这是一个崭新的世界，而对这个世界来说，她也是个崭新的自己，一切事情就像从未发生过一样。

等待的男人还没有到来，她口袋里的手机突然响了起来。那是一个来自国内的陌生号码，她迟疑了一下，还是接通了电话。

"你好，是陈淘吗？我是上海黄浦公安分局豫园派出所的民警林海川，我们之前见过的，不知道你还有没有印象？"

"我记不清了，你有事儿吗？"桃子当然记得电话对面这位姓林的警察，当时他站在自己家门前的时候，那双眼睛几乎要把自己刺穿。

"你现在人在葡萄牙吧？"

"你有事儿吗？"桃子冷冷地问道。

"你别紧张，我打电话是想跟你了解一些事情，你有个朋友叫白鸽对吧？"

"怎么了？"

"她最近有没有联系过你？"

"没有，我们很久没有联系过了。"

"你最后一次见到她是什么时候？"

"我记不清了。"

"那你有没有听到过关于她最近的消息？"

"没有……她怎么了？"桃子顿了顿，还是忍不住问了一句。

"她失踪了。"

"失踪？"桃子不由愣住了，脑子里不由得闪过了很多不好的念头，毕竟这两个字也被安在她自己身上过，"她的事情我不太了解。对不起，我现在很忙，我要挂掉电话了。"

"好吧，等你有空我再打给你。如果你想起关于她的什么事情，也请你第一时间联系我。"对面的林海川客气地说道。

"我现在人在国外生活，跟她没有什么关系了，你也不要再给我打电话了！"

"陈淘，我记得白鸽当初和你关系应该不错，有段时间她联系不上你的时候，急得天天往派出所里跑。"

"那又怎么样？"

"你的朋友白鸽，她最近经历了很多事情，现在她很可能遭遇不测了。"

桃子只觉得自己大脑中有一阵闷雷滚过。

"Excuse me？"

看到那个围着围巾的男人站在面前，露出友善的笑容，桃子一脸惊恐，颤抖着挂掉了电话。

"对不起，我待错地方了。"桃子慌忙背起背包，狼狈地跑出了咖啡厅。

霎时间她醒悟了，这个世界还是原来的世界，自己也还是原来的自己，一个人除非死了，否则永远不可能消失掉。

下班时，太阳已升起，街上的人也渐渐多了起来。赤色的光线透过积雪的反射，让人睁不开眼睛。一个夜班下来，白鸽昏昏沉沉地回到那间狭小的出租屋，她往炉子里添了一块新的蜂窝煤，然后静静地躺在床上。

然而，即使疲惫不堪，白鸽仍然无法入睡。她知道，每次闭上眼睛，那个夜晚的情景就会像单曲循环一样在她的脑海中回放。

白鸽为那个夜晚做了很久的准备。她曾无数次想要让卢杉从这个世界上消失，但她明白，那样做只会让她逃脱卢杉，却不能逃脱法律的制裁。她会一辈子活在他的阴影下。她知道，要结束这段婚姻，唯一的办法就是将卢杉交给司法处理。

那个晚上，白鸽用锋利的刀刺破了自己的手掌，让血迹散落在房间的各个角落。她知道那两粒胶囊会让卢杉一直熟睡到第二天中午，而在那之前，她的母亲会接到她发来的求救信息，赶到家里来查看。消失的女儿，满地的血迹，母亲就算再迟钝也会第一时间选择报警，而这件事也会理所当然地上升为刑事案件。

白鸽要的不是诬陷卢杉，而是把他送到警察的手里。林海川早已经死死盯住了他，他的假身份不可能再一次蒙混过关。卢杉做过多少违法的事情白鸽不得而知，但她知道只要他落入法网，就再也不可能全身而退。

然而，白鸽心里很清楚，这个计划并不完美。在警察面前，卢杉一定会用尽各种手段，这个处心积虑的男人一定暗中留有后手，他很可能想尽一切办法把自己再次攥在手心里。所以在逃离这个家之后，她必须让自己在这个世界上消失一段时间，然后静观其变。

白鸽心里同样清楚，这个计划自己一个人无法完成，她必须要有帮手，而那个人只能是徐远。

那个晚上，徐远在小区的围墙外给白鸽准备了一辆车，车门没锁，钥匙就在脚垫底下。徐远在纸条里叮嘱她，要她第一时间开上车离开上海，不要走大路，不要下车，一个月后两人再联系。

白鸽犹豫了许久，最终没有按照徐远的话去做。她关上了车门，一路快步离去。一路上她不敢打电话、不敢寻求帮助，她不想让自己留下任何可以被找到的线索。最终，她光着脚溜上一辆北上的列车，躲在狭小的卫生间里。

来到讷河的这段时间里，她把自己活成了一个简单至极的人。她在二手电子市场上花了一百五十块钱买了一个十年前的老人机，那个手机没有微信，更与任何 APP 无关，除了打电话、收短信、定闹铃、充当照明手电，再没有多余的功能。除了便利店的老安以及几位轮班的同事，还有出租房辖区的居委会、派出所，通讯录里几乎空空荡荡。白鸽相信，自己如今行走在一片漆黑的森林里，只要不主动发出光亮，就不会被人看到。

而她之所以如此小心谨慎，还有一个重要的原因——那天晚上，他们的计划出了意外。

当白鸽将沾满血迹的尖刀顺着窗户丢出去后，她转过身来，看到卢杉正坐在沙发上看着自己，她差点儿惊呼了出来。

药效还是起作用了，卢杉几次努力地想要站起身来，却一次次狼狈地跌倒，最终他放弃了努力，用胳膊撑着身体靠在了墙角。他看着白鸽笑了起来，似乎已经猜到了她接下来要做的事情。

他没有愤怒，也没有抱怨，只是静静地对白鸽讲出了那个尘封多年的秘密。

"亲爱的，我想给你讲一个故事，关于一个男孩儿的故事。"卢杉的声音依然温柔。

"他是学校烧锅炉的老师傅捡来的孩子。从记事起，他就在养父的虐待中度日，一顿拳脚可以代表养父所有的情绪，不管是欢喜、愤怒、哀伤还是兴奋。他每日的生活只是躲在锅炉房阴暗的角落里，借着砖墙缝隙投来的光亮阅读一堆堆学校里被丢弃的旧书。十八岁那年，锅炉房因为设备事故发生了爆炸，他的养父被当场炸死，他捡回了一条命，可也被喷溅出来的开水烫伤了脸。无处可去的他从此接过了养父营生，留在了那座漆黑的锅炉房里。学生们之间传满了那个面容丑陋的锅炉工的传说，来打水的人总是行色匆匆，不愿在那里多待一秒。

"学校的学生们走了一茬又一茬，那座锅炉房却始终矗立着。那一年柳絮落下来的时候，年轻的锅炉工透过砖墙的缝隙，看到一个拎着水壶走过的女孩儿。他觉得她是那么美好，似乎可以让他抹去身上所有肮脏不堪的东西。从此，每天他都等待那个女孩儿从面前经过，他总是早早地把湿滑的地面清洁得干干净净，像是等待着妻子回家的丈夫。

"毕业前的那个夜晚，锅炉工目睹了那个女孩儿被一个外校生侵犯，他冲上去和那个学生扭打在一起，他打赢了，他把那个外校生撂倒在地。但是那天晚上他却输得一败涂地，恼羞成怒的外校生贼喊捉贼地大声呼救，刚刚和女孩儿分开的男友赶了过来，看到她被丑陋的锅炉工抱在怀里，旁边还有一个被打伤的学生，自然认为他便是行凶者。学生们很快被嘈杂声吸引过来，他百口莫辩，被人们七手八脚地扭送到了学校的保卫处。

"得知女儿在学校遭到袭击，女孩儿的父亲气极了，坚持报了警。外校生担心锅炉工在警察面前会戳穿自己，第二天揣着管钳偷偷来到了锅炉房，他想要让锅炉工永远闭上嘴。然而他选错了战场，他的对手在这里生活了二十多年，熟悉这里的每一寸角落。争斗中，外校生从高架上跌落摔死，锅炉工从他的口袋里翻出了身份证，还有一份深圳文理学院的录取通知书，他本想拿着这些东西证明自己的清白，然而听到学生们对自己恶毒的言语，他明白，没有人会相信自己。锅炉工最终把那个外校生的尸体推入了灶膛中，换上他的衣服逃出了学校。警察来到学校时找不到锅炉工，只当他是逃跑了，人们疯狂地咒骂着，然而他已经不在意了，从那一刻起，他已经决定要成为另一个人、开始新的生活了。"

白鸽呆呆地站在洒满血滴的地板上，她多么希望丈夫口中的故事，只不过是一个故事而已。

"他带着捡来的录取通知书，来到了和那个女孩儿一墙之隔的深圳文理学院，这所不入流的学校管理混乱，没有人去怀疑他的身份。从此，他开始慢慢地雕刻自己，学校里，他是最刻苦的那个学生，课余时间，他用打零工挣的钱去上了校外的法律和经济管理课程，没等到毕业，他便只身走入社会打拼。他发奋努力着、精心雕琢着，同时小心地把自己隐藏起来，在背后默默地注视着她、保护着她。在整形医院，拆开脸上绷带的那一刻，他欣慰地笑了，在镜子中他终于看到了一个脱胎换骨的男人，一个能够配得上她的男人……"

卧室昏黄的灯光下，卢杉向妻子倾诉着十几年来对她的满满深爱。

白鸽心中此时感觉不到丝毫的感动，有的只是绝望。那种绝望就像一把火烧了她住了很久的房子，她看着那些残骸和土灰，她知道那是她的家，但是已经回不去了。

"卢杉，你可以找到很多漂亮、优秀的女人，你为什么不肯放过我！"白鸽终于痛哭了出来。

"那些女人对我来说都是想要喝血吃肉的鬼怪，这个世界上我只爱你一个人。"卢杉静静地说道，"你是我的一切，我，也应该是你的……"

卢杉没有把最后那个"一切"说出口，便再也支撑不住，昏倒在了地上。

白鸽逼着自己收起了眼泪，头也不回地从家里走了出去。她不知道未来会发生什么，自己会成为什么样的人，但她只确定一件事情，就算再爱一个人，也没有权利夺走她的人生，她永远不会再回到这个地方。

冰冷的出租房里，白鸽一个激灵从床上坐了起来，惊慌地看着四周。

将她从睡梦中惊醒的敲门声，已经持续了两分钟以上，平日里，那个声音大多来自抄水表的工人或是送错门的快递员，在得不到回音之后便会自行离去，可是今天，站在门外的人显然下定了决心要把这扇门敲开。

白鸽躺在床上调整着自己的呼吸，努力克制着自己想要咳嗽的欲望。上个礼拜开始，天气骤然降了温，待在这里，她感觉自己身体的热量正在被这间屋子慢慢吸走。几次在沉睡中被冻醒之后，她便患上了咳嗽的毛病，都说世界上有两样东西无法忍住，那就是咳嗽和爱情，也许因为爱情早已和她无关，于是咳嗽便变本加厉地作用在她的身上。

终于，所有的防线都被攻破掉，她猛烈地咳了起来，门外的敲门声也停了下来，白鸽知道，自己已经不能再装隐形人了。

"谁啊？"白鸽问道。

"我是二克浅派出所的。"门外传来一个男人的声音，口音很重。

"有事吗？"

"没事儿能敲这么半天的门吗？"

白鸽知道，此时除了开门，自己没有任何选择的余地。

一束强光照在脸上，白鸽下意识地用手挡在了自己的眼前，攥着手电筒的警察向前凑上一步，他的气息几乎扑在了白鸽的脸上。

"来了好几趟，可算见着你了。"

那是一个矮胖的男人，偌大的脸上偏偏配了一对眯眯眼，那双眼睛小到你不知道他是在看着你还是看着你的屋里。

"旁边楼梯上那几个木头箱子是你放的？"

"怎么了？"

"那是消防梯，你不能给挡上。"

"哦，我不知道，对不起。"

"赶紧挪走，真要赶上个火灾，你这耽误大事儿了。"

"我马上就挪。"

"现在挪行吗？省得我再来一趟。"

"行。"

门外寒风刺骨，白鸽用最快的速度把那些木箱子挪开，她希望面前的这个民警也能如自己这般干净利索地离开。

"大白天的，怎么拉着帘儿啊？"民警絮叨了起来。

"我在睡觉。"白鸽说道。

"这个点儿睡觉？"

"我上夜班。"

"你不是本地人吧？"民警问道。

"嗯。"白鸽始终垂着头。

"一个人啊？"

"不行吗？"

"行，怎么都行！"民警笑了起来，胖乎乎的脸上顿时多了几个褶子，"我只是想提醒你，我们这儿年底乱，凡事儿多加小心。"

"知道了。"

"我负责咱们这一片区，有事儿你招呼我，我姓林。"

"你也姓林？"白鸽愣了一下。

"还有谁姓林？"

"没事儿了。"

白鸽终于关上了门，可躺在床上，她知道自己已经再也睡不着了。

那个警察走后不久，她便把那些木箱子重新堵在旁边的消防梯上。虽然那消防梯已经被锈得难以支撑一个人的重量，但是就在不久前，她清晰地听到了从那里传来的嗒嗒嗒的脚步声。

深夜，街上的灯火依然通明，熙熙攘攘的人群却已经消失无踪。

白鸽从出租房里钻了出来，踏着积雪朝便利店走去。一阵风从头顶吹过时，白鸽抬起头，望向马路对面那栋老旧的住宅楼。

楼里的灯火大多已经熄灭，然而东楼头的那一户却依旧亮着灯。窗户上映出一个身影，一动不动地站在那里。

白鸽知道，如果自己没有记错的话，那个身影昨天这个时候也站在那扇窗前。她心中不禁升起一个念头——那个人也许正在注视着自己。

白鸽从口袋中掏出右手，她知道其实这个猜测很容易验证——除非那个人特意窥视自己，否则根本无法在一片亮光中注意到自己的动作。

带着一份侥幸，白鸽向对面挥了挥手。

那个身影毫无反应，白鸽忽然意识到，那也许是个放在窗户前的假人模特或是雕塑之类的东西。想到这里，白鸽忍不住笑了起来。

然而当她再次抬起头来，刚刚的笑容凝固了——对面那个人的剪影正以同样的动作向自己这边挥手致意。

白鸽再次猛烈地咳嗽起来。她忽然意识到，其实与气温无关，自己每次都是在感到紧张的时候猛烈地咳嗽起来，仿佛是魂魄因为极度的恐慌想要逃离躯体一般。

她下意识地加快了自己的步伐，尽管不愿意承认，但这种感觉已经有将近一周的时间了，白鸽总是觉得身旁有个人如影随形。

最初的那次，她在回家的路上看到了电影院早间场的广告，尽管没有什么好电影，但暖和的放映厅、低廉的票价还是给了她无比的诱惑。

影片开始很久了，整个放映厅里只有白鸽一个人，这让她顿时有一种开辟了新大陆的兴奋。然而当影片播放到一半的时候，一个男人的身影突然从银幕前缓缓移过。逆光中白鸽无法看清那个人的面容，只是从身形上依稀判断，那个人应该和白鸽年纪相仿。

这个舒服的地方不止属于白鸽一个人，这本无可厚非，可那个男人在整个放映厅走了一圈之后，最终坐在了白鸽身后不远的位置上。

白鸽假装低头去捡起落在地上的电影票，透过座位下面的缝隙，她注意到那个男人穿着一双黑色的双接头皮靴，这种皮靴在讷河并不常见。

放映厅那么多座位，为什么偏偏选择了自己的身后？白鸽一时慌乱，心中翻腾出无数种可能性。可当她终于鼓足勇气回头向后排望去时，却发现身后已经空空如也。

22

白鸽坐在柜台前，身旁的冰柜发出有节奏的振动声，头顶的播报器循环播放着打折信息，门外的顾客时不时地走进店里，她感到自己终于找到了一丝安全感。她努力说服自己，那些只是幻觉，就像过去病症发作时一样。

夜深了，店里已没了顾客。白鸽的目光不自觉地落在冷柜的最后一层，内心挣扎后，她还是走了过去，拿起了一盒一升装的牛奶。

这盒经过巴氏杀菌的新鲜牛奶，富含优质的蛋白质、维生素及矿物质，都是她虚弱身体所需的营养。尽管这些牛奶的保质期只有七天，但它们很快就会被抢购一空，甚至等不到临期打折的机会。

白鸽把牛奶拿到柜台前，心中涌起一股冲动，仿佛能一口气喝下这一整盒鲜奶。然而，当扫码器扫过条形码的那一刻，她犹豫了。十九块八的价格，比她一天留给自己的三餐费用还要多。她数了数口袋里所剩无几的钞票，最终还是默默地把牛奶放回了原位。

屋子里暖烘烘的，让人筋骨发软。一阵倦意袭来，白鸽披上外套，趴在柜台前的桌子上打起了瞌睡。

凌晨四点一刻，第一批环卫工人穿着厚重的外套，像刚刚在外太空登陆的宇航员一样从便利店门口走过。

凌晨四点二十八分，一辆汽车歪歪扭扭地冲过路口的红灯，险些撞上一个骑着电动车的中年女人，汽车司机探出头来骂骂咧咧。

凌晨四点四十二分，一个戴着皮帽子的男人走进便利店，慢条斯理地挑选了几样商品放在柜台上。看到售货员还在沉睡，男人便没有打扰，自己拿起了扫码器。

凌晨四点四十五分，男人走出便利店，黑色的双接头皮靴留下一串足迹，很快又被大雪覆盖。

凌晨五点，老安叫醒了还在沉睡的白鸽，告诉她可以交接然后去休息了。

"晚上来客人了吗？"

"没。"

"行了，赶紧回去休息吧。"

"嗯。"

"你明天白天什么安排？"老安小声问道。

"嗯？"

"问你明天白天什么安排？"老安重复了一遍。

"没什么安排，在家休息。"

"中午一起吃个饭吧！"老安的声音有些颤抖。

白鸽抬起头来，冷冷地瞪着他，那眼神似乎在说——别招惹我，谁招惹我，我就让谁倒霉。

"逗你呢！当我没说。"老安堆起笑容，走到货架前面清点起了货物。白鸽知道他的嘴里正在低声嘟囔着什么，她努力不让自己去理会，她要做的就是在打卡机上按下自己右手的食指，然后背上背包离开这里。

"喂，你包里装的是什么东西啊？"老安忽然从背后问道。

"我包里？当然装的是我的东西。"白鸽瞪着他。

"能打开让我看看吗？"老安冷着脸。

"没这个必要吧？"白鸽把右脚往柜台外挪了半步。

"看看怎么了，有啥见不得人的吗？"老安步步逼近。

"老安，换别人，这个时候我已经掏出电话报警了。"

"你报啊！有本事你就报！"老安笑了起来，"你当我不清楚你？一个南方大城市生活的女人，躲到讷河这种地方，你手里要是没点儿事我跟你姓！"

"我什么也没做，我只是想活下去。"

白鸽一字一句地说道，然而她话音未落，老安已经抢先一步冲了过来，他半侧过身体，用肥硕的身体挡住了白鸽，然后一把拽住了那个帆布袋子，两个体形相去甚远的身躯扭在一起，只维持了短暂的一瞬间，白鸽便被弹开了。

两盒鲜牛奶从白鸽的帆布袋子里滚出来，顺便还有几袋肉脯、坚果等零食。

"我说大半夜的，不会有人跑到这里买鲜奶，货是我亲手点的，少了东西你当我看不出来吗？"

老安说着一把攥住了白鸽的胳膊。

"我最后警告你一遍，别碰我！"

"少给我来又当又立的，告诉你，在我这儿没用！我早就猜到丢东西的事情出在你身上，怎么着，公了还是私了？"

老安正想把白鸽拉到自己的身边，突然看到眼前寒光一闪，下意识地松开了手，人也向后仰了过去，可是身上的羽绒服还是喷出了一堆白色的毛絮。

那个胖硕的男人差点仰面栽倒在地上，得亏右手胡乱在柜台上抓了一把，才好歹稳住了。

白鸽喉咙里发出低沉的声音，右手紧紧地攥着一把裁纸刀，那东西即便是睡觉她也一直藏在身上，她知道迟早有一天会用到这东西。她无数次告诉自己，如果再遇到伤害自己的人，她一定要第一时间回击，用尽全力。

老安嘴里骂了一句，俯下身来在地上寻找着可以和那把裁纸刀相对抗的东西，然而东西没有找到，自己却怔住了。

他从地上捏起一张纸条，放在手里看了看，又抬头打量着白鸽，忽然摸着后脑勺笑了起来："误会，误会！你早说嘛！我就说嘛，你肯定不是那样的人！"

那个纸条是刚刚老安伸手乱抓的时候，从白鸽的背包里掉落出来的。白鸽一把抢过老安手中那张纸条，这才看清那是店里一张机打的购物小票，上面对应的商品正是装在她包里的牛奶和零食，结账方式是现金，结账时间是四点四十四分。

"我这人啊，喝点儿酒就乱讲话，不过脑子的！刚才那些话，你就当我放了个屁……"

老安还在解释着，白鸽已经一把将他推开，冲到了后面工作间的那台电脑前。

"其实你要是有什么想买的可以直接跟我说，好歹也是内部员工，至少得拿个进货价吧？"老安跟在后面，依旧不停地聒噪着。

"闭嘴！"

老安终于安静了下来，白鸽聚精会神地盯着监控录像的回看画面，最近一段时间以来一直刺激着自己神经的那些怪事，也该有个答案了。

可偏偏没有。

白鸽把进度条一直拖到了尾，自从自己在凌晨四点左右打了个瞌睡以后，整个便利店的监控视频如同静止画面一般，直到老安走进店里。可那些牛奶和零食连同购物小票不会一起凭空飞进自己的背包里，除非……

反复查看时间进度条，白鸽终于印证了自己的猜测，监控视频里有一个时间段的视频凭空消失掉了。

她不死心，反复查看前后的录像，忽然点了暂停键，只见画面中便利店的镜子里，反射出一个站在店外的男人，身影似曾相识。

白鸽终于再次猛烈地咳嗽了起来，仿佛有一样东西想要努力摆脱自己的身体。

"这间屋子真够冷的。"二克浅派出所的民警林立志嘟囔着，不由得打了个哆嗦。

他没想到自己这么快又会来到这个女人的家中，此时她两手插在袖子里，站在门口不肯进来。

"我们查过了，门锁没有被撬过的痕迹。"

林立志抽了口烟，烟蒂上的一搓灰落在了地上。

"能把烟掐了吗？"白鸽问道。

"不好意思啊，你这屋太冷了，抽根暖和一下。"

"你这样破坏现场，一会儿怎么提取脚印啊？"白鸽质问道。

"提取脚印？什么脚印？"林立志张大了嘴巴。

"有人刚刚趁我不在的时候，闯入我家里了，他可以来一次，就可以来第二次！"因为情绪过于激动，此时的白鸽身体像筛糠一样抖动着。

"屋子没有丢东西，门锁窗户也没有被撬过，你让我们查什么啊？"

"我的衣服被动过了！"白鸽大声说道。

"嗯，你说了好几遍了，你的衣服之前是摊开的，现在被人叠起来了。"林立志笑了笑。

"还有，我杯子里的水味道不对。"

"哪儿不对了？"林立志端起桌上的水杯使劲闻了闻。

"你们拿去化验一下就知道了！"

"你叫陈静对吧？"

"对。"

"记得你说你是上夜班？"林立志问道。

"对。"

"你看，我有一个想法，你听听有没有道理？因为你上夜班，所以只能白天睡觉，昨天傍晚你一觉醒来，脑袋晕晕乎乎的。那时候你顺手把衣服叠整齐了才出门，等你上了一夜班回来，压根儿把之前的事儿忘得一干二净了，所以才以为有人进来动了你的衣服。"

"我的衣服放在哪儿、怎么放的我记得清清楚楚，我肯定，有人进来了，我不会弄错的！"白鸽大声说着，"他已经跟着我好几天了！"

"姐，你先别急，我很理解你的心情，也特别想帮你，但是你说的那个人谁也没见着啊，你让我怎么帮你？"

"你们不能走，你们前脚走，他可能后脚就会来的！"白鸽大喊着，用自己单薄的身子死死地堵在门口。

林立志苦笑着在屋子里四处踱着步，走过茶几前，他突然猫下腰来，目光落在了那个白色的药瓶上。

"你吃舒必利啊？"

"备着的，以前吃过。"

"我二姨当初也吃这个药，那年我表妹放学回来的路上让车撞死了，她哭了整整俩月。晚上她总守在家门口，说能看见自己闺女就站在楼梯口下面。后来我二姨父带她去了医院，开的就是这个药，效果挺好的。"

"我知道那个偷偷进来的人是谁。"白鸽一字一句地说道。

"谁？"

"我丈夫。"白鸽无助地坐在了地上，泪水止不住地落了下来，"我来讷河之前一直生活在上海，我丈夫家暴我，把我打流产了，我才从家里逃走的。"

"你说你丈夫追着你过来了？"林立志问道。

"是……"

"那要真是他的话，你看又帮你买吃的，又给你叠衣服的，说明他心里还是有你的……"

"我丈夫他，可能杀过人。"白鸽低头说了一句，她的音量并没有很高，语气也并没有很强，却足以让旁边所有的声音都消失掉了。

"两口子闹归闹，这种事儿别乱开玩笑，尤其当着警察的面儿。"

"我没开玩笑。"

"他杀谁了？"

"我不知道。"

"那你凭什么说他杀人了？"

"你们如果不愿意帮我，能不能把我带走？"白鸽几乎是用尽自己最后的力气和尊严，从肚子里吐出了这句话。

"把你带走？带你去哪儿？"

"去你们派出所，别把我留在这里！"

"姐，你稳定一下情绪，现在是法治社会，没人敢乱来的。"

林立志不住地安慰着，可是面前的女人似乎根本没有听进去，她焦躁地在楼道里走来走去，似乎在寻找着什么。

终于，她从地上捡起了一个被人喝空的啤酒瓶。

"再说了，如果真有事情发生，你可以随时联系我们，我们出警速度都是有保证的……"

林立志话还没说完，只觉得头顶一热，一阵眩晕接踵而至，似乎有一只小虫子在顺着头顶慢慢地爬了下来。

看到那个女人被自己的同事死死地按住，他才反应过来，自己刚刚被人用啤酒瓶给开了瓢。

"现在可以把我带走了吧？"白鸽问道。

"你有病啊？"林立志捂着自己的脑袋，鲜血正顺着他的手背流下来。

"求你们了，把我带走！"

"老林，这，怎么处置啊？"一起出警的同事一脸茫然地望着林立志。

"我跟上面请示一下！你看好她！"

林立志走到一边的楼梯拐角处，一手抽着口袋里的纸巾给自己擦血，一手跟支队长打着电话，他觉得今天真是撞了邪了。

"你在给谁打电话？"拐角那边白鸽远远地喊道。

"大过年的，姐，你消停点儿吧！"林立志探出头，恼火地回了

248

过去。

"你是不是在给卢杉打电话？"

"谁是卢杉？"

"我丈夫。"

"你们家我认识一个就够够的了！"

电话里的支队长乐得快要喘不过气儿来，说你回头别忘了写申请，你这算工伤，咱们派出所已经好久没有过工伤了。

"别整那没用的……要不我先给她带回来？那女的不是咱们本地的，我是觉得，她精神不太正常，那她为什么不正常的？为什么要来我们这儿？我是觉得这里面万一还有别的事儿呢……"

林立志话还没说完，又是一阵乱糟糟的声音从拐角那边传了过来，林立志再伸头望去的时候，已经没有了白鸽的身影。

"那女的人呢？"林立志匆匆赶了过去，把摔倒在地上的同事扶了起来。

"她刚才忽然说她丈夫正站在街对面看着她，然后不知道哪儿来了那么一股邪劲儿，把我直接推地上，跑了。这女的肯定是个疯子，今儿倒了血霉了！"

林立志顺着同事所指的方向望去，街对面是一家果蔬超市，正人头攒动。

"现在咱们怎么着？"同事问道。

"怎么着？不回去还等着在这儿长毛啊？"

林立志望着街对面，他忽然觉得，那边似乎也有一双眼睛望过来。

从出租屋逃出来后，白鸽再次踏入了寒风之中，尽管她并未想好接下来自己该去哪里。

在城中漫无目的地游荡了几个小时后，她最终坐在了卫生院对面的一张长椅上。远处，行人稀疏，她紧紧地攥着那把裁纸刀，那是她身上所剩不多的物件之一。

无论她是否愿意承认，这几个月来，她最担心的事情终究发生了——那个人已经找到了她。

此刻，她首次意识到，手中的这把刀虽然锋利，但太过单薄。单薄到如果那个男人突然出现在她面前，她都不知道该如何用这把刀来保护自己。

那个出租屋，白鸽不打算再回去了。那里本就没什么值钱的东西，她也早已做好了随时离开的准备。可她现在唯一后悔的是，临走前忘记了带上手机的充电器。那款老式的手机已经很难再找到适配的充电器了，眼下手机上电量过低的标志不断闪烁，似乎在提醒她，身边最后一个"帮手"也即将离她而去。

还没到下午五点钟，黑夜便已完全笼罩了这座小城。刺骨的寒意越发浓烈，为了让自己坚持下去，白鸽努力在脑海中搜寻那些值得留恋的记忆。

她逼自己回忆起那次加班至深夜，回家路上那碗热气腾腾的馄饨；她逼自己回忆起那次和桃子在无人的海边，脱去泳衣躺在沙滩上；她逼自己回忆起那次赖在沙发上，翻着无聊的电视节目，迟迟不肯去上班的日子……那些尘封已久的记忆此刻变得如此清晰，她甚至能记得那天躺在沙发上，手中啤酒的滋味，以及身体里那种麻酥酥的感觉。

白鸽突然从梦中惊醒，这才意识到自己刚刚睡着了，而那种麻酥酥的感觉，其实是来自手机的振动。

手机屏幕上亮起提示，由于电量过低，手机将于三十秒后自动关机。白鸽知道，她必须做出决定了。

最终，白鸽从袖子里伸出手指，拨通了一个号码。

"徐远，是我。"

"……白鸽？"

听到听筒那边久违的声音，白鸽忍不住哭了起来。

"对不起，我那天没有听你的话。"

"你在哪儿，你还好吗？"

"他找到我了……三个月了，我连大气都不敢喘一声，他还是找到我了，我不知道该怎么办，真的不知道……"

"白鸽，你听我说，你不会有事儿的。告诉我——你现在在哪儿？"

"黑龙江讷河，二克浅镇……"

话还没说完，手机便自动关机了。

"镇政府旁边有个卫生院，我在卫生院东面的一条马路上……"白鸽对着手中屏幕已经熄灭的手机说道。

林海川匆匆把碗里的饭扒拉进了嘴里，一路小跑赶回了办公室，由于吃得太快，抄起电话听筒的时候，最后一个饺子还横在嗓子眼儿上，他不得不使劲跺了两下脚，才把它顺进了肚子里。

"喂，黄浦公安分局豫园派出所。"

"你好，我是黑龙江讷河二克浅派出所。"电话对面传来了一个带着东北口音的声音，"我在公网上看到了你们发布的一个失踪人口信息，是一个叫白鸽的女人，有这么回事儿吧？"

"黑龙江哪儿？漠河？"

"讷河！n——e——讷！"

"你见着她了？"

"我们辖区最近有一个外来人口，我觉得跟照片有点儿像，她登记的名字叫陈静。"

"你接着说。"林海川一边说着，一边从身上掏出了本子。

"我们这边，大过年的零下三十多摄氏度，本地人都跑到南方去了。一个外地女人跑到我们这儿来，多少有点儿怪，所以我还是稍微留意了一下。今天早晨我看见了你们发的那则失踪人口信息，就想起这事儿来了，我记得她跟我提过一嘴，她是从上海来的，说什么她被丈夫家暴，就跑出来了……"

"你确定你见到的那个人，就是照片上的那个女人？"林海川追问道。

"这么说吧，我当警察十来年了，能拿酒瓶子给我脑袋开瓢的人，她是第一个，所以我对她印象很深。"

"……开瓢？"

"我这会儿头上还顶着纱布呢。"

"你说的那个女人，她现在在哪儿？"林海川有些迫不及待。

"我不知道。"

"……不知道？"

"年二十九她报了警，说有人进了她的屋子，还说那个人在一直跟踪监视她，结果我们事儿还没弄清呢，一回身人就跑了，门都没锁。哎对了，那个女的，是不是精神有点儿不大正常？"

"有可能……还有什么线索吗？比如，她屋子里留下过什么东西？"

"这么着，她屋子这儿都没锁，你加我微信，一会儿我路过她那儿给你拍个照片。"

"那太好了，后续有什么事情你也可以随时联系我。"

"138×××0047，我微信号，我姓林。"

"你也姓林？"

电话听筒那边忽然静默了。

"喂，喂？听得到吗？"

"我听得到，我也姓林。你刚刚那句话，那个女人也问过我。"电话对面一时乐不可支。

讷河的一家迪厅里，喧嚣的音乐与狂暴的节奏交织在一起，激荡着舞池中的每一个人。

白鸽静静地躲在角落，迪厅对女士免费，这使得深夜的讷河有了这样一处无须花费，又能让她取暖的地方，刚刚，甚至有一个男人请她喝了一瓶啤酒。这些日子，她几乎记不清自己是如何度过的，现在她的口袋里连一顿饭的钱都凑不够。到了这一步，她已不在乎是否要隐藏自己的行踪，因为当你已经预知了所有的结局，再发生什么都无所谓了。

直到酒吧打烊，老板再三催促，白鸽才依依不舍地离开。地上的雪层在脚下发出吱吱的声响，借着从酒吧里带出的腾腾热气，白鸽试图像小时候那样，跑两步然后在雪地上滑出一两米远。她忍不住开心地笑了起来，就一个人在黑夜里漫无目的地玩耍着。

身后的路灯将那个男人的身影逐渐拉长，投射在白鸽的脚下。

终于，在经过一截漆黑的路段时，白鸽将自己蜷缩在角落里的垃圾桶旁边。她双手紧紧握着那把裁纸刀，默默地将身体每一份残存的力气都聚集在胳膊上，随时准备全力刺出。

北方的夜空静谧而深邃，寒冷的空气似乎连云彩都留不住。夜空大概是千万年来最纯净的样子，如同漆过的镜子一般映照着大地。

如果人们抬头仰望，或许能在天上看到自己憔悴的模样，为自己的命运发出一声声叹息。

可是此时，白鸽紧紧地闭着双眼。

她之所以闭上眼睛，并不是因为恐惧，而是想要积攒最后的力量。疲倦渐渐蔓延，有几次她几乎要昏睡过去，但她一次又一次地强迫自己醒来，一遍又一遍地告诉自己，虽然她的人生并不完美，甚至被人嫌弃，但它不应该在那个男人的手里终结。

脚步声逐渐接近，肾上腺素驱使肌肉做出了反应。

白鸽大喊一声，将手中的裁纸刀从黑暗中刺出。然而，冻僵的身体早已让她的动作失去了协调，刀子最终在空气中划过一个弧线，她自己却被惯性带倒在地。

很快，一双手像钳子一般紧紧箍住了白鸽的胳膊，她奋力挣扎着。

"别怕，是我！"

白鸽这才看清了眼前的面孔，只觉得一股暖流涌入了身体。

徐远，他终究还是赶来了。那一刻，白鸽号啕大哭了起来。

虽然没有看表，但远处的夜空中突然密集地亮起一片烟花，白鸽知道，新的一年来了。

"出来一起看烟花啊！这也就是在这山高皇帝远的地方，咱们那边过年肯定看不到的！"跑到路边放水的徐远兴奋地喊了起来，不过身后许久没有回音，他这才意识到白鸽已经不想离开车子半步。

那辆租来的汽车停在了空旷的野地里，虽然方圆十里之内空无一人，可她依然保持着警惕，似乎随时准备迎接下一场磨难的到来。

徐远识趣地回到了车里，关上了车门。挡风玻璃前的那碗泡面已经软了，徐远从塑料袋里掏出了一根火腿肠，掰开丢进泡面桶里。

"趁着热乎，吃点儿东西吧。"徐远把热气腾腾的泡面递给白鸽。

"你怎么找过来的？我当时连电话都没有讲完，手机就没电关机了。"白鸽问道。

"还好我听清楚了讷河这两个字，而且在这里，我运气不错。"

"对不起，我放了你的鸽子，那天晚上，我自作主张了。"白鸽没有抬头，小声地说道。

"你有你的安排，你不用埋怨自己。"

"我没有给你留下一丁点儿联系的途径，不是因为我信不过你，是因为我怕会连累到你。"白鸽说道，"他后来找过你吗？"

"我搬了家，他给我打过几个电话，我没有接。"

两人沉默着，空调的暖风已经开到了最大，发出轰轰的声响，可车里还是彻骨的寒冷。

"我们现在去哪儿？"白鸽问道。

"我不知道，你要是实在想不出来的话，我们也可以先在这里坐一会儿。"徐远笑着回答。

"对不住了，害你大过年的跑到这地方来。"

"反正我也是一个人，过年在哪儿都一样……新年快乐，白鸽。"

"新年快乐，徐远。"

远处的城市上空再次升腾起耀眼的光芒，徐远痴痴地看着那些光芒在空中一次次亮起、熄灭，再亮起。

　　"你说咱们俩，这算浪迹天涯吗？"徐远笑着问道。

　　当他再回头的时候，白鸽已经靠在副驾驶座上沉沉地睡去了。

23

整整几天，林海川都在举棋不定之中。他明白，讷河的林警官已经把那根如同救命稻草般的线索传递给了上海的林警官。常理来说，后者应该会迅速行动，联系家属并申请跨省寻找那个女人。然而，上海的林警官却犹豫了。

虽然那天白鸽家里的现场犹如凶案现场，但林海川觉得，事情并不如表面看起来那么简单。他反复回想白鸽曾在他面前展现的种种细节，越发坚信自己的推测——那个所谓的凶杀现场其实是白鸽布置的假象，她只是想逃离。为此，她不惜放弃过去的身份和人生，只为寻找一线生机，就如同当年他离去的母亲一样。

也许她原本打算借此将卢杉送进司法机关，但现在卢杉却失踪了，再次消失在黑暗中。

林海川心中一阵酸楚。无论是白鸽还是自己的母亲，她们都选择隐姓埋名、孤身一人，抛弃自己二十多年的人生去赌一个明天。一个人的名字，不仅是父母赐予的，更是人们用来识别和称呼其存在的标识。这不仅仅是一个名字，更是她们人生意义的象征。如果还有一丝留恋，她们绝不会像丢弃空瓶子那样轻易放弃。

林海川深知，讷河林警官提供的线索已经将那个女人的位置锁定在一个极小的范围内，警察很快就能找到她。在如今公安系统的技术和制度支持下，他们完全可以游刃有余。但接下来呢？带她回上海，等待卢杉的出现，然后再看着卢杉把她带回家？

到那时，他们即便装备精良、言辞堂皇，却依旧还是当初的废物。

如果沉默能够拯救一个人，林海川宁愿选择沉默。

走出派出所大门的那一刻，林海川突然感到胃里传来一阵钻心的饥饿。他这才意识到，自己已经十个小时没吃东西了。此刻，他满脑子都是路口那家面馆，十五块钱一碗满当当的牛肉面，上面配着整片切下来的牛肉，再撒上一把厚厚的葱花和香菜，简直就是人间美味……想到这些，他不由得加快了自己的脚步。

蒸汽扑面而来，眼看面馆已经近在眼前，林海川却突然停住了脚步。

"现在是下班时间，警察也得吃饭。"

林海川转过身来，对着身后漆黑的角落说道。

那个脚步声已经跟了自己两条街了，当警察平日里处理乱七八糟的事情多了，少不了碰见怀恨骚扰的人。

可那人从角落里走出来的那一刻，林海川还是愣住了。

她换了发型，脸庞也比之前见的那次圆润多了，林海川不得不多花了几秒钟，才把面前的女人和记忆中的陈淘联系在一起。

"哟，回来了？"林海川嘴角扬起一个笑容，"葡萄牙待不下去了，念起祖国的好了？"

"我回来是有些事情要办。"桃子平静地说道。

"打派出所门口一直跟我到这儿，有什么事儿吗？"

"她怎么样了，有消息吗？"

"你说谁？那个叫白鸽的？"

"还能有谁？"

林海川没有说话，只是微微摇了摇头。当然，这个摇头可以表示没有，也可以表示无可奉告。

"白鸽失踪，是什么时候的事？"桃子问道。

"11 月 29 日早晨接到的报警。"林海川答道。

"她丈夫卢杉现在在哪儿？"

林海川摇摇头："他也不见了。"

"林警官，我有一样东西要给你。"桃子认真地说道。

"什么东西？"

"不白给，你得答应我两件事儿。"

"一件东西让我答应两件事儿，你这东西得多值钱啊……"

林海川话还没说完，只见桃子从自己的口袋里掏出了一块拇指大小的长条形状的碎瓷砖。

"第一件，找到白鸽，不管她是死是活。第二件，如果白鸽死了，她一定是被卢杉害死的，请第一时间逮捕他。如果白鸽还活着，一定不要让卢杉知道她的消息。"

"这到底是什么？"林海川接过了那块碎瓷砖，放在手里仔细打量着。

"一块地砖的碎片，不太锋利，我本来想用它割开绑在手腕上的绳子，可后来才发现它太钝了，只能磨开我手腕里的血管。"

"你说什么？"林海川不由得瞪大了眼睛。

"你应该还没忘吧，当初因为找不到我，白鸽一遍又一遍往派出所跑。现在她失踪了，我做不到袖手旁观。"

"那件事我记得。"

"我想告诉你，没错，那天你们是敲开了我的房门，但是你们不知道我都经历了什么。"

"说来听听。"林海川努力让自己摆出一副波澜不惊的架势。

"说来话长，你还是先吃饭吧。"桃子忽然笑了。

"不如一起吃吧，边吃边说，我请客。"

"我不饿，你抓紧填饱肚子吧。我给你一个地址，吃饱了饭你去一趟，想法进去那幢房子，地下室最东面的一个房间的地砖上，你应该能找到这块碎瓷片的缺口。等你把那里调查清楚之后，我再跟你讲也不迟。你有我电话，到时候联系我。"

桃子说罢转身再次走入那片阴影之中，林海川很想冲过去追上她，但转念之间又觉得，眼下似乎任何一件事情都比追上她要重要得多。

林海川已经做好了心理准备，但是接下来几天发生的事情，还是远远超出了他想象力的界限。他很快在那栋别墅的地下室找到了和碎瓷片相吻合的缺口，技术人员在地板上测出了带有赵洪伟 DNA 的血迹，通过调取周边摄像头的录像，刑警大队很快掌握了卢杉曾经囚禁、伤害老赵的事情。

桃子没有违背她的承诺，她来到市公安局刑警队，向警方详细描述了当初的遭遇。她坦承自己曾经被卢杉绑架、囚禁的经历，以及为了保全自身而被迫沉默的无奈。

随着案件被定性为凶杀，卢杉被确定为重要嫌疑人，市刑警队全面接管案件，并且成立了专案组，甚至连老高也被聘为了专案组的顾问，林海川却发现整件事情已经和自己这个派出所的小民警无关了。

向北过了嫩江，雪下得更大了。

荒郊野岭，手机信号时断时续。两人好不容易按照地图指引，找到了最近的加油站，却发现那里早已停业。

尽管徐远小心翼翼地控制着油门，汽车还是耗尽了最后一滴油，在旷野中停了下来。刚刚过了下午三点钟，光线就已经暗了下来，天地昏黄，云缝中闪耀着余晖，落霞有如一面巨大的旗帜在头顶猎猎飘拂。

徐远让白鸽坐在车里，自己站在路上拦车。然而十几分钟过去了，一辆车也没见到，他自己反倒被冻得缩回了车里。

"换我去试试。"白鸽说道。

"算了吧，北方的鸟儿都飞到南方去了，南方飞来的，就咱们俩。没有吃的，车连空调都开不了，咱们不能留在这儿。"手机没有网络，徐远只得对着地图研究起来，"前面最近的是嫩江县，天彻底黑之前，咱们得想办法到那儿去。"

"有多远？"白鸽问道。

"大概，二十公里吧。"

白鸽没有说话，只是长叹了一口气，这个距离令人绝望。

"我记得你高中体测，八百米能跑三分二十秒，照那个速度，用不了一个半小时就能跑到。"徐远笑着安慰道。

"那都是哪年的事了？我早不是过去的我了。"白鸽苦笑。

"你还是你。放心，这世界上，谁也改变不了你。"徐远说着，喊着口号朝前跑了出去。

"跟上来！锻炼身体——保护自己——多吃肥肉——防止挨揍——"

那一刹那，白鸽有些恍惚，仿佛回到了高中在操场集体跑圈的岁月。徐远迈开双腿奔跑在前面，不时回过头来催促着，似乎所有的风都停在了他的身上。

白鸽深吸了一口气，加快脚步追了上去。

热气腾腾的拉面摆在面前，白鸽顾不得烫嘴，更顾不得礼貌，挑起一筷子塞进了嘴里。

"老板，给再加俩茶叶蛋。"徐远说道。

"俩茶叶蛋六块钱。"坐在柜台前独自喝着小酒的老板说道。

"老板，超市里鸡蛋几毛钱一个，你俩鸡蛋卖六块？"徐远不乐意地喊道。

"逗你们玩儿的！"老板笑盈盈地端上两个茶叶蛋，"茶叶蛋送你们的，大冷天的，你们小两口儿吃饱点儿。"

白鸽愣了一下，下意识地低下了头。

"大哥，我们不是两口子。"徐远笑着解释道。

"你们出了我这个店，就没我这个人了，有什么好藏着的。"老板笑着说道。

"我们俩，真那么像两口子？"徐远扭着身子，饶有兴致地问他。

白鸽在桌子下面踢了徐远一脚，示意他别再多嘴了。

"你们俩，一看就是一辈子裱在一起那种。"

"怎么看的啊？"徐远不依不饶地追问了起来。

"怎么看？看你们俩看对方的眼神就看出来了！"

徐远朝坐在自己对面的白鸽望去，却发现白鸽的脸已经冷了下来，碗里的面还有一多半，她却把筷子撂下了。

"我吃饱了，在外边等你。"

见白鸽掀开门帘再次走入了风雪之中，徐远只好匆匆扒拉完面前的食物，追了出去。

积雪的路面很滑，为了追上白鸽，徐远险些滑倒，可即便这样，白鸽也没有丝毫放慢自己的脚步。

"走那么急干什么？"

白鸽没有回答。

"哎，你生气了啊？一个陌生人，喝完酒说两句胡话，有什么好在意的？"徐远为自己辩解道。

"你不在意的话，为什么要跟他一句接一句地聊？有意思是吗？"白鸽不悦地瞪着徐远。

徐远一把抓住白鸽的胳膊，大声地说道："我只是想找个人说两句话！人需要交流，就像需要喝水吃饭一样！我开了两天一夜的车，又徒步走了二十公里，一路上我问十句你答不了一句……我不想像你一样，遇到难事后只有两种表达方式，愤怒和沉默！"

"你用不着绕弯子，你不就是想对我说，白鸽你个傻 × ，你瞎了眼选了那样一个男人，害得自己成了这副德行，又惨又尿，还拉了我当垫背！你后悔吧？你悔得肠子都青了吧！"白鸽再也忍不住，在空旷的街边咆哮了起来。

"白鸽，你说的那些事情我从来没有想过。"徐远认真地说道，

"真正后悔的人是我，如果毕业那天晚上我没有那么犹豫，如果当时我告诉了你我的心里话，如果我没有让你一个人离开，可能一切都不一样了。这么多年了，我一直在找那些如果，可是这世界上什么都有，就是他妈的没有个如果。"

雪花无声地落在两个人身上，似乎一个正在劝架的和事佬，拍着他们的肩膀说，都过去了，算了吧。

"抓紧时间吧，我们不是到这儿来吵架的。"白鸽迈步朝前走去。

两个人很快发现他们的想法太简单了。在这座深夜的小县城里，别说找一辆拖车，就连找到一个肯在明早出车的司机，都是一件难上加难的事情。

徐远提议去加油站买些汽油回去，但那意味着两个人要踩着刚刚的脚印再走一遍那二十公里路，而且等待他们的是伸手不见五指的黑夜。两人经过一番斟酌，最后得出了结论——目前已经没有什么好斟酌的了，留给他们唯一的选择就是在县城熬过这一夜，明早再做打算。

好在县城里还有一家旅馆在营业，为了避免尴尬，两人间隔了将近一刻钟才先后进入旅馆，各自开了房间。然而即便如此，前台的大姐还是一个劲儿地盯着白鸽问："刚才那个男的，跟你是一起的吗？"

旅馆的条件之差，还是远远超出了他们的意料，一整层楼甚至要共用一个卫生间和浴室。但是比起拎着汽油徒步走回车里，这里显然是个更理智的选择。

躺在那张带着霉味的床上，白鸽本以为自己会很快沉沉睡去，可淤积在身体里的困倦，却突然像漏气的车胎一样消失得无影无踪。

大概十二点过后，隔壁传来了有节奏的撞击声和女人的呻吟声，旅馆的隔音很差，那声音是如此清晰，仿佛两个人就在她面前交媾一般。

白鸽最终穿上了自己的外套，走出了旅馆。刚刚站在窗台前的时候，她注意到东南方向有一片供小区居民活动的场所，那里甚至还有一个秋千。

冰冷的夜风吹进白鸽的衣领，也吹散了刚刚萦绕在心头的欲念。当她踩着积雪来到那个秋千前面的时候，徐远像一片雪花一样飘入了她的视野中。

"你怎么在这儿？"两个人几乎异口同声地说了出来。

四目相对，有些许尴尬，不过两人很快都笑了起来。看来他们都是被同楼那两位精力旺盛的客人给逼出来的。

若是恰好有人从这里经过，一定会认为这两个深更半夜在雪地里荡着秋千、唱着歌的人，大概是被这场雪给冻傻了。不过那些人都已经回到了自己温暖的巢穴，这座空旷的县城，此时似乎是特意留给他们的。

"今天晚上，我对你说了很多不该说的话。"白鸽说道。

"没事，都过去了。"徐远笑了笑。

"对不起，这个世界上，我只敢对你一个人肆无忌惮地发脾气。"白鸽认真地望着徐远。

"彼此彼此，我也没少往你身上倒垃圾。"

"徐远，谢谢你，还能在我身边。"

"没关系，都是我活该的。"

白鸽笑了起来，一团哈气从她口中漫出，消散在了风中。

风更疾了，雪也更大了，一阵风吹过，一旁的旗杆发出了叮叮当当清脆的声音。

"冷吗？"徐远问道。

"有点儿。"

"回去吗？"

"隔壁要是还没完事儿怎么办？"

"我去敲他们房门，然后告诉那男的说，根据我多年临床经验判断，你的女人是在假高潮。所以不如早点休息，大家都能轻松点儿。"

"你不怕人家揍你？给你打坏了，还得我背你去找医院。"

"那就去我屋里吧，我给你念书听。"徐远笑着说道。

白鸽望着徐远，鼻子猛地酸了一下，高三的时候，每当她午休时间想要小睡一会儿却又难以入眠的时候，徐远总是给她念上几页书，那时候白鸽躺在他的腿上笑着问，听他念书跟吃安眠片儿一样，听多了是不是相当于自杀啊。

"送你一句人生格言，别撩已婚的女人。"白鸽踢了徐远一脚，"不过还是谢谢你，让我想起了很多美好的时候……"

徐远笑了笑，两人之间的空气似乎凝结了，一阵风吹过，不远处的旗杆再次叮叮当当了起来，徐远抬起头张望着，发现那叮叮当当的声音原来是被风吹动的绳子撞在金属杆上发出的声响。

当徐远把头转过来的时候，白鸽的泪水已经落了下来。

"我知道是我自作自受，你要是想骂，就别忍着，好好骂我一顿吧。"

"我这么远跑来，不是为了骂你的。明天一早我们还要赶路，我只是想让你早点儿休息。"

白鸽不置可否，徐远站起了身来。

"这么着吧，下一阵风吹来，如果那个旗杆发出的声音是单数，我们就各回各的房间，如果是双数，我就去找本书。"

"你这算什么？听天由命？"

"当你犹豫不决的时候，不失为一种好的办法。"

两个人抬着脖子傻傻地望向那面旗子，等着下一阵风吹来。

白鸽忽然想起了那个故事，两个和尚看着风吹大旗争论了起来，大和尚说是风在动，小和尚说是旗在动，而这时候一位禅师走来说出了那句名言——"不是风动，也不是旗动，而是人的心在动。"

她觉得那个禅师，此刻似乎就站在自己的身后。

漫长的等待之后，那阵风终于呼啸着吹了过来。

"十八声。"徐远说道。

"我数是十九声。"白鸽说。

"不能吧，我数得挺清楚的。你是不是听错了？"

"我没听错，十九声。"

"……要不，这把不算。下一把，咱们都认真点儿听，成不？"

白鸽没有作答，呆呆地望着远处。

"问你呢啊，成不成给个话！"徐远催促着。

白鸽伸出手，指向了旅馆客房的窗户。

"我屋里，有人。"

"你说什么？"徐远问道。

"我走的时候屋里关了灯的……现在屋里有人！"

"你说是卢杉？这怎么可能？"

"是他，肯定是他！"

一阵风吹了过来，白鸽的声音在凄冷的风中颤抖着，旗杆再次响了起来，却已经没有人再去理会。

徐远忽然拔腿向旅馆冲了过去。

"徐远，你别去！"

任凭白鸽在身后大喊，徐远依然没有回头，如同一个冲上战场要和对方决一雌雄的战士。

白鸽此时只想找个没人能看见的窟窿躲进去，哪怕这辈子再也不出来，可她知道不能这么走开，她不能让徐远去给自己当挡箭牌。

白鸽赶回旅馆楼道里的时候，徐远还在她房间的门口敲着房门，看到她走了过来，徐远伸手示意她把房间钥匙给自己。

房间门锁被顺利地打开了，徐远冲了进去，一副想要玉石俱焚的模样，可屋里偏偏没有一个人。

"这屋里，不像有人进来过啊，你是不是记错了？"

"我肯定走的时候是关了灯的。"

白鸽默默地走进了房间里，虽然房间的陈设非常杂乱，但她还是很快就发现了屋子里多出来的东西。

"这是什么？"徐远问道。

"是我的手机充电器，离开讷河的时候我把它落在了屋子里……是他，他来过……"白鸽喃喃自语着。

忽然，她再次猛烈地咳嗽了起来，身体的颤动让她几乎直不起腰来。

"他想让你把手机打开，跟他联系……那个疯子！"徐远说着一脚狠狠踢倒了身旁的椅子，大声吼叫了起来："卢杉，你有种站出来啊，咱俩面对面干上一场！猫在后面算什么本事？"

旅馆里的人纷纷探出了脑袋，看着楼道里那个歇斯底里的男人。

而此时，白鸽却早已经将自己再次浸入了茫茫雪夜之中，冷风吹在脸上，如同刀割一般。她不知道自己该去哪儿，只知道自己必须跑下去，别无他路。

虽然已经过了退休的年龄，然而遇上唐湾绑架杀人案这样的恶性案件，高远扬免不了被请出山。

老高从专案组回到家门口的时候已经是深夜，家门口蹲着一个年轻人，老高不猜也知道，是那个最不成气候的徒弟。看在徒弟在家门口守了一晚上的分儿上，老高让他进了家门。

"师父，我听说这黑枸杞对心脑血管特别好，您每天泡茶的时候放上五六粒……"林海川一脸堆笑地介绍着自己拎来的礼品。

"行了小林子，你师父是个快七十的人了，现在是晚上两点钟，你要真想替你师父着想，就赶紧把屁放完，让我早点儿睡觉。"

"我这几天老琢磨唐湾那事儿……哎，师父，我听说叫陈淘那女的，提供了好多重要线索。"

"她是说了不少。"

"具体都说了什么啊？"林海川追问着。

"你听谁说的，跟谁接着打听去，跑我这儿来干什么？"

"他们那都是传了几手的，您这儿的消息，不是比较权威吗？师父，您就透个风呗？"

"小林子，你不是不知道纪律，这种事情，你不是专案组的成员，我不能跟你说半个字儿。"

"师父……"

"关门走人，我要睡觉了。"老高已经抬起了屁股。

"师父，您跟他们说说，想法把我抽调到专案组里来，这不就不违反纪律了吗？"

"你？"老高忍不住乐了。

"您看，我是最早接触赵洪伟失踪的人，后来又跟卢杉因为各类情况有过各类接触，对这个案子的来龙去脉知根知底儿，把我调到专案组，多合适啊！"

"小林子，我知道那个案子把你撇出去了，你心里不痛快。他们有他们的理由，你有你的怨言，可是纪律就是纪律。行了，早点儿回去吧。"

老高说罢关掉了客厅的灯，算是给林海川下了最后的逐客令。

"根本没有那么容易。"一团漆黑中，林海川默默地说道，"你们现在这个查法，这个案子永远结不掉！你们漏了东西！"

"漏了什么，说说。"灯重新亮了起来。

"我去看了赵洪伟的抛尸现场，弃尸的江边距离马路将近两百米的距离，中间还有护栏、堤坝，死者体重一百六十多斤，他一个人怎么扛着他走过去的？我觉得这事儿他不是一个人干的，他有同谋。"

"还有呢？"

"死在过街高架桥下面的那个李正海，那事儿肯定是卢杉干的，他知道卢杉的真实身份，所以才被灭了口……"

"那件事我们已经查过了，李正海被害时，卢杉人在外地。"

"我知道，所以很有可能是他指使那个同伙干的！卢杉本事再大，也不可能所有的事情亲力亲为，他需要帮手，之前那个被车撞死的孩子就是例子。"

"你说的这些话，有证据吗？"老高冷冷地问道。

"我……"

"说真的，太让我失望了，我当你肚子里藏了什么值钱的货，闹了半天还都是那些自以为是。行了，门在你后面，出门帮我把垃圾扔了。"

"我知道卢杉在哪儿。"林海川孤注一掷地喊道。

老高站定了脚步，许久过后，他才从嘴里吐出了两个字——"在哪？"

"我告诉您，您把我调到专案组来！"

"别跟我提条件！"

"您要是不答应，我就不说！"

"答不答应，要看看你提供的线索值几个钱。"

"把你们搜捕的、设卡的人都撤了吧，节省点人力和财力。他人不在上海，在黑龙江。"

"黑龙江？"

"几天前，一个黑龙江讷河的民警给我打了电话，说在他那边看到了一个女人，跟白鸽有点儿像。他说那个女人好像是从南方来的，跑到那里是为了躲她丈夫，她怀疑她丈夫追了过来，一直在监视自己，就跟当地派出所报了警……"

"这事儿你怎么没早说？"老高一把揪住了林海川的领子。

"我当时是觉得白鸽不会出现在那地方，而且那个女的名字也对不上……"林海川努力掩饰着自己。

"林海川，你觉得你师父看上去像个傻子吗？"老高的眼睛火辣辣的。

"没，我没这么想过。"林海川脸上还倔强着，可实际上连抬起头来和师父对视的勇气都没有。

"林海川，按理说，这个专案组一成立就应该让你进来，是我把你给拦下来的，你知道为什么吗？"

"……为什么？"

"这个案子你栽了太多的跟头，你在一次又一次地为之前犯的错误补窟窿。现在你已经被自己的情绪冲昏了头，就跟个输了钱的赌鬼一样，只想下一把把输掉的全都赢回来，最后不把自己输到家徒四壁，你是不会离开的。"

老高的话字字戳在林海川的心头。

"我只是想帮到受害者，帮到大家……"

"我知道，这个案子对你有特殊的意义。我可以告诉你关于唐湾案子的一些细节，但是你得答应我，一会儿走了以后，回去睡个好觉，从明天开始，好好工作，好好生活，别再想关于这个案子的事情。"

许久，林海川默默地点了点头，每个人本都是一个没头没尾的故事，只是这个故事对于他来说，可能已经结束了。

一连好几天，水果店的老板娘都能看到一个男人在青浦高架桥旁的绿化带里低头寻找着什么。此时店里正好没有顾客，老板娘实在忍不住自己的好奇心，她快走了几步赶了过去，拦住了那个几乎把脸埋进草丛里的男人。

"大兄弟，你找什么呢？"

"我钥匙掉了。"林海川抬起头来笑了笑，又继续找了起来。

"我在马路对面开店的，我看你都找好几天了。钥匙丢了，重新配一把不就完了吗？"

"我这钥匙不好配。"

"这么大一片草地，你就是把眼睛找瞎了也找不到啊！"老板娘说道。

"我这不还没瞎呢吗？"林海川又不失礼貌地笑了笑。

看到店里有顾客到来，老板娘知道自己要赶紧回去招呼。

"你要是实在找不到，要不联系一下派出所，让警察们帮你找找？"

"谢谢您，我回头就去找他们！"

林海川冲老板娘挥了挥手，再次把自己的脑袋埋进了草丛。

老板娘不会明白，一个一线城市的警察日常的工作有多繁忙，他们根本拿不出警力来这样挖地三尺地去帮你找一样东西，即便是涉及重大案件的证物。

当然也可能有例外，除非一个警察对那起案子有着特别的执着，而他恰巧又有大把的空余时间——比如说林海川。

林海川把鞋脱下来放在地上作为记号，坐在一边的马路牙子上揉着自己酸胀的眼睛。

按照林海川的推断，卢杉为了防止李正海揭穿自己的身份，找人对他下了毒手。可是老高毫不客气地给他泼了冷水，如果他们没有完整的证据链，这个假设就没有任何意义。林海川心里明白得很，眼下别说完整的证据链了，自己手里只有一根光秃秃的绳子，连颗珠子都没有。

在林海川看来，李正海的死有诸多疑点，然而这其中最让他捉摸不透的一点便是——李正海人死了，他的手机在哪儿？

李正海的遗物中确实没有手机，林海川也问过自己，一个人在监狱里关了十六年出来，无亲无故无劳动技能，他哪儿有钱买手机？所以只有一个可能，那个手机就是卢杉帮他买的。林海川知道，如果真的是卢杉害死了李正海，那李正海的手机最后的通话记录里一定留有卢杉或是他的同伙的痕迹，即便手机的通话记录全部被删除掉，也可以从 SIM 卡上查到。

林海川经手过不少手机盗窃案件，犯罪分子会第一时间将手机 SIM 卡取出丢掉。李正海的手机被凶手带走后，下落何方难以追寻，但林海川觉得，手机的 SIM 卡也许就在案发地点附近。

这条路林海川走了不下十遍，他觉得如果是自己的话，会把那枚 SIM 卡丢在这片散落着狗屎的草丛中。

林海川没有遵守自己和师父的约定，他心里放不下这个案子。

高远扬这辈子带过九个徒弟，前面八位如满天星一般活跃于公安系统的各个岗位上，老高常说，只要是金子，到哪儿都会发光的。

师父的话让林海川越发坚定了对自己的判断——他不是金子，而是块石头，只要是石头，到哪里都不会发光，所以他必须承认：他就是块石头，安详地躺在那里，他的世界没人能懂。

　　手电前金光一闪的那一刻，林海川忽然觉得，也许石头偶尔也会有发光的时候。

24

听弟弟说要来看自己,林江雪特地把房间彻底清扫了一遍,地板上光可鉴人。

小的时候,每年过年都是家里的人凑得最齐的时候,七大姑八大姨带着他们的孩子来到她的家里,为了迎接他们,她总是挥舞着比自己还要高的拖把一遍又一遍地去擦拭地板。一年过去了又是一年,过年来到家里的人越来越少,笑声也渐渐稀落,她总觉得是自己没有把地擦干净。直到某个年夜,除了桌上多了三两个菜,和平日里再无他样。再后来,这个家也便不复存在了。

"难得你心里还记得自己有个姐姐。"

"这不过年了吗?来给你拜个年。"

"还给我带东西了?"林江雪接过弟弟带来的手提纸袋,里面沉甸甸的。

"单位联欢会抽奖,不小心抽到的,我用不着,就给你送来了。"林海川解释道。

"我这儿没什么好拿给你的,阳台有箱葡萄酒,你要开车的话就搬回去吧。"

"我坐地铁来的。"林海川笑了笑。

"你有什么事儿,说吧。"

"什么事儿？给我姐拜年啊。"

"那几盒面膜小两千块钱，你们单位不会舍得拿来让你们抽奖的。"

"小时候爸喝醉的时候，你没少帮我扛揍，我这不得涌泉相报吗！"林海川堆着一脸的笑。

"你要没别的事儿，我就不留你了。"林江雪催促着。

"白鸽家的事儿，你听说了吗？"林海川问道。

林江雪摇摇头："她家的事儿，我已经没什么兴趣了。"

"最近他们两口子，还真出了不少事儿。现在女的失踪，男的被通缉。"

"通缉？"

"他不但伪造自己身份，而且身上可能还背着人命。"

"这么好的素材到底还是让我给错过了。"林江雪苦笑着。

"现在捡回来，也不迟。"

"我这个人，不喜欢走回头路。"

"你和徐远，最近有联系吗？"

"没。"

"我记得你们俩有一阵，还走得挺近的。"

"比起那些真正跟我走得近的男人，他算离得远的。"林江雪不屑地笑着。

"姐，你的私人生活你自己说了算，我只是想问你，你能找到徐远吗？"林海川问道。

"你一当警察的想找人，还用得着专门通过我吗？"

"我敲了他家的房门，没人开门，打电话也不接。"

"那我也没办法。"

"那行吧，我再想想其他办法。"林海川笑了笑，站起身来。

"他怎么了？"眼看林海川走出家门，林江雪忍不住追问道。

"有件事情挺怪的。"林海川说道，"半个月前，青浦高架桥下面，有个老头让人给用绳子勒死了。那个人姓李，叫李正海，一个多月前刚从监狱里给放出来。他有个儿子，名字叫李海生。"

"你是说卢杉杀了他灭口？"林江雪睁大了眼睛。

"我也是这么想的，可我没有证据，我在案发附近找瞎了眼，终于找到了一张被凶手丢掉的 SIM 卡，那是李正海的。"

"如果是卢杉干的，他一定是把李正海约到那里的。SIM 卡里可以查到卢杉联系的记录。"

"可我错了，他手机里最后几个通话，是跟他之前在监狱里的一个狱友。我师父带人找到了那个狱友，他承认李正海是他杀的。他说那天李正海叫他一起去玩儿，他出手很是阔绰，说是有人赔了他一笔钱。路上他发现李正海带着很多现金，就起了歹意，趁着他下车撒尿的时候，从后面把他勒死了。"

"钱应该是卢杉给他的。那个人，会不会也是卢杉指使的？"

"查了，他根本不认识卢杉。"

林江雪的眼神中明显露出了失望。

"我本来以为事情到这儿就结束了，可是我又翻查了一下他之前的通话记录。"林海川接着说道，"我发现了一个不该出现在他手机里的电话号码。"

林海川话说到一半，林江雪已经感觉到了不祥的征兆。

"徐远？"林江雪问道。

林海川点了点头："他们前后有过三次通话记录，大概都在两个半月之前，也就是李正海刚刚刑满释放的时候。"

弟弟离开后，林江雪心中总有一种不祥的预感。她反复思考着与徐远相识以来的点滴，这个男人身上发生的诸多变化，让她觉得这些日子以来，他必定遭遇了不同寻常的事情。

徐远的电话始终处于无人接听的状态，这使得林江雪越发焦虑。最终，她决定亲自前往云鼎实业，希望能够从他的同事口中得知一些线索。功夫不负有心人，闫闫告诉林江雪，她知道一个地址，可能是徐远现在的新住处。公司在秋天的时候为全体员工安排了健康检查，两个月前，体检报告以信件的形式寄回了公司。由于当时徐远已经离职，闫闫便询问他是否方便前来领取。然而，电话始终打不通，后来徐远发来信息，说自己现在住的地方较远，过来不太方便，于是托闫闫将体检报告用快递寄给他，并随后发来了一个地址。

林江雪驱车一个半小时才来到这个偏僻的小区。这里没有高耸的楼宇，视野开阔。偶尔有几个年轻人走过，显然这里居住的是刚刚来到这个城市打拼的人。

林江雪按照闫闫给的门牌号找到了位于顶楼走廊尽头的那间公寓。门口塞满了各种搬家、疏通管道以及色情服务的小卡片。不出所料，敲了一阵门之后，里面并没有任何回应。

林江雪不甘心今天空手而归，她在楼道里徘徊了一阵，随后打开了消防通道的窗户。窗户距离那间房子的阳台不到两米，这个距离让她觉得自己可以冒一次险。

窗外寒风呼啸，林江雪脱掉了自己的外套，认真给自己做了热身。

她心中暗自盘算着，楼道内的摄像头必定拍下了她的举动。但是此时此刻，她只想在警察之前找到答案。那个曾经跟自己走得如此紧密的男人，身上到底藏了什么秘密，她想给自己一个交代。

林江雪深吸了一口气，爬上了窗户，强迫自己不去看脚下那片空旷。她收紧腰腹，放松双腿，然后积蓄力量，一蹬而出。

她的运气不错，虽然下巴重重地磕在了阳台的棱角上，但她还是在身体完全坠落下去之前用双手死死地抓住了阳台的护栏。

阳台通往房间的玻璃门紧锁着，玻璃窗上沾满了尘土，映着林江雪的身影，孤独而倔强。她用袖子擦了一把下巴上滴落的血珠，顺手捡起一个花盆，将玻璃窗砸碎了。

房间里弥漫着刺鼻的来苏水味，四处散落着药瓶子和粘着血的纱布。单人皮沙发上被子卷成一团，枕头掉落在地上，一旁堆放着地图册和早已变质的食物。这个地方看起来不像有人居住，更像是一个被遗弃的废墟。林江雪环顾四周，思考着这些散落的东西与那个男人有何关联。

这套一室一厅的房子里，穿过客厅就是卧室。然而，让林江雪意外的是，卧室里并没有床，只有一张椅子。这里比客厅显得整洁多了，除了那张椅子，屋子里空荡荡的。林江雪试探着坐在那张椅子上，目光落在对面的窗帘上。

林江雪感到有些奇怪，她身后明明就是卧室的窗户，怎么这里还会有窗帘呢？她走上前，一把拉开窗帘，惊奇地发现窗帘后面不是窗户，而是一面墙。这面墙上密密麻麻地挂满了照片，而照片上都是同一个女人——白鸽。

林江雪掏出手机，打给了林海川。

"你现在有空吗？"

"怎么了？"电话里林海川问道。

"我给你发个地址，有些东西我觉得你应该来看看。"

纷飞的大雪已经渐渐阻挡了视线，汽车行驶在一片惨白之中。一阵猛烈的震动之后，躺在汽车后排的白鸽从睡梦中惊醒过来。

眼前还是白茫茫的一片，只是天地相交的边界有了一个很大的倾角。她反应过来，之所以会产生那个倾角，是因为他们的车从路基上滑落了下来。

"怎么回事？"白鸽问道。

"对不起，我刚刚太困了。"徐远抱歉地说着。

白鸽抬起头来看着徐远，不由吃了一惊，眼前的徐远眼窝深陷，脸色惨白，身体抑制不住地颤抖着，白鸽把手伸向徐远的额头，徐远下意识地躲闪着。

"你发烧了？"

"着了点儿凉而已。"徐远满不在乎地说道。

"换我开会儿，你先去躺在后面睡一觉。"

"你那开车技术，我睡不着。到前面一个加油站还有四十公里，到那儿我再休息。"

"徐远，我认真跟你说，加不加油不重要，你现在得赶紧去医院。"

"去什么医院，你看着这附近，像是有医院的地方吗？"

徐远一边说着，一边把住方向盘、猛踩着油门，将汽车重新开回到了路面上。

离开讷河已经四天了，他们先是一路往北过了嫩江，而后又向东经过黑河，横穿五大连池，这四天里，无论他们走到哪里，卢杉似乎都在如影随形。昨天晚上路过小镇的时候，他们甚至没有敢去住宾馆，而是把车停在一处居民楼下面熬过了一夜，深夜被冻醒的时候，整个汽车都已经几乎被埋在了积雪之中。

他们像是被一只孤狼追踪着的猎物，不管走到哪里，那只狼都会嗅着他们伤口落下的血滴，不慌不忙地跟在后面，似乎在等待着他们精疲力竭地流光最后一滴血。

由于刚才的颠簸，白鸽口袋里的不少东西都散落在了座位下面，零散的硬币、一包已经皱巴巴的纸巾、在讷河唯一看过一场电影的电影票，还有那个早就关机的手机。她抽出一张纸巾，蘸上矿泉水瓶里的水擦了擦脸，连同那张电影票一起丢出了窗外，之后她关上了车窗，她知道自己要做一个决定了。

"徐远，停一下！"白鸽突然说道。

"抓紧时间，天亮前我们能上高速公路。"徐远嘟囔着。

"徐远，我们停下来吧。"白鸽又说了一遍。

"停下来？"

"我想和他谈谈。"白鸽认真地说道。

"谈谈？你疯了吗，你跟他谈什么？"徐远瞪大了眼睛。

"我不想这么跑下去了，更不想让你跟着我这么跑，我要和他把话说清楚。"

"怎么说清楚？他是个变态，什么事都做得出来！话要是能说清楚，还会是现在这个样子吗？"

"你把车停下来。"白鸽重复了一遍。

汽车再次停在了大雪覆盖的道路上，徐远从驾驶室走出来，一个人默默地走到了路旁，从口袋里掏出一根烟叼在了嘴里。

白鸽也下了车，站在徐远的身边，两人远眺着。靠近地平线的太阳几乎被那些混混沌沌的浓雾遮没了，让你觉得它好像是团密密麻麻、不可捉摸的东西。

"徐远，把你手机给我用一下。"白鸽朝徐远伸出了手。

"你想都别想。"

"求你了。"

"我不会让你再落到那个男人的手里的。"

"这是我们之间的事情，我会想法解决的。"

"你们之间的事情？"徐远狠狠地瞪着白鸽，"那我算什么？"

"徐远，你为我做了很多，我很感激，但是他是我丈夫，我不想让你再插手这件事情。"

"你还不明白吗？你斗不过他的！你以为你给他打了电话会怎么样？你以为你能做什么？我告诉你接下来会发生什么，他给你编个能骗过全世界的谎话，顺便再讲个石头都会掉泪的故事，然后你心一软，就会再跟他回去！就跟之前每一次一样！"徐远大声咆哮着，口中的哈气混着唾沫星子一起喷在了白鸽的脸上。

"我向你保证，我绝不会再对他心软了。"白鸽静静地说道。

"你向我保证有个屁用？你在乎过我吗？当初为了帮你，我什么都不要了！你呢？连招呼都不打一声一个人跑了，几个月一声不吭。可你到头来遇到事情，还不是要把电话打给我？你看你现在这个样子！要不是我千里迢迢赶过来，你死在这荒郊野岭都不会有人管你！"

白鸽没有理会徐远口中的咒骂，直接伸手去拿徐远口袋里的手机。徐远奋力地挣脱着白鸽的手，两个人谁也不让谁，在雪地里扭打了起来，动作也越来越大。因为身上穿着厚重的羽绒服，让他们的动作看上去非常地笨拙，像是两只看上去并不太聪明的动物。

滑溜溜的积雪很快让徐远摔倒了，白鸽趁机扑上去，死死地抱住了徐远的胳膊，硬生生地用牙齿从他的指缝之间抢过了手机。可是还没等她跑开，徐远又一把搂住了她的双腿，让她再次摔倒在地……

两人就这样在雪地里僵持着，直到他们干脆都不愿意再爬起来，任凭自己被严严实实地裹了一层白色，和身子下面的雪地融成一体。

终于，白鸽停止了自己的动作，号啕大哭了起来。

"那你管我干什么，你让我去死！"

"对不起……"

徐远将她搂在了怀里，就像多年之前他第一次把她抱在怀里一样。

就像多年之前一样，白鸽没有反抗，而是把自己的脑袋夹着雪一起塞进了徐远的臂弯之中。

四周的冰雪在慢慢地带走他们身体最后的温度，白鸽闭上了双眼，很想这样沉沉地睡过去，她希望，此时此刻徐远也和自己有着相同的想法。

"我们走吧。"徐远在身体彻底冻僵之前，拍了拍白鸽的脸。

白鸽点点头，用尽全力拽住徐远伸过来的手，从地上爬了起来，和他一起将身上的雪抖落，刚刚在雪地里撒野的动物，此时似乎终于又恢复了人形。

"他不会找到你的，一切都会过去的。"

徐远说着掏出了自己的手机，用力地朝着远处一片白茫茫甩了出去，手机在空中翻滚着划过一道抛物线，最终没有了踪影。

白鸽有些惊讶地望着徐远，两人在这鸟不拉屎的地方本就已经够落魄的了，再把那部手机丢掉，接下来他们简直就是亡命之徒了。

"其实我一直在想，我们这么一路跑，跑到哪儿我们自己都不知道，他是怎么追上我们的。你还记得他之前是怎么监视你的手机的吧？如果他能通过你的手机监视你的一举一动，同样可以监视我的，而且，可能是从很早之前。"

说罢，他向白鸽摊开了手掌心。

白鸽知道，尽管不愿意承认，但这也许是唯一合理的解释。她也知道，现在这里还有一部手机，在她自己的手里。

迟疑了片刻，白鸽也如同徐远刚刚一样，将手机朝远处丢了出去。

不久之后，汽车重新发动了起来，徐远似乎已经重新抖擞了精神，脸上也比刚才多了不少血色。

"再往前开两百里地，我们就能到北安市了。顺利的话，晚上八点左右咱们能到那里，好好吃个热乎饭……放心，我身上带着现金和银行卡呢。"徐远说道。

"最好能找个旅馆洗个热水澡。"白鸽搓着冻僵的双手，忍不住打了一个喷嚏。

白鸽把手伸向口袋，她想抽出一张纸巾来擦擦鼻子，可是跟着纸巾一起从口袋里出来的，还有一张粉色的纸片，那张纸片的模样是如此熟悉，就好像自己在不久之前刚刚见过它一样。

是一张电影票的票根，12月24日的早间场，那是她在讷河唯一请自己看的一场电影。

白鸽觉得自己的呼吸骤停了，她记得明明就在不久前，刚刚把那张票根丢出了车窗外，为什么口袋里会又出现一张？

"想好了没有？先吃饭，还是先找旅馆？"一旁的徐远问道。

"别急，让我好好想想！"白鸽随手把用过的纸巾和那张票根一起丢出了窗外。

她努力在想，不过她既没有去想今天的晚饭，也没有去想晚上落脚的地方，她想的全是那天影院里坐在身后的男人。

她知道，为了不让自己的慌张被觉察出来，她必须尽快给出回答，但在那之前，她必须想明白，刚刚发生的事情意味着什么。

老高这些年保持着晨跑的习惯，每天清晨马路上的五公里，会让他觉得一天神清气爽，但是今天早晨这五公里，他却跑得满肚子气。

还没跑出小区，林海川便从身后追了上来，眼角还挂着眼屎，他显然起了个大早。

"又来干什么？"老高一脸的嫌弃。

"就是有点儿事情想不清楚，想跟您讨教一下。您正常跑您的，我跟在您旁边。

"正常跑，我配速五分以内。"

"行，我尽量跟上您！"林海川寸步不落地跟在老高的身后，"我看了陈淘的笔录，她说卢杉在非法拘禁她的时候，多次用皮带抽过她，造成她的胳膊、大腿，还有后背上都留下了皮鞭的抽痕。抽痕在大腿上和胳膊上不难理解，但是落在后背上就有点儿奇怪了。她说过，被囚禁在地下室的时候，她一直是坐在椅子上、双手捆后面，那个姿势，如果鞭子抽下来，她的背部是被椅背挡住的。"

林海川边跑边说着，一段话说完，他已经气喘吁吁。

"你想说什么？"

"因为现在时间已经过了很久，她当时又没有去做受伤的医疗鉴定，连照片都没有拍，所以所有关于那些她受伤的事情，没有任何证据。如果后背的伤是她在说谎话，那其他部位的伤，我们又怎么能确保她一定是说了真话呢？现在唯一能够确定的是，陈淘被卢杉在那里囚禁过。"

"她为什么要说谎话？"

"也许她并不是故意说谎，"林海川深吸一口气说道，"人在长时间的恐惧情绪中，总会夸大自己受到的伤害，地下室的环境让她没有时间的概念，她很可能会混淆亲身经历的事情和睡梦中的事情。她的双臂被绑在身体后面，绳子长时间的摩擦一定不好受，长时间的坐立，背部肌肉一定处于紧张状态，产生疼痛是很自然的事情。也许某个时候她因为过度的疲劳睡着了，睡梦中她梦到了卢杉抽出皮带伤害自己的情形，醒来后身体正处于疼痛状态，所以她就自然而然地认为是卢杉用皮带抽打了自己。"

"又是你那套没有半点儿证据的猜测。"老高不屑地笑着。

"师父，你不觉得很奇怪吗？"林海川虽然已经快要喘不过气来，却依旧寸步不离地跟在老高的后面，"既然卢杉杀了赵洪伟，并且已经被陈淘发现，那把陈淘放走的话，对他来说是一件很危险的事情。而且从以往类似的案例来看，一个杀人犯为了保护自己的安全去杀第二个人，是几乎不需要克服什么心理障碍的。可卢杉没有那么做，反而托人花钱帮桃子弄到了去葡萄牙移民的机会，这好像有点儿反常了。"

老高显然已经有些不耐烦了，他加快了脚步。

"我去交管大队检查了 9 月 25 日，也就是卢杉抛尸那天，抛尸地点姚家浜桥附近交通路口的录像，我找到了摄像头拍下车辆经过的照片。虽然有点儿模糊，但稍微仔细看一下，应该可以看清楚……"

林海川说着掏出手机，然而手忙脚乱中，手机却落在了地上，等到他狼狈地从地上把手机捡起来，老高早就已经把他落下了将近二十米的距离。

林海川感觉自己的肺已经快要从喉咙里顶出来了，他站在人群中，像是麻将桌上被丢在当中没人理睬的废牌，淹没在七嘴八舌的嘈杂声中。

"这辆车的后排，还坐着一个人！"林海川用尽最后的力气向老高喊着。

老高终于停住了脚步，回过头来望着自己的徒弟，此时他已经再也支撑不住，瘫坐在地上，可攥着手机的手却依然高高地举着。

照片上，卢杉坐在驾驶座上，双手放在方向盘上，而在他的身后、汽车的后排座椅上，还坐着一个把头歪向窗外的人，虽然被前排座椅挡住了面孔，但是很容易可以判断出，那是一个身形和卢杉相差不多的男人。

"赵洪伟的死，应该还和第二个人有关。"林海川说道。

"找这东西，你花了不少功夫吧？"

"总得有人去做这些事。"林海川咧嘴笑着。

老高看着徒弟通红的双眼，忽然觉得那个被嫌弃的孩子，趁着他不注意，已经自己偷着长大了。

"那个人，你有线索吗？"

林海川使劲点了点头，一把抓住老高伸过来的手，从地上站了起来。

25

专案组的办事效率很高，高远扬很快带人挨个走访了和徐远熟识的同事和朋友们，林江雪自然也在名单里。看到高远扬等人从姐姐家中离开，猫在楼下的他赶紧跑上楼，敲响了房门。

茶几上摆着几个刚刚用过的纸杯，烟灰缸里插着几枚烟头，细支的 ESSE 是林江雪的，带着金箍的黄鹤楼显然是师父老高留下的。

"姐，别忙活了，这儿不还有没用过的纸杯吗？"林海川冲着厨房喊道。

"这儿有给你准备的杯子。"

林江雪从橱柜里翻出了一只蓝白相间的马克杯，放在了林海川的面前，滚热的茶水翻着泡沫灌了进来。

"我还以为，今天你也会在场。"林江雪坐下来，给自己点了一根烟。

"我不是专案组的人，现在充其量算是个热心市民。他们问你什么了？"林海川迫不及待地问道。

"就是怎么和他认识的，在一起做过什么，还有那次跟他去宁江的一些细节，我把知道的都讲给他们了。"

"然后呢，他们说什么了？"

"那个年纪大的就是你师父？"林江雪问道。

"对。"

"我还头回见这么难撬的嘴，任你旁敲侧击，人家就是一个字儿都不肯说。"林江雪笑道。

"他嘴很密，毕竟现在还在搜集证据的阶段。"

"徐远到底做了什么？他杀人了吗？"林江雪盯着弟弟的眼睛。

"还没有直接证据。"

"你可真是你师父的好徒弟。"林江雪一脸不爽。

"姐，不确定的事情我不能乱说。但有一点我可以确定，白鸽一定还活着。"林海川说道，"我很担心那个女人，她一个人背井离乡一路躲藏，只是为了活下去，就像当初咱妈一样……"

两个人都沉默了。

"还记得吗？"林江雪忽然说道，"小时候，每次妈妈被爸爸打的时候，我们俩就这样坐在外面的台阶上，谁也不说一句话。"

"如果那个时候，有人能帮她一把，哪怕是让她看到一点儿希望，也许不会是那样的结果。"

林海川长叹了一口气，虽然话已经说完，可她的下巴依旧颤动着，像是倒在了路边的自行车，车轮却因为惯性还在转着。

"我一直想不明白，白鸽为什么会出现在那个地方？"林江雪又问道。

"这应该是她计划的一部分。"

"计划？你是说从卢杉手里逃出去的计划？"

林海川点了点头："我觉得白鸽最开始的计划，应该是制造白鸽被卢杉家暴致死的假象，让卢杉被公安机关逮捕。"

"可是卢杉肯定不会承认的啊，而且这件事，你们只要稍微查一下，就能发现真相。"林江雪反驳着。

"没错，可你要知道，卢杉曾经因为家暴被公安机关拘留过，那次包括我在内，谁都没有特别留意过他的身份信息，他的假身份能瞒一次，但不可能有第二次。所以即便他们发现白鸽并没有被害，卢杉

285

伪造身份的事情大概率会被曝光，他用一个假身份混了这么多年，一旦被查处，够他喝一壶的。"

"可是卢杉那个人手段非常多，白鸽怎么能确保他一定会伏法呢？"林江雪问道。

"她不能确保。"林海川肯定地说道，"所以她需要在这段时间里把自己藏起来，隐姓埋名，然后静观其变。她隐藏得很好，可惜事情并没有像她计划中的那样发展，因为卢杉也消失掉了。"

"卢杉一定在找她，同样在漆黑的森林里行走，那个男人的嗅觉一定会更灵敏。"

"我开始也是这样想的，讷河二克浅派出所告诉我他们发现了白鸽的时候，我的第一反应是，如果第一时间把这个消息说出来，很有可能是在给她帮倒忙。"

"可你最后还是说出来了。"

"因为我发现我可能犯了一个错误，我忽视了另外一个人。"

"徐远？"

林海川点点头："白鸽一个人力量有限，她必须要有帮手，所以徐远很可能也参与了这个计划。其实开始的时候，我从来没有怀疑过他，他最开始的动机应该很纯粹，他只是看不上那个娶了白鸽的男人，看到白鸽过得并不幸福，他想要帮助她离开她的丈夫。可是在卢杉的面前，他发现自己远远不是对手。其实他有很多机会选择退出战场，但是他没有。"

"虽然很多时候我不愿意承认，但我知道，这么久了，他心里一直装着那个女人……"林江雪说道，"你是什么时候开始怀疑他的？"

"是那桩他被诬告强奸的案子。其实调查进展得很顺利，只要接着查下去，很快应该就能找到卢杉的头上，但是他撤诉了。"林海川说道，"也许那个时候，突然出现了一些变故，让他措手不及，只能丢卒保车。"

"变故？什么变故？"林江雪问道。

"我不知道，但我隐约觉得，那件事应该跟赵洪伟的死有关。如果卢杉在姚家浜桥抛尸那天，徐远也出现在了卢杉的车上，说明老赵的死应该有很大的可能是跟徐远有关的。

"我明白了，诬告强奸，还有他和白鸽的那个计划，这两件事情都会导致同一个后果，就是卢杉会被公安机关逮捕。"

林海川肯定地点了点头："这个后果，对白鸽是有利的，但对徐远来说也许并不是。"

"所以他一定做了什么不同寻常的事情。"林江雪沉思着说道。

"当初徐远和白鸽定下那个计划的时候，徐远很有可能原本就是怀有二心的，他知道卢杉一旦被抓进去，势必供出对自己不利的事情，所以他根本没打算给卢杉留下伏法的机会。"

"等等，你的意思是，卢杉他现在……"林江雪睁大了眼睛。

"我只是猜想，但愿我没有猜对。"林海川深深地叹了一口气，"我师父经常讲一个故事，就是那个屠龙少年的故事。少年很英勇，他手中的剑也很锋利，可是仅凭借人的血肉之躯，怎么能打败恶龙呢？他要让自己长出锋利的尖牙，还有坚固的鳞片。最终，少年打败了恶龙，但他自己也变成了恶龙。"

盛夏早已过去，气温却依旧居高不下，马路上弥漫着柏油熔化的气味，令人窒息。

闵行姚家浜桥旁的公路上，一辆白色 SUV 疾驰而过。

徐远坐在后排座椅上，他把头扭向窗外，盘算着如何应对接下来可能发生的事情。

虽然之前卢杉几次当着白鸽的面邀请他一起吃顿饭，可这次卢杉单独约他出来，却是他始料未及的。当问到为什么没有叫上白鸽的时候，卢杉只是笑着说："今天发生的事，还是不要让她知道为好。"

从卢杉有些过分平静的语气中，徐远意识到今天绝不是喝酒聊天那样简单。从南昌路开到闵行，一路半个多小时，两个男人谁也不说一句话，他们似乎是站在琉璃瓦上对决的高手，谁先出招，谁便会先露出破绽。

汽车停在了东船厂后面的一片空旷的草地旁，卢杉摘掉了安全带，却并没有把车熄火。

"叫你来，是想请你帮我个忙。"卢杉终于开了口。

"什么忙？"

"和我一起送一个人。"

"送谁？"

"你们公司老赵。"

"老赵？赵洪伟？他在哪儿？"

"就在我们身后，后备厢里。"

"他怎么了？"

"他怎么了，你应该比我更清楚吧？"

徐远透过前排的后视镜看到了卢杉的眼睛，那双眼睛似乎早已经看穿了自己。

"别跟我打哑谜，到底怎么了？"徐远追了一句。

"哑谜？我已经打明牌了，是你还在装糊涂。老赵是我绑到地下室里的，但杀死他的人是你，对吧徐远？"卢杉笑道。

"你胡说什么？"

"别激动，这不怪你，是我太不小心了，才让你找到了唐湾的那幢别墅。没猜错的话，你当时不过是想抓些我的把柄，让白鸽离开我，可是你没有想到失踪的赵洪伟就在那间地下室里。当时，他一边骂我一边催你赶紧给他松绑，你正要帮他解开身后的绳子，可那时候你忽然想到，如果老赵从这里走出去，对你没有任何好处，他做贼心虚在前，大概率会把这件事情烂在肚子里，就算他报警，我身上也没太大的事儿。那样的话，你从头到尾不过是当了回见义勇为的好市民，救下了一个流氓，而且可能要承担被曝光私闯民宅的事情。相反，如果老赵死了，这件事儿就可以顺理成章地栽赃给我，这件事情对你来说，回报要大得多。"

徐远没有作声，他默默地打开了旁边的窗户，卢杉的话已经把他带回到了那个令他窒息的夜晚，他觉得自己几乎透不过气来。

"于是你一不做二不休，假装绕到赵洪伟的身后去帮他解开绳子，却突然用胳膊勒住了他的脖子，可是你没想到他狗急跳墙，狠狠地咬住了你的胳膊。情急之下你掀翻了椅子，老赵仰面倒了下去，后脑正好砸在了地板上。如你所愿，赵洪伟一命呜呼，只要你打110来个匿名举报，我就是杀人凶手了。可有一点是你始料未及的，他咬你胳膊的那一口非常狠，他的牙齿穿透了你的皮肉，他死的时候，嘴里淌着很多血，那是你的血。你知道如果警察仔细查起来的话，你很危险，所以从那里离开后，你选择了不声张。徐远，你胳膊上应该还有被咬过的痕迹吧？"

"你是怎么知道的？"

"其实我最初并没有怀疑到你，你也一直伪装得很好。直到有一天，我意外地看到你出现在我们家的小区里，并且做了一件匪夷所思的事情。"

"什么事情？"

"那只头顶有一处黑花的白色母猫。你抓住了它，把它塞进了一个帆布袋里，然后就走了。那只母猫被你弄死了，对吗？"

徐远颤抖了起来，仿佛比被人知道自己杀了人还要恐惧。

"那只猫本来是别墅的主人养的，后来他们出了事，就把猫丢下了。我把猫从别墅放了出去，可那只猫不肯走，一直生活在那别墅周围，还隔三岔五地从窗户钻回到屋子里。白鸽一直很喜欢猫，可是她对猫毛过敏，我就把那只猫带回了我们小区，让她利用下楼散步的时候去喂食……那天赵洪伟死的时候，那只猫不巧也在场，是吗？"

沉默了许久之后，徐远终于长叹了一口气。

"其实我明明知道用不着那么做的，那不过是一只猫，就算它目睹了全部过程，又能怎么样？它又不会说话，可是当我看到那只猫和白鸽离得那么近……我大概就是寓言故事里那个做贼心虚、把手中的木棍砍掉一截的人吧。"

"人都一样，掩盖一个错误，需要后面的无数个错误。不过说出来，总还是能让自己好受一点。"卢杉低声说道，他的声音很小，以至于徐远分不清他到底是在说给他，还是说给自己。

"虽然我可以直接检举你，但是这样一来，对我也很麻烦。我相信你和我一样，一路走到现在不容易，为了那样一个浑蛋毁了我们两个的人生，不值得。所以，我希望这件事今天翻篇，天知地知，你知我知。"卢杉说道。

"你不怕我背后捅你一刀？"徐远冷不丁地问道。

"互相保守秘密，是成年人的法则。"

"所以，你的真实身份，到底是谁？"

"那不重要。决定一个人一生命运的，不是他曾经是什么人，而是他将来想要成为什么样的人。你也不会一辈子只是个杀人犯，对吧？"卢杉透过反光镜望着徐远。

"原来你一路走过来，靠的不光是耐心和手段，还有精神胜利法。"徐远冷笑着。

"挺管用的，你不妨一试。"

"可惜我跟你，从来就不是一种人。"

"我觉得恰恰相反，我们很像同一种人。"卢杉回过头来，饶有兴致地望着徐远。

"哪一种人？"徐远问道。

"一辈子等着别人说'谢谢'，却最终只能自己说'抱歉'的那种。"

两人忍不住大笑了起来，他们甚至笑得有些丧心病狂。

"老赵在我那里待了很久，该走的终归得走，不该走的终归得留下来，今天咱们俩一起送送他，好吗？"卢杉重新把头扭了回去。

徐远从后视镜的反光中望着卢杉，他们知道，事到如今，彼此都已经是拴在一条绳上的蚂蚱。

"我要做什么？"徐远问道。

"跟着我去做就行了。"卢杉笑了笑，"你吃早饭了吗？"

"刚吃过。"

"那可惜了。他在冰柜里躺了很久，样子不太好看。现在，咱们下车吧。"

卢杉拉开了车门，两人一起下了车。

9月25日，徐远知道，即便是过了很多年以后，这一天的情景依旧会在自己的梦中反复出现，淌着紫色汁水的肉体，刺鼻的臭味，还有顺着后背流下来的冰冷的汗珠，那些记忆中的细节不会随着时间模糊掉，只会越来越清晰。

一阵尖锐的警笛声刺破晴空，回荡在服务区上空。徐远从充满尸臭的梦境中惊醒，下意识地想要站起身来，却被安全带拽回到汽车座椅上。旁边的汽车上跳下两个嬉闹的男孩，徐远这才意识到刚刚的警笛声不过是他们手中玩具枪发出的声响。

加油站的工作人员敲了敲车窗，告知徐远加油的费用。徐远低头去掏钱时，突然发现后排的驾驶座空空如也。他急忙解开安全带，推开车门，冷风如刀割般扑面而来，几乎将他掀倒。

寒风中，端着泡面的司机匆匆走过，刚从大巴车上下来的乘客手中半支烟还在燃烧，一位情绪激动的女人捧着电话和家人争吵着……此刻的服务区，人们各自有各自的焦虑和匆忙。

"看见车上那个女人了吗？"徐远一把抓住工作人员追问。

"她刚下车，好像去服务台了。"工作人员回答。

徐远在人群中仔细搜寻着，长时间的驾驶让他的眼睛酸痛、头昏脑涨。但他知道，此时不能有丝毫差错，必须保持清醒与专注。终于，他穿过熙攘的人群，找到了白鸽的背影。

"你去哪儿？"徐远冲上前去，一把拉住了她。

"我想给你打点儿热水。"白鸽晃了晃手中的保温杯，一脸无辜地说道。

"打什么热水？我跟你说我要热水了吗？我不是跟你说过吗，不管干什么咱俩都得在一起！"徐远努力压制住心中的怒火。

"我看你睡着了，就没忍心打扰你……"

"好了，你回车里，我去打水。"

徐远快步走到开水炉前打了水，然后迅速返回车内。此时，油枪已经从汽车的油箱中拔出。

"赠品要报纸还是地图？"加油站的工作人员伸着脖子问道。

"地图。"高远扬站起身来，他一边从口袋里掏出一支圆珠笔，一边朝身后伸出了手。

侦查员赶紧把一张市区地图递了上去，高远扬几乎看都没看，便用笔在地图上画了个圈。

"在这个圈里找。"

熟悉老高的人都知道，刚刚看似随意一笔，但实际不会有分毫偏差，他们要找的东西，一定跑不出这个圈。

就在昨天傍晚，一个中年女人发现自己的狗一个劲儿地往花坛里面钻，走过去一看却是一把榔头，上面一片黑乎乎黏糊糊的东西，似乎还粘着毛发，当即便报了警。

榔头上的污渍和血块被确定为含有人血成分，分局刑警队对比了最近一段时间市区发生的恶性暴力案件的信息，没有任何收获。高远扬得知了这件事之后，便申请将血迹的 DNA 和卢杉的进行比对，很快确认二者是相吻合的。

"让兄弟们加个班，尽快把尸体找到，然后抽调一组人，去趟黑龙江。"老高吩咐道。

"听说那个女的被她老公家暴，告离婚败诉了，肯定是实在受不了，把她老公给杀了。"专案组的一个年轻人嘀咕着。

"凶手变受害人，受害人变凶手，干警察这么多年，我也算开了眼了。"旁边的人笑着说道。

"尸体还没找到呢，急着定性干什么？"老高说道。

离开高速路后，汽车回到了省道上。白鸽坐在后座，手里紧握着一杯热水，装作不经意地看着那份刚免费得到的地图。她轻轻开启车窗，让冰冷的空气拂过她的脸庞，提醒自己保持清醒，因为无论愿不愿意承认，她已经被绑架了，只是这场绑架看似被粉饰得有些美好。

白鸽将地图丢到一旁，她的目光投向了窗外。行驶在这片茫茫大雪中，人的视线难以停留在一处。眼前尽是白雪覆盖的山峦、树木和房屋，一片寂静无声，仿佛一切都可以相互替换。

她知道，徐远一直在通过后视镜观察她，刚刚的举动已经引起了他的警觉。现在，她必须做两件事：首先，努力保持乐观，不去想那些可能已经发生的事情；其次，不要流露出任何攻击性或防御性的情绪，让徐远的情绪放松下来，让他觉得她始终是和他站在一边的。

她知道，做好这两件事中的任何一件都是艰难的，但现在她只能依靠自己了。

"徐远，"白鸽轻声道，"我饿了。"

"车里还有面包和饼干。"

"前面就到伊春了，找个饭店，请我吃顿饭吧？我们已经很久没有好好吃过饭了，刚从锅里端出来还冒着热气的那种。"

徐远看着白鸽，心中犹豫不决。

"咱们可以在别的地方省省钱，要不然，从今天晚上开始，我们住旅馆的话就订一个标间吧。"白鸽说话的时候，有意把自己的头轻轻低了下去。

"考验我？"徐远笑着问道。

"要是连这点儿信任都没有，我也不会一路跟你这么久。"

"说的也是。"徐远大笑着，"咱们俩要是想发生些什么，早就该发生了。"

"那句话怎么说的来着？熟悉的地方没有风景，熟悉的男人没有小鸡鸡。"

"至理名言。"

"怎么着，你真没有？"白鸽突然坐直了身子，凑近了徐远。

"对你来说，没有。"

白鸽大声地笑了起来。

"喂，你笑什么"？徐远问道。

"答应我件事儿。"

"什么事儿？"

"一会儿让我来点菜，我得好好宰你一顿！"白鸽把手放在了徐远的肩膀上，使劲拍了拍。

"行，听你的。"徐远咧嘴笑了起来。

傍晚五点多，他们把车停在伊春市河西夜市附近，然后步行了一段路程，来到了一家东北菜馆门口。此时，饭馆里的客人还未上座，只有寥寥几个人，但那久违的充满人间烟火味道的氛围却已弥漫开来。

徐远领着白鸽朝饭馆最靠里面的位置走去，一路上，白鸽用余光留意着一个独自吃饭的年轻男子。他一边刷着手机一边突噜着碗里的面条，碗中升腾起来的热气在他眼镜上留下一层白雾。从那人身边经过的时候，白鸽装作无意地碰倒了他桌上的茶杯，顿时，热茶洒在那个男人的腿上，他一个激灵跳了起来。

"对不起对不起！"白鸽连忙道歉。

"没事儿吧？"徐远一把将白鸽护在了身后。

"看着点儿！"那个男子不满地说道。

"是我不小心，我来帮您擦擦。"白鸽说着赶紧掏出了口袋里的纸巾。

"不用了，我自己来。"

"哥，实在抱歉啊！"跟着徐远离开之前，白鸽再次向那个男人鞠了个躬。

白鸽抢先一步坐到了背靠墙的座位上，这个位子能够让那个男人从斜侧面方便地看到自己。

热情的服务员走了过来，把菜单和笔放在了桌子上。"两位，想吃点儿啥？直接在菜单上打钩就行！"

"难得宰你一顿，要不让厨师把这一本儿都炒了吧？"白鸽满眼放光。

"别嘴大肚子小，你还记得吧？当初高中暑假的时候咱俩偷着旷课去爬山，从山上下来的时候你喊饿，然后在饭馆里点了满满一桌子菜，结果还没等到把菜挨个吃一遍，你就撑得站不起来了。"徐远笑着说道。

"这你就不懂了。"白鸽反驳道，"吃饭是一件调动全身器官的事情，人饿的时候，不光肚子是饿的，眼睛、耳朵、鼻子都是饿的，这个时候，填饱肚子很简单，一碗泡面就足够了，可是那时候你还会觉得饿，因为你还没有填饱你的眼睛、耳朵和鼻子，它们可是要比你的肚子难伺候多了。"

"看来吃货也能把自己上升到理论高度啊。"

"终于发现我不是那么好养活的了吧？"

两人你一言我一语，如同一对正在热恋中的情侣。白鸽把菜单挡在自己的面前，余光朝一旁瞥去，那个戴着眼镜的男人手中虽然还攥着手机，但他的目光已经不由自主地望向了自己这边。

白鸽知道，自己刚刚已经成功地引起他的注意力了。

"那我可点了啊？"白鸽调皮地看了徐远一眼。

"别控制。"

"锅包肉，这个不能少。小鸡炖蘑菇，谁吃谁迷糊，还有大拌菜，最近缺维生素，这个清清爽爽的我自己就能干掉一盆，再来个尖椒干豆腐，醋熘白菜……我是不是不能再点了？"

白鸽小心地望着徐远，徐远笑了笑，没有作答。

"那就把小鸡炖蘑菇去了，来条得莫利炖鱼吧，我刚才进门的时候看池子里的鱼还挺鲜活的，我去挑一条最小的，好吧？"白鸽说罢把菜单放下，站起了身来。

"你坐着吧，我去挑。"徐远把白鸽按住，自己走了过去。

看到徐远走开，戴眼镜的男人再次把目光投向了白鸽，看到那个女人正用异样的眼光看着自己，他不由停下了手中的筷子。

白鸽知道机会来了，她先是伸出手来，指了指蹲在门口池子旁边的徐远，又指了指自己，然后轻轻地摆了摆手。男人愣了一下，似乎领会了其中的意思，顿时紧张了起来，似乎明白了眼前这对男女并不像看上去那么简单。

"你想吃青鱼还是鲤鱼？"徐远在门口问道。

"鲤鱼吧！"

白鸽一边回答着，一边从桌上的纸巾盒里抽出了一张，用刚刚从服务员手中留下的那根铅笔迅速地写下了一行字。

"最小的二斤三两，够咱俩吃了吧？"

"没有再小的了吗？"

"没了。"

"那就它吧！"

赶在徐远转过身之前，白鸽把那张写了字的纸巾揉成一个团，然后在那个男人的注视之下丢到了一边过道的地上，刚刚她已经仔细盘算过了这个饭馆里的结构和布局，店里的客人如果想要去卫生间的话，一定会经过那个过道的。

很快，徐远重新坐回到了白鸽的对面，他挽起袖子来，用茶壶里的热水仔细地给两人烫过了碗筷。

"我刚刚听见那几个服务员在偷偷嘀咕，说咱们两个人点了人家八个人的菜，一会儿就要傻眼了。"徐远凑近了白鸽，小声地说道。

"他们爱说什么说什么，反正这里没人认得我们。"白鸽一脸无所谓的样子。

"哎，问你个问题。"

"说。"白鸽大口地吃着。

"这一桌子琳琅满目的，要是让你从你面前选一样跟你一辈子，每天必须是它，也只能是它，你会选择哪一个？"徐远问道。

"我现在点个东北乱炖，还来得及吗？"

"别动歪心思，就这一桌。"徐远苦笑着说道。

"好吧，锅包肉，齁死我得了。"

"我还以为你会毫不犹豫地选我。"徐远露出一个坏笑。

"别那么自我感觉良好，跟锅包肉比你不够甜，跟小鸡炖蘑菇比你不够咸，没有拌菜水灵又不如炖鱼鲜，你也就能跟醋熘白菜比比酸。"

徐远忍不住捂着肚子大笑了起来。

"哎，你手里攥着笔干什么？"徐远忽然问道。

"我正要还给人家呢，你一打岔，我就给忘了！服务员！"

服务员端来了热气腾腾的饭菜，顺手带走了那支铅笔。可口的饭菜很快让人忘掉了之前的疲惫，话题也很快转到了高中时代班里的那些八卦事情上，白鸽却依然惊魂未定。

白痴，怎么能这么不小心，你要把自己往火坑里推吗？你难道真的不知道，现在你犯下的每一个错误，都可能要了自己的命吗？白鸽一边嚼着甜美多汁的锅包肉一边心里骂着自己。

斜对面的男人磨磨蹭蹭地吃完了那碗面，坐在那里犹豫不决着，一再向白鸽望去。他不知道自己究竟是应该去捡起那张纸条，还是应该安安静静地离开，然而还没等到他做好决定，徐远已经站到了他的面前。

"看什么呢？看够了吗？不够坐过去看去！"徐远一副要吃了对方的样子。

"徐远，你干吗啊？"白鸽匆匆上前拽住了他。

"一直懒得理你，还没完没了吗？"徐远不依不饶地骂着。

看到徐远来者不善，戴眼镜的男人连连摆手表示道歉，然后站起身来准备离开。不过看到白鸽乞求的眼神，他还是鼓足勇气朝那团纸走了过去。

然而老天爷就像是个充满优越感的偏执狂，喜欢把那些不幸的人摞倒在地，然后再踩上一只脚。

勤快的服务员赶在那个男人前面一步，用扫帚把纸团扫进了簸箕，随手倒进了一旁的垃圾桶里，男人知道再也没理由留在这里，只得悻悻走开。

走出饭店的时候，夜市已经热闹了起来，路上的行人们被一个个小吃摊位拖慢了脚步。

白鸽跟着徐远从人群中穿过，再有两百米不到的距离，他们就会走到停车的位置，然后他们会离开伊春，重新上路，那时她就再难找到可以求助的人。她清楚地明白，此时从自己身旁每一个错过的，都会是所剩无几的机会。

走到夜市中心的时候，徐远忽然站住了，两只手在身上下翻腾着。

"车钥匙好像丢在饭馆儿里了，我得回去拿一趟。你就在这儿等我，别乱走。"

白鸽看着徐远的身影跑远，她这才意识到这么长时间了，这还是自己第一次离开徐远的视线。刚刚从饭店出来走到这里，他们大概花了一分半钟的时间，徐远如果一路小跑的话，大概单程耗时可以缩短到原来的一半，再加上回去找钥匙的时间，总之这趟往返应该不会超过一分半钟。

这一分半钟的时间，是留给她最后的时间了。

"对不起，能用一下您的手机吗？我手机不在身上，这会儿我想打一个要紧的电话。"

"我现在被人绑架了，能帮我报警吗？"

"您要是不相信我的话，您拿着手机帮我拨电话也可以。"

"求求您了！"

……

无一例外，所有的人都冷漠地跑开了。

时间所剩无几了，她知道自己不能再做无用功了。

"需要帮你们拍一张合影吗？"白鸽努力挤出一个微笑问道。

桥头，正搂着女朋友甜蜜自拍的男孩儿愣了一下，狐疑地打量着白鸽，没等他答应，他怀里的女孩儿先点了头。

白鸽接过了女孩儿的手机，取景器里的她搂着男友的胳膊，露出一个浅浅的酒窝，虽然是寒冬腊月，但她就像一朵开在春天里的花。

忽然间，白鸽觉得自己被人从背后狠狠地拽了一把，手中的手机差点儿摔落在地上。

白鸽回过头来，徐远已经回到了她的面前，只是刚刚那张脸上平和的眉眼，此时几乎直立了起来。

"跟我走！"徐远命令般地说道。

"我帮人家拍照呢！"

"拍完照，顺便借手机打电话是吗？"

"你胡说什么啊？"

"白鸽，我连这条命都给你了，你为什么要这样对我？"

徐远摊开手掌，一张皱巴巴的餐巾纸出现在他的掌心中，上面带着不久前白鸽写下的字迹——"我被我面前的这个男人绑架了，帮我报警，我叫白鸽，我们的车牌沪BCAY82。"

白鸽还没来得及解释什么，徐远已经一把抢过她手中的手机丢到了地上，拽着她大步朝前走去。

手机的主人自然不愿意了，那个女孩儿一脸愤怒地冲了上来。

"你有病啊？摔我手机干什么？"

"滚开！"徐远瞪了女孩儿一眼。

"怎么说话呢？会不会说人话啊？"

"我再说一遍，这儿没你的事儿，滚开！"

土生土长的东北女孩儿，北方的风雪吹大的，怎么会被一句带着南边口音、半软不硬的话吓到？手机的主人瞬间开启了战斗状态，直接冲着徐远一脚踹了过去。徐远没有料到这个女孩儿如此不依不饶，等到发现自己小瞧了对方，却为时已晚。

女孩儿虽然穿着厚重的羽绒服，然而动作丝毫没有受到阻绊，她两手拽着徐远脖子上的围巾，两脚轮换着向他的身上踢去。徐远慌乱之中，只好一只手拽着白鸽，用另一只手狼狈地去抵挡。

三个人纠缠在一起，以一种无序的方式撞击着、翻滚着，最终那个女孩儿憋足了力气狠狠骂了一句，然后双手使劲一推，徐远便歪着身子朝一边摔了过去。

那是一个卖炸三角的小吃摊子，刚刚被摊主丢进去的面食正在油锅里翻滚着。

即便来不及回身，徐远还是下意识地把白鸽向一边推去，自己则整个人砸在了油锅上。那锅滚开的油一半泼在了他穿着羽绒服的胳膊上，一半泼在了他的脸上。

油泼在皮肤上，发出一阵刺啦啦的响声，徐远的喉咙里发出了一声低沉的吼叫，躺在地上抽搐了起来。四周的行人们迸发出了尖叫声，本想趁乱跑开的白鸽也一时无法让自己迈开脚步。

"哥你没事儿吧？我不是故意的……你要去医院吗？"女孩儿看到自己闯了祸，赶忙上前去搀扶。

徐远没有理会她，用手撑着地面，晃晃悠悠地爬了起来。他的头上蒸腾着热气，像是一个刚刚烤熟了的地瓜，他的视线有些模糊，以至于他花了很长时间才从身边的人当中辨认出了白鸽的模样。

然而在那之后，他飞快地冲了过去，一把抓住了她，动作迅速而又准确。

看着两个人朝一旁走去，那个女孩儿犹豫着想要追上去，可她的男友一把拽住了她。

"走吧！"男友催促着。

女孩儿被自己的男朋友死死地拽向一边，她忍不住回头望向徐远和白鸽离去的方向，可两人的身影早已经被黑夜淹没掉了。

26

　　天已尽黑，汽车在看不到边际的雪地里行驶着。白鸽努力说服自己不要去看身边的徐远，可是身边不时传来急促的喘息声，她知道他正在对抗着身上的痛楚。

　　"徐远，你得去医院。"白鸽说道。

　　"你从来没有在乎过我，现在何必又装作一副关心我的样子？"徐远冷笑着。

　　"我不知道之前在你身上发生了什么事情，我只知道，现在你受了很重的伤，如果不赶紧去医院的话，会耽误你一辈子的！"

　　"一辈子？那些事情太远了，我不想去想。"徐远突然笑了起来，可由于他脸上的烫伤，他无法做出笑的表情来，以至于那笑声显得无比诡异。

　　忽然之间，白鸽不敢再大声说话，她看到车正在慢慢地朝对面的车道偏去，迎面开来一辆货车不断闪着远光灯发出提醒。徐远双手紧紧地攥着方向盘，却似乎根本看不到那些不断闪烁的亮光，直到那辆车愤怒地鸣着笛躲开。

　　"你看不见东西了吗？"白鸽小心地问道。

　　"我能看见。"

　　"你把车开到逆行道了。"

"我知道，用不着你告诉我！"

"停下来吧，换我开车，咱们往回走。城里有医院，我陪你去挂急诊。"白鸽努力让自己的语气温和下来。

"没用，都没用了。"

"我们现在去，还不算晚。"

"已经晚了，我已经回不了头了。"徐远的声音很小，似乎在说给自己听。

"也许没有你想的那么难。徐远，听我的，咱们去医院，我陪你一起，好吗？那些医生，他们会帮你的。"

"我手上有血，他们能帮我洗干净吗？"徐远突然大声地喊道。

徐远话音还没有落下，汽车便歪出了路面，笔直地撞在了路边的一棵老松树。

"徐远，你跟我说实话，卢杉在哪儿？"

徐远没有作答。

"他根本没有在跟踪我们，对吧？那天我从家里逃走之后，到底发生了什么？"

"他不会再来折磨你了。"徐远咧着嘴笑了起来。

"你……杀了他？"

"是我们杀了他。"徐远一字一句地说道。

"我们？我只是让他睡过去之后，从他身边逃走。"白鸽大声说道。

"不，你让他睡过去之后，方便我下手，你不是一直都是那样想的吗？你是我的帮凶。"

"我没有！我恨他，但我从来没有想过要去杀他！我只是想你帮我离开他！"

"谁能证明？"徐远回过头来，静静地望着白鸽。

迟疑了片刻之后，白鸽一把拽开了车门，朝外面冲去。脚下的雪又厚又软，让人难以迈动双脚，她没有跑出几步就被徐远从身后按在了地上。

"你能去哪儿？你杀了你丈夫，你知道要是被他们找到了，你会是什么样的结果吗？"徐远大喊着。

"那是我自己的事情！"

"你还不明白吗？这个世界上，只有我能保护你。"

"徐远，我知道你为我做了很多，我很感激你，但是往后的路让我自己去走吧！"

"我不会让你再受委屈了，之前欠你的，我会用一辈子去偿还的。"

徐远说着，一把将白鸽从雪地里拽了起来。

看着前方路口黄灯闪烁，林海川一脚踩下了油门，从二十分钟前接到电话的那一刻起，他血管里的血液就开始沸腾起来。

赶到那家废弃医学院时，刑警队的人已经在现场拉起了警戒线，几个年轻人正在跟警察们讲述刚刚的经历。他们是一个手机直播平台的播主，专门探索被废弃的工厂、学校、旅馆等地方，拍摄的内容大体是用编排好的情节、昏暗的光线、晃动的镜头和提前安排的道具，再加上一些看似出乎意料的遭遇，来吸引猎奇者的目光。

今天，他们已经在这里拍摄够了素材视频，本打算离开，然而在路过医学院锅炉房旁的一口废井时，几个年轻人闻到了一股不同寻常的味道。他们壮着胆子挪开井盖，那股味道更是直冲人的天灵盖。

井很深，完全看不到底，在观看直播的粉丝的怂恿下，他们打开手机的手电筒，用一根细绳拴着手机放进了深井。大概二十秒之后，几千名粉丝在手机的直播画面中看到了一具尸体。

此时此刻，刚刚拍摄下来的视频正被警察们反复查看。视频中，虽然尸体已经高度腐败，但林海川确定，这就是他要找的那个人。

之前的种种迹象，让专案组判断卢杉很可能已经被害了。两天前，专案组通过调取小区车辆行车记录仪，发现案发当晚白鸽和徐远曾在小区楼下见面。两人的作案动机十分充分，现有的证据也指向两人合谋杀害了卢杉。尽管老高对白鸽在这起案件中的角色有所保留，但现在只有先找到卢杉的尸体，才能做进一步的判断。

林海川知道，那个人曾将白鸽拖入地狱般的生活。但现在，也许也只有他能把白鸽从地狱里拖出来。

在了解完事情的经过后，刑警队围坐在一起，讨论着如何将井中的尸体打捞上来。其实没什么可讨论的，因为方案只有一个，就是派一人下井，将尸体背上来。

讨论之所以持续了许久，是因为下井的人选始终无法确定。年长的刑警队员因体形丰满，难以在狭小的井中行动自如，新来的刑警身形倒是足够精瘦，可还没走到井口就已经吐得翻江倒海了。

"要不，我下去吧？"林海川走上前，小声提议道。

简短地自报家门后，林海川将那团复杂的绳索系在自己的腰间。他深吸一口气，顺着绳索慢慢地朝着井口下降。

起初，他试图通过屏气来避免吸入恶臭的气味，但当他下了井后才发现，那些气味根本不屑于理会你的鼻子，它们会通过你身上的毛孔、褶皱层层渗透到你的骨髓里。

然而，这一切与他看到井底的尸体相比，都显得微不足道。那具尸体已经高度自溶，无法辨认出脸上的五官。林海川咬紧牙关，将尸体背在背上，大声呼喊着上面的同事们将自己拽出井口。

长时间的缺氧，让林海川一阵阵晕眩，然而他死死地抓着手中的缆绳，仿佛背后那东西比他的命更重要。

他渴望听到背后那个人的故事，那些一点一滴积累下来的不为人知的故事，那些被他隐藏起来的秘密，还有那些躲避着阳光独自前行的岁月。

他更渴望背后的那个人，能够还给白鸽一个清白。

在模糊的视线中，林海川看到站在井口的同事们纷纷伸出手来，他们七手八脚地将尸体从井中拽出，而林海川却已经失去了支撑自己的力气，仰面朝天向后落了下去。

林海川再次睁开双眼的时候，病房的窗帘紧闭着，头顶的白炽灯有些刺眼，他搞不清现在到底是白天还是黑夜，更搞不清自己究竟睡了多久。他茫然地看着周围陌生的环境，猜想着它们和自己之间的因果关系。

　　终于他看到了门外的林江雪，姐姐和医生交流着什么，不时地用手擦去脸庞的泪水。林海川不知道姐姐为什么要哭，他努力地想要撑起身子走上前去问一问，可他整个下半身全然没有知觉。

　　第二天上午的时候，麻醉药的效力渐渐消退了，林海川开始清楚地感受到额头绷带下面火辣辣的疼痛，可是腰部以下，却依然空荡荡一片。身上插着不知名的管子和线路，仪表上闪着看不懂的数字和符号，可看到老高满脸和善的笑容，林海川大概猜到发生了什么。

　　"没事儿，我问医生了，说你手术很成功，但是恢复还是需要一个过程。你专心养病，别有什么心理负担。"老高使劲拍着林海川的肩膀。

　　"师父，井里缺氧，我爬到最后实在撑不住了。对不起，给大家添麻烦了。"

　　"你挺棒的！真的，挺棒的！"

　　"我还能站起来吗？"林海川小声地问道。

　　"能，肯定能！"

　　林海川望着师父，嘴角努力挤出一个笑容，他知道，师父是从来不给人打保票的。

　　"尸体，法医查过了吗？"林海川问道。

　　老高点点头："DNA 比对，还有医学特征，都可以认定他是卢杉。目前看，是钝器击打后脑致死的，伤口和之前发现的凶器基本吻合。"

　　"能认定凶手吗？"林海川追问着。

　　"那些事情，交给我们去做吧，记得我说过的话吗？尸体是会说话的，谁是有罪的，谁是清白的，都会原原本本告诉我们。"老高顿了顿，继续说道，"比起那个，有个更重要的消息，我们找到白鸽的线索了。伊春市公安局昨天接到了一个报案，报案人说她在当地夜市散步的时候，有个外地女人帮他们用手机拍合影，留下了自己的线索。"

老高说着用下巴撇了撇放在一旁桌子上的手机。

"伊春公安局那边已经在附近各个路口设点搜查了，人应该很快就能找到。我去撒泡尿，你好好躺着，别乱动啊。"

老高说罢走出了病房，他刚刚把手机的密码撤销了，打开手机便可以直接看到那段视频。

老高知道即便是这样，自己也有违规操作的嫌疑，但他也知道，此时此刻，这是最能够安慰他的了。

林海川打开了老高的手机，一张熟悉的面孔出现在了他的面前，那是用手机的前置摄像头拍摄下来的画面。

"请帮我一下，我被绑架了，我叫白鸽，今年二十九岁，祖籍宁江。绑架我的人叫徐远，他现在要带我进入一辆牌照沪 BCAY82 的白色越野车里，我们可能要往东走。我不会放弃，也请不要放弃我。"

视频里的白鸽显得很平静，她言语简练，吐字清晰，难以想象一个女人经历了那样长久的煎熬之后，还能保持如此的冷静。视频的最后随着一阵抖动戛然而止，身后还露出了徐远的面孔。

一连把视频看过三遍之后，林海川放下了手机。他本以为自己会失声痛哭出来，可眼角却偏偏挤不出一滴泪。他忽然感到了一种久违了的轻松，就好像是卸掉了背在身后一件很重的东西。

他忽然觉得，也许并不是自己把那个死人从深井中背了上来，而是那个死人将自己背了出来。

午夜时分，那辆破损不堪的汽车停在了一栋位于半山腰上二层民宅门口。敲了一阵门没人答应，徐远抄起了旁边的一块石头朝门锁砸了过去，一声声刺耳的撞击声在山中锲而不舍地回荡着。

门锁非常牢固，最终反倒是因为那扇铁门被砸得过度变形，直接从门框上脱落了下来。

接通电闸之后，徐远打开了屋子里的灯，屋子里家电陈设一应俱全，甚至还有用来取暖的小太阳。一路上，他们路过了很多类似的房屋，屋子的主人大概在过年期间去了南方躲避严寒，把自己的房子留给了这片冰天雪地。

徐远从柜子里翻腾出了一瓶白酒，用纸巾蘸着给自己的伤口消了毒，一阵痛苦的呻吟过后，他终于瘫坐在了地上。

"我们在这里休息两天，我得先找个地方把车修了。"徐远说道。

"然后呢，我们去哪儿？"白鸽靠在沙发上问道。

"我们往北走，去漠河看北极光吧。"

"北极光，不是夏天才能看到吗？"

"那我们就待到夏天。"徐远笑着说道。

"一直待到夏天？"

"不，我们想待多久都可以，那里没有人认识我们。"

"蓄谋已久了？"

"不，只是临时起意。"

白鸽惨笑着，她知道自己此时此刻根本没有和徐远讨论的权利。

"对了，忘了吧？今天2月12日，你生日。"

徐远说着用一把裁纸刀割断了绑在白鸽手脚上的胶带，从背包里掏出了一个袋子，丢了过去。

"送你的，生日快乐。"

白鸽活动了一下酸肿的关节，掏出袋子里那件蓝白色拼成的运动衫，虽然迟疑了一下，但她很快认出来了，那是当年宁江一中的校服。

"眼熟啊。"白鸽笑着。

"上学的时候天天穿在身上，能不眼熟吗？当年这款已经绝版了，我费了好大的功夫才买到的。"

"你还挺念旧的。"

"穿上它好吗？"

"为什么？"白鸽看着徐远。

"如果时光可以重返，毕业那天你问我们将来会不会在一起的时候，我一定不会让自己犹豫那么长时间。对了，这件事不是临时起意，而是蓄谋已久。"

"好吧，我去里屋换。"白鸽笑着扬了扬手里的衣服。

白鸽锁上了里屋卧室的门，默默地走到了墙上的一面镜子前，把手中那件衣服放在身前比画着，镜子里的她空空如也，徒有一身疲惫。

她把镜子从墙上小心地摘下来，裹在衣服里，将镜子无声敲碎，然后她取出了其中最锋利的一块碎片，对准了自己的手腕。

该结束了，总有人要与这个世界决一死战，也总有人要安静地离去。

等待许久之后，徐远忽然意识到事情不对劲儿，发疯一般撞开了卧室的门。屋子里，白鸽静静地躺在地上，那件蓝白拼色的运动服已经被鲜血染红。

徐远抱起白鸽，终于失声痛哭了起来。

然而比这个更刺痛他的，是白鸽突如其来刺入自己胸口的镜子碎片。

徐远眼睁睁地看着那个曾经柔弱的女人，此时怒吼着，用她手中并不锋利的武器一次一次地刺向自己，似乎在用光所有气力之前，根本没有要停下来的意思。

几辆警车飞速驶过，车上的刑警队员们瞪大眼睛，在白茫茫的雪地中仔细寻找着。他们手中的线索寥寥无几，只有一个车牌号和一张女人的照片。但市公安局的命令是，无论如何也要找到她，确保她的安全。

警车在半山腰的民宅前停了下来，一辆前脸凹陷的越野车停在那里，引起了他们的注意。一位民警走上前去，抹去车牌上的雪，露出了沪 BCAY82 的字样，众人随即冲进了房间。

屋内一片狼藉，地上的血迹一直延伸到后山的小雪坡。

白鸽不顾一切地向前跑着，她回过头向身后望去，看到徐远踉踉跄跄地追在后面十几米远的地方。他因为身体的虚弱，失足摔了一跤，然后强撑着爬了起来。他的样子很是滑稽，可白鸽一点儿不觉得有趣，她也感觉不到害怕，到了这一步，她早已经不在意那些。她心中只有一个念头，那就是要活下去。尽管命运对她不公，尽管这世界对她不善，但依然值得她活下去。

她不知道自己跑出去了多远，只觉得身后的光亮渐渐消失，周围只剩下了一片漆黑，此时身体里那要命的疲倦像海水一样一涨再涨，一点一点地淹没她的意识，她的身体还在动着，可脑袋已经做起了梦，然而在整个过程中，不论醒着还是做梦，她都在仔细辨别着身后的脚步声。

这个世界上每天不知有多少人要倒下，病倒的，累倒的，摔倒的，他们倒在路边，倒在荒野，倒在自己的床头，那些不过都是司空见惯的事情，就像树上熟透了的果子终究是要掉下来。只有那些多愁善感的人才会将其称为命运，说我们的命运就像是脚上的一双鞋，鞋本身是无罪的，只是对于一些人来说有些挤脚。

她很累，她不知道自己还要跑多久，但在那些脚步声消失之前，她拒绝让自己停下来。

整整一天，林江雪都在医院里忙前忙后，尽管有的时候，她并没有什么真正可忙的事情。每当林海川清醒过来的时候，她总是第一时间坐到床边，努力地找些话题陪他聊天。看着林江雪发出笑声时弯下的眉眼，林海川忽然觉得，姐姐的模样是那么像他们的母亲。

"一会儿护士来给你换药，我那边有个会，可能得露个脸。完事儿我马上赶回来。"林江雪说道。

"赶紧去吧，一整天看着你在这里转悠，我都眼晕了。"林海川不耐烦地说道。

"你想吃点什么？晚上我给你带过来。"

"没什么胃口，算了。"

"总得吃饭啊。"

"我想吃妈做的羊肉面。"林海川说道。

林江雪愣了一下，忍不住鼻子一酸，她把头扭到一边。

"小时候，不管是考试考坏了，还是在外面受了委屈，哭着鼻子跑回家里，只要吃一碗妈做的羊肉面，什么就都过去了。"林海川喃喃地说着。

"是啊，那羊肉面，很好吃……"

"可惜那个味道，只有妈能做出来。"林海川笑着叹了口气。

"我记得那味道，羊肉面，我给你做。"

"你什么时候会做饭了？"

"从今天开始。"林江雪露出一个温暖的笑容。

"谢谢你，当我姐。"

"客气了。谢谢你，当我弟弟。"

"姐，我累了，我要睡一会儿了。"

林海川把头埋入了枕头里，紧紧地闭上了双眼。

白鸽抱着释放证明书和自己的外套，走出了伊春市看守所的大门。此时正是清晨，气温低得让人不禁瑟瑟发抖，但她还是把那件沾着血的衣服丢进了旁边的垃圾箱里。

她抬起头来，头顶覆盖着的灰色的云朵，已经垂到了触手可及的高度。雪花从头顶落下来，仿佛要掩埋不洁的一切。

马路对面一辆黑色的轿车打开了门，一个男人下了车，径直地朝她走了过来，那个男人脸上露出友善的笑容，把皱纹堆在了一起。

"你是白鸽吧？"

白鸽点了点头。

"我是上海市公安局刑侦总队的高远扬。"老高朝白鸽伸出手来。

些许迟疑之后，白鸽也把手伸了出来，老高觉得她的手冷得像冰一样。

"上车吧，车里暖和，我送你回家。"

汽车行驶在高速路上，年轻的警察将车速提到了一百二。老高坐在副驾驶座位上，旋动音量键，音箱中传来了那首老旧的萨克斯曲《回家》，似乎是特地为她准备的。

"不堵车的话，明天天亮之前我们能赶回上海。你想去哪儿？"老高问道。

"看守所的人说，我得带着释放证明书到户籍所在地派出所办手续。"

"那个不忙。要不然，先带你去你母亲那里吧，她快急疯了。"

白鸽没有回答，现在她的脑子里堆满了事情，她想把那些东西理顺。

"我听说，那天我们的人在山林里一直找到了天亮，那个男人早就在雪地里冻死了。他们本来已经准备放弃，可有人忽然说看到前面的雪在动，开始他们还以为是雪地里的什么动物，走上前看的时候，才发现是你在雪地里往前爬……那天晚上零下二十八摄氏度，你身上连件外套都没穿，能活下来，太不容易了。"

"可能是我运气好吧。"白鸽说道。

"姑娘，这跟运气没有什么关系。"老高扭过头来，认真地说道，"运气好，可以让你买中彩票，可以让你不被楼上掉下来的易拉罐砸中。他们发现你的地方，距离那个男人冻死的地方，有将近十公里，你要不是一直在动着身体，恐怕早就跟他一样了。你的命，是你自己拼出来的。"

"麻烦您。"白鸽说道，"能把音乐关掉吗？"

白鸽裹着警用大衣靠在后排座椅上，窗外的雪已经渐渐稀松了下来。

二〇二四年四月　完稿于北京

图书在版编目（CIP）数据

当你沉默时 / 王潇涵著 . —北京：作家出版社，2024.9
ISBN 978-7-5212-2905-9

Ⅰ.①当…　Ⅱ.①王…　Ⅲ.①长篇小说—中国—当代
Ⅳ.① I247.5

中国国家版本馆 CIP 数据核字（2024）第 105774 号

当你沉默时

作　　者：王潇涵
责任编辑：赵文文
特约编辑：胡一平　　张鸣真
封面设计：吴元瑛
封面绘画：黎　石
出版发行：作家出版社有限公司
社　　址：北京农展馆南里 10 号　　　邮　　编：100125
电话传真：86-10-65067186（发行中心）
　　　　　86-10-65004079（总编室）
E-mail:zuojia @ zuojia.net.cn
http://www.zuojiachubanshe.com
印　　刷：河北京平诚乾印刷有限公司
成品尺寸：152×230
字　　数：265 千
印　　张：19.75
版　　次：2024 年 9 月第 1 版
印　　次：2024 年 9 月第 1 次印刷
ISBN　978-7-5212-2905-9
定　　价：50.00 元